蒼き太陽の詩《うた》3

アルヤ王国宮廷物語

日崎アユム

角川文庫
23695

目次

おもな登場人物

◆ソウェイル

アルヤ王国第一王子。
最も神に近いとされる、蒼い髪を持つ。
三年前のエスファーナ陥落の折、
ユングヴィと逃げ延びていたが、
宮廷に帰還した。人見知りで気弱。

◆フェイフュー

アルヤ王国第二王子。
三年前に唯一助けられた王族。
ソウェイルの双子の弟。勝ち気で強気。

十神剣

中央六部隊

白将軍 テイムル

十神剣の代表者。
代々白将軍を務める貴族の出身。
近衛隊兼憲兵隊を統括する。

蒼将軍 ナーヒド

白将軍と同じく、
代々蒼将軍を務める貴族の出身。
中央軍管区守護隊隊長。

デザイン・地図作成／坂詰佳苗
イラスト／拏々

黒将軍 サヴァシュ

遊牧民チュルカ人の騎馬隊を取りまとめる。
黒軍はアルヤ軍最大の戦力。

赤将軍 ユングヴィ

東部からエスファーナにやってきた孤児。
赤軍は市街戦に最適化された部隊で、治安維持、暗殺など国の暗部の仕事を手掛ける。

杏将軍 ベルカナ

元踊り子。
杏軍は女人のみで構成されており、軍隊の看護などを手掛ける。

紫将軍 ラームティン

元酒姫《サーキイ》。絶世の美少年。
紫軍は参謀及び情報統括部隊。

地方四部隊……

黄将軍 バハル

西部の農民出身。
東部軍管区守護隊隊長。

翠将軍 エルナーズ

元男娼。西部軍管区守護隊隊長。

橙将軍 カノ

九歳。南部軍管区守護隊隊長。

緑将軍 アフサリー

十神剣歴が一番長い。
北部軍管区守護隊隊長。

アルヤ王国周辺地図

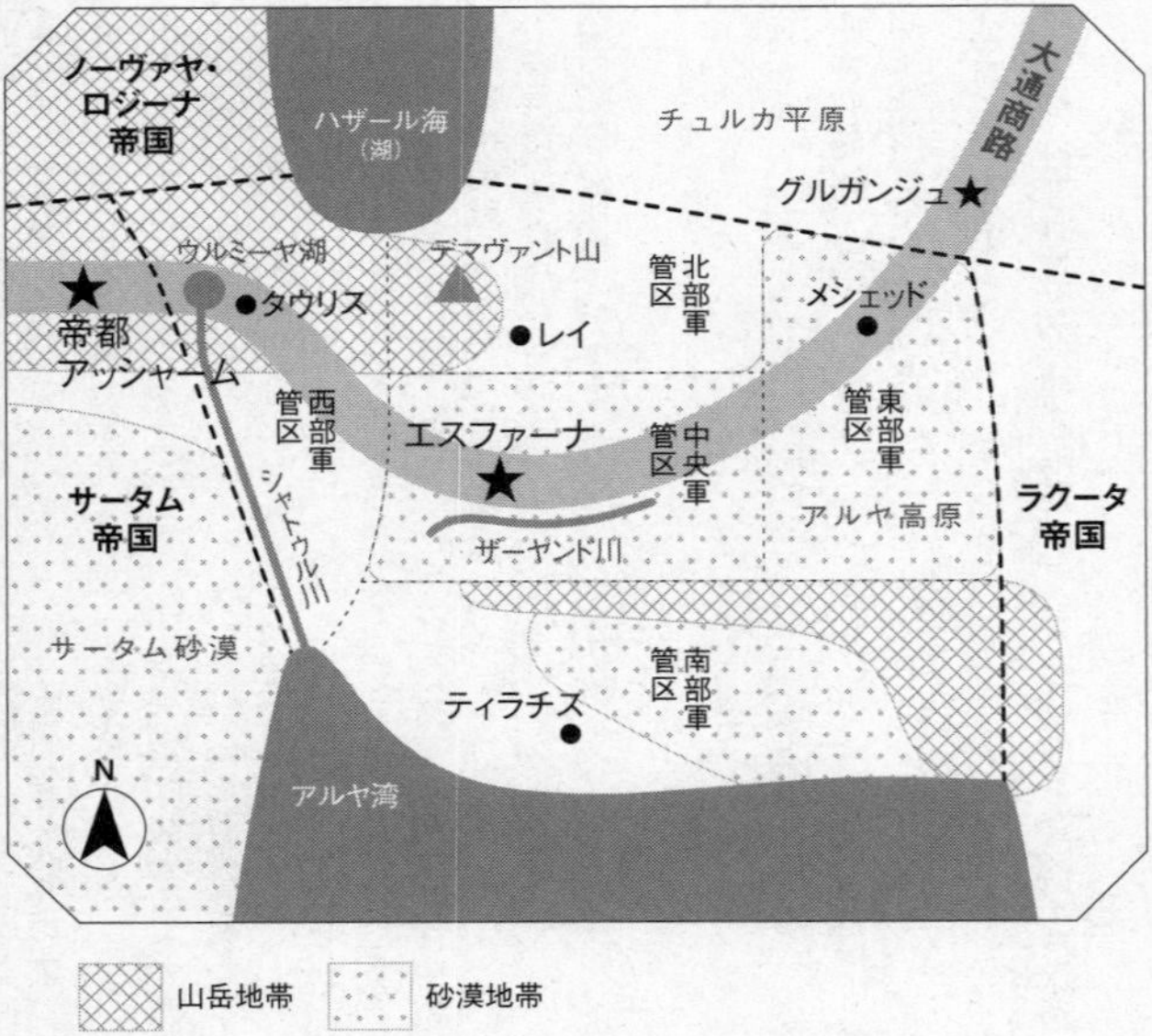
ノーヴァヤ・
ロジーナ
帝国
ハザール海
（湖）
チュルカ平原
大通商路
グルガンジュ
ウルミーヤ湖
デマヴァント山
北部軍
管区
メシェッド
タウリス
レイ
帝都
アッシャーム
西部軍
管区
エスファーナ
中央軍
管区
東部軍
管区
シャトウル川
サータム
帝国
アルヤ高原
ラクータ
帝国
ザーヤンド川
サータム砂漠
南部軍
管区
ティラチス
N
アルヤ湾
山岳地帯
砂漠地帯

第５章　白き番犬と砂糖菓子

ようやく訪れた冬の日、気温は少々冷えてきたが、窓から差し入る強い光は今日も床に影を描いていた。透かし彫りの窓がつくる幾何学模様、連なる多角形は星のようだ。夜空を織り込んだ白黒の絨毯《じゅうたん》が敷き詰められているかに見える。壁を彩るのは花や蔓《つる》を模したタイルで、蒼《あお》い空、青い大地に色とりどりの花が咲き乱れていた。これぞまさにアルヤ文化の技術の粋である。

侍童たちが窓の更紗《さらさ》を引いた。日の光が弱まり、幾何学模様がぼやけた。

室内に湿気が満ちた。空気が柔らかくなった。

部屋の中央には湯の噴水が設置されている。その周囲は円を描くように掘り下げられ、噴水から出た湯を溜《た》められるようになっている。

ティムルは、その湯を木の桶《おけ》ですくうと、敷き物の上に座ってティムルに背を向けている蒼い頭に注いだ。

「お湯加減はいかがですか」

ソウェイルは、その手で自分の顔を拭《ぬぐ》ったのち、小さな声で「だいじょうぶ」と答えた。

「いいから、早く終わらせて出よ……」

「ゆっくり温まりましょうね」

「いいから……いいけど……」

ソウェイルが溜息《ためいき》をついた。

彼はいったい何が不満なのだろう。ティムルにはわからない。強いて言えば、子供など皆洗われるのを嫌がるものな気がする。そういうわがままならティムルは許さない。彼を清潔に保ってやらねばならないのだ。彼の健康にとって必要なことなのである。本人が少し嫌がった程度で中止の判断はない。

サヴァシュとナーヒドが、ベルカナを緩衝材にして三人で発《た》ってからというもの、ティムルはこうして毎日ソウェイルを洗っていた。

香油が練り込まれている高級石鹸《せっけん》を手に取り、たっぷりと泡を立てる。少し前にまだ戦場になる前のタウリスから取り寄せておいたものだ。ソウェイルのために使うのであれば、いくら金がかかろうと構わない。

泡を、蒼い髪に撫《な》でつけ、掻《か》き混ぜる。頭皮を押すように、髪をこねるように掻き回す。

ティムルの手の動きに合わせて、ソウェイルの上半身が揺れる。洗いにくいのでソウェイルの腕をつかんで固定しようとする。

ソウェイルの腕の細さにぞっとする。

皮膚の下は骨しかないのではないか。無駄な肉どころか必要な肉もないのではないか。強く握り締めたら折れてしまうのではないか。

大事にしなければならない。守らなければならない。

彼を傷つけようとするすべてのものから遠ざけて、いいものだけを与えて、きれいにきれいに育てるのだ。

とはいえ、ティムルもわかってはいる。大人が良いと思うものだけを与えればいい子が育つというのなら、誰も苦労はしない。

毎日光や風に当てたほうがいい。自分でできることはさせたほうがいい。

でも嫌だ。

皮膚を焼く光にも皮膚を荒らす風にも晒《さら》したくない。刺激の強いものは一切与えたくない。常に柔らかで滑らかな絹のようなもので包み込んでおきたい。味の濃いものを食べてほしくない。汚いものに触れさせたくない。地に足が触れるのも許せない。

腕を引っ張り、こちらを向かせる。

石鹸の泡で全身を包む。首の付け根から胸、腋《わき》の下や脇腹、腕、指の一本一本や谷間、腰、腿《もも》、脚の付け根——すべて、本当にすべてを手で撫でて洗う。何もかもを拭い去るつもりで洗い落とす。

ユングヴィはソウェイルに蒸した手ぬぐいで体を拭《ふ》いて清潔を保つよう教えていた。髪も井戸から汲《く》んできた水で洗っていたらしい。

少し髪が傷んだ程度では死なない。それで健康が保てるのなら勝手にそうさせておくべきだ。

あるいは、侍従官たちにやらせたほうがいい。

ソウェイルと同じくらいの年の侍童から、ソウェイルの乳母代わりの女官まで、ソウェイルの生活に関すること、身の回りの世話をする人間はいくらでもいる。テイムルは武官で近衛《このえ》隊長だ。やらねばならないことは他にたくさんある。ソウェイルの衣食住に手を出して仕事を増やしている場合ではない。

頭ではわかっている。

でもだめだ。

ソウェイルに触れていたい。

彼を風呂《ふろ》に入れている時、テイムルは、楽園はここにある、と思う。この世にあるすべてのつらいことや悲しいこと、苦しいことや汚いことが、遠い世界のことのように感じる。

ウマルが殺されてからかれこれ三ヵ月になる。この間アルヤ国の状況は悪化の一途をたどっている。だが、ソウェイルを洗っていると、そこかしこで武力衝突が相次いで荒れ放題のエスファーナの治安や、サータム帝国に解散させられていたのが、最近過激な貴族たちの手によってゆがんだ形で再開されようとしている議会、バハルからの連絡が途絶え、何がどうなっているのかよくわからなくなったタウリスの戦況、それもこれも何もかも全部どうでもよくなる。

肩から湯をかけて泡を洗い流した。

ソウェイルの肌は白く滑らかだ。あまり日に当たっていないからだ。毎日洗っているからか皮膚病の気配もない。屋内で大切にされている証拠だ。

ただ、骨が浮いている。やはり肉が足りない。もっと食べさせて、少し運動をさせたほうがいいのではないか。

戦争になる前はサヴァシュが剣術を教えていると言っていた。だが、今はほぼずっと自分の部屋に引きこもって、本を読んだり絵を描いたりして過ごしている。

いけない。剣術の稽古《けいこ》を続けさせたほうがいい。

頭ではそうわかっているのに、ソウェイルに触れているとだめになってしまう。

このまま部屋に閉じ込めておいてもいいかもしれない。そうすれば誰にも傷つけられずに済む。

ソウェイル自身が強くたくましくなる必要はない。

ソウェイルは何とも戦わなくていい。

自分が守るからだ。自分がソウェイルのために戦うからだ。

太陽のために生まれ太陽のために生き太陽のために死ぬ――近衛隊長である白将軍《しろ》だけに与えられた幸福な宿命だ。

三年前に一度諦《あきら》めかけた夢を取り戻した。

三年前、ソウェイルの姿を見失った時の怒りはすさまじく、周りにあったいろんなものを破壊しても収まらなかった。絶望に囚《とら》われて何もできなかった時もある。『蒼き太陽』に殉じることさえ許されない苦痛にのたうち回った三年間だった。

それが、生きて帰ってきてくれた。生きていてよかった。

今度こそ、自分は『蒼き太陽』のために死ぬことができる。

なんと幸せな人生だろう。たとえ世間がどうなっても、ソウェイルと一緒にいるだけで多幸感に包まれる。

反対側の肩に湯をかけた時、ソウェイルが口を開いた。

「なあ、テイムル」

名前を呼ばれたことが嬉《うれ》しくて、テイムルはすぐに明るい声で答えた。

「はい、何でしょう」

「お湯、もったいなくない？　こんなにざぶざぶかけて、みんな流れていってしまう」

「ご心配には及びません。蒼宮殿《そうきゅうでん》のすべての水が殿下に使われるためにあるのですから」

「でも、町では、みんな、井戸から水をくんでいるんだ。水を運ぶのはたいへんで、水を使うのはすごいことなんだ。だから、水を、だいじにしなきゃ」

「アルヤ王国のすべての水が殿下のためにあるのです」

ソウェイルが黙った。なんとなくおもしろくなさそうな顔をしている気はするが、気のせいだろう。彼はもともと表情が乏しく、普段からこんな感じだ。もっと喜怒哀楽が激しくてもいいのに、とは思うが、あまり激しすぎるとフェイフューみたいになるから、ティムルの太陽はこれでいいのである。

泡がすべて落ちたのを確認してから、ソウェイルを抱き上げた。

浴槽の中にそっと下ろした。

腰を落ち着けたソウェイルは、湯の中に手を突っ込み、ひとすくい分持ち上げて、指の間を流れ落ちていく湯を眺めた。

特になんということもない仕草だったが、言葉を失うくらい可愛い。

「ティムル、あの」

ソウウェイルが振り向く。大きな目がティムルを見る。

「このお湯、いつも終わったあとどうしているんだ？」

「捨てています」

ソウェイルの蒼《あお》い瞳《ひとみ》が真ん丸になった。

「使わないのか？　こんなにいっぱいあるのに」

「時々捨てる前に洗濯の女たちが使っているそうですよ」

「ときどきじゃなくて、いつもそう、はできない？」

「はあ、できますが」

なんとなく、ソウェイルが浸かったあとの湯を使うことが変態行為に思えて気持ちが悪い、とは言えなかった。ソウェイルにはそういう汚らわしいことは一切考えてほしくなかった。

「すごくもったいないから……使うほうがたいへんならいいけど……でも、なんか、捨ててしまうのは……おれ、あんまりすきくない、かな……」

言葉遣いがあまり上品ではない。ユングヴィの口調がうつっているのだ。どうにか矯正したいが強く言うのも気が引けて悩む。それでしゃべらなくなったら元も子もない。

「承知しました、再利用するように手配します」

ソウェイルの肩から力が抜けた。

「フェイフューが言ってた、水はシゲンだって」

「サータム帝国の水はほとんど塩水ですからね。こうして水が使えるのはこの国が豊かな証拠です」

だからこそソウェイルには惜しみなく使わせたい。少し無駄遣いをしていると思うくらいの贅沢《ぜいたく》を味わってほしい。

この世のすべてをソウェイルに消費させたい。

それにしても、作業が終わってしまった。あと少ししたらのぼせないうちに湯から出さなければならない。

ティムルは溜息《ためいき》をついた。

あと少しで、一日の中で一番楽しいことが終わってしまう。

「おれ、おふろすきくない……」

「今日はもう終わりです。また明日《あした》」

「ええ、明日も？　まあ、いいけど……」

水滴を拭《ぬぐ》うと、ティムルはソウェイルを抱え上げた。

これも毎日のことだった。

せっかく丁寧に洗い清めたのに、ここまで履いてきた靴をふたたび履かせたくない。

新しい靴のある部屋まで、一歩も地面を踏んでほしくなかった。

蒼宮殿の北側、かつて大勢の妃たちがいた頃は後宮《ハレム》として使われていたあたりに、双子の王子たちに居住の場として割り当てられた区画がある。

王の子は基本的にその子を産んだ妃が育てるものとされている。王子も王女も結婚適齢期になるまでは基本的に後宮《ハレム》で育つのだ。双子もエスファーナ陥落以前は第一王妃の私室近くに居室を持っていて、今もそこを使うようウマルが手配した。

今は双子しかいない。女は、妃も姫も誰ひとりとしていなくなってしまった。

後宮《ハレム》は本来男が入れる空間ではない。だが、今は特別だ。双子の護衛や教育のために許可された白《しろ》軍兵士や家庭教師は出入りをしている。

ティムルはソウェイルを抱えたまま後宮《ハレム》のソウェイルの部屋を目指していた。中でも、ソウェイルの着替えのために使われている部屋に向かう。

その間、ソウェイルは黙って抱えられている。

大きな蒼い瞳は、どこか一点を見るでもなく、ぼんやりと外を眺めている。おとなしい。当初は自分で歩けると主張して嫌がっていたものだが、いつしか慣れてきたらしかった。

それにしても、軽い。九歳とはこんなものだろうか。ティムルには姉が四人おり、ソウェイルと同じくらいの甥《おい》や姪《めい》もいるが、その子たちを抱えてみたことはない。いつか比べてみようか。

わざわざテイムルの親戚《しんせき》の子供たちなどと並べずとも、ソウェイルと同い年の子供が、ひとり、宮殿の中にいる。

フェイフューの顔が頭に浮かんだ途端、胸の奥が痛んだ。

ソウェイルとフェイフューだと、どう考えてもフェイフューのほうが大きい。

このままだと、ソウェイルは、フェイフューに勝てない。個人対個人の腕力や武術の面での衝突では、ソウェイルは確実に負けてしまう。

いや、今それを考えるのは時期尚早だ。

ソウェイルとフェイフューは同じ日に生まれた双子の兄弟だが、個人差というものがあるのだろう。きっとフェイフューの発育がソウェイルより早いだけだ。ソウェイルもいつかは大きくなって追いつくに違いない。

こうして抱き上げるのも難しくなるくらいソウェイルが大きくなったらいい、と思ったり、フェイフューがどれだけ大きくなろうとソウェイルはいつまでも今の大きさのままでいい、と思ったり、気持ちはなかなか忙しい。

ソウェイルの濡《ぬ》れた蒼い髪に頬を寄せる。

彼を他の子供と比べるのがよくないのだ。彼も大きくなった。三年前生き別れた時はもっと小さかったはずだ。

さらに言えば——ティムルはこの王子を初めてこの腕に抱いた時のこともはっきりおぼえていた。

双子だからか、甥たちや姪たちが生まれた時よりひと回り小さな赤ん坊だった。それでも待望の第一王子だ。しかも髪の毛が蒼い。全アルヤ民族が待ち望んだ『蒼き太陽』である。

ティムルの父と母も、先代の王と王妃も、誰もが口を揃えて言った。

——お前は白将軍としてこの太陽のために死ぬのです。

やっと定まった自分の宿命を、ティムルは喜んで受け入れた。当時ティムルは十四歳だった。

扉の前に立つと、ティムルは声を張り上げた。

「シーリーン」

呼ぶ声に反応して、扉の向こうから甘い女の声が聞こえてきた。

「はあい、お待ちしておりましたよ」

扉が内側から開いた。

顔を出したのはひとりの女官であった。シーリーンだ。

飴色《あめいろ》の長い前髪の一筋を残して、頭部を顎《あご》まで白い巻き布できっちり覆っている。

二重のまぶたや柔らかい唇は穏やかかつ甘やかだ。ほんのり花の香りがした。柔らかくて優しい印象の女性だ。ティムルは彼女を見るといつも安心する。

「どうぞこちらへ」

シーリーンがそう言って扉を大きく開けた。そして、ティムルとソウェイルが入るとすぐに閉ざした。二人の前を小走りで先回りをする。白い布が敷かれている絨毯《じゅうたん》の上に膝《ひざ》をつく。両手で毛足の長い手ぬぐいを広げた。

「はい、おいでください」

ティムルがソウェイルを白い布の上に下ろすと、シーリーンは広げた手ぬぐいでソウェイルの蒼い頭を包み込んだ。

「さっぱりしましたか？　気持ちよかったですか？」

ソウェイルは目を細めてシーリーンの問い掛けに頷《うなず》いた。彼はシーリーンにはよくなついていてすぐ御機嫌そうな様子を見せる。ソウェイルに甘えてもらえるシーリーンがうらやましい。

「うん」

「そうでございますか、それはようございました」

ソウェイルの体から力が抜けた。

「お風邪をお召しにならないよう、ちゃあんとお拭《ふ》きしなければ、ですね」

「うん」

おっとりとした笑みや話し方に反して、白く柔らかな手はてきぱきとソウェイルに服を着せていく。機敏な動作は職人芸にも見え、かえって邪魔をしてしまう気がしてテイムルには手伝うと言えない。彼女はソウェイルの身の回りのことなら何でもひとりでできるのだ。

彼女もソウェイルが生まれた時からソウェイルの世話係として奉公に来ている女性だ。年はテイムルのひとつ下で、当時は当然未婚だったが、身分の低い者も嫌がる世話まで笑顔でやり遂げる姿勢が高く評価され、長らくソウェイルの乳母として扱われていた。

かつてソウェイルには、シーリーンの他に正規の乳母が三人つけられていた。だが、ひとりは戦乱の中で投石の犠牲となり、もうひとりはソウェイルを失ったことに耐え切れず自害して、最後のひとりは夫に連れられてラクータ帝国に亡命してしまった。他の世話係たちも似たり寄ったりの状況だ。『蒼《あお》き太陽』のそばにつきたいと言う者は大勢いるが、経験者としてソウェイルのもとへ戻ってきたのはシーリーンたったひとりであった。

テイムルは心からシーリーンに感謝している。彼女はせっかく婚約したのに『蒼き太陽』のことばかり考えて自分を顧みてくれないテイムルのことを捨てないでいてくれる。正式な結婚は戦争のせいでまた延期になってしまったが、ソウェイルの世話ができることだけでも満足していると言って、肝心の婚約者であるテイムルには文句をつけない。

シーリーンが、座った状態のソウェイルの背後にまわり込み、ソウェイルの体を膝と膝の間に挟むようにして、ソウェイルの髪を櫛《くし》で梳《す》き始めた。

ソウェイルの手がシーリーンの膝の上に置かれた。ソウェイルはシーリーンにはこうして自分から触れて甘えるのだ。やはり、シーリーンがうらやましい。

テイムルもそばに膝をついた。

「これからお夕飯ですし、一度お縛りしましょうか」

そう言いつつ、シーリーンの手がソウェイルの髪をまとめる。ソウェイルが「うん」と答えると同時に、緋色《ひいろ》の飾り紐《ひも》で束ね始める。

シーリーンなら、安心してソウェイルの神聖な髪を任せることができる。

「シーリーン、前は？」

「前、でございますか？」

「前がみ。目にかかる。じゃま」

シーリーンが櫛でソウェイルの前髪を整えた。まっすぐ下ろすと目を覆うほど長い。

「君、切ってさしあげたら？」

ソウェイルもシーリーンもテイムルに驚いた目を向けた。

「あらまあ。いいのです？」

「殿下が邪魔だとおおせなんだから、取り除いてさしあげるべきでしょう」

「あれほど殿下の髪にはさみを入れたくないとおっしゃっていたあなたが」

「殿下の視力にはかえられないからね。後ろはだめだよ、絶対に」

「はあ、では、私が切ってしまってよろしいのですね」

「むしろ今のうちにしてさしあげて。ユングヴィが帰ってきて手をつけようものならどこをどれくらい切るかわからないから」

「なるほど、承知いたしました。お夕飯が終わったら切りましょうか」

ソウェイルの前髪を人差し指と中指で挟んで引っ張る。

「眉《まゆ》のあたりで揃えましょう」

「そうだね、それくらいがいいよ」

ソウェイルが笑みを見せた。髪を切られるのがよほど嬉《うれ》しいらしい。

甘い、甘ったるい、この上なく甘美な時間だ。ソウェイルとシーリーンがいる空間に、何をするわけでもなく、いる。溶けてしまいそうだ。

このままではだめになるのではないかと思った頃、廊下から声が聞こえてきた。

「将軍！　テイムル将軍、どちらにいらっしゃいますか？　テイムル将軍！」

どうやら仕事になってしまったようだ。

ティムルは溜息《ためいき》をつきながら立ち上がった。

扉を開け、一歩分だけ廊下へ出た。

すぐそこを、今まさに白軍の若い将校が通り過ぎようとしていたところだった。若いと言っても年はティムルより少し上だが、彼はティムルの顔を見るやいなや深く礼をしてかしこまった。

「どうした」

将校が答える。

「たった今帰着した者たちからのしらせです。サータム人の元財務官十数名がエスファーナ大学に立てこもったとのよし」

いつの間に部屋から出てきたのだろうか、斜め下からソウェイルの声がした。

「たてこもったってなに？」

見ると、ソウェイルがティムルの軍服の袖《そで》をつかんできょとんとしていた。

ソウェイルの前髪は、真ん中でふたつに分けられ、左右それぞれを女性向けの髪留めで留められていた。整った愛くるしい顔立ちもあいまって少女に見える。

あまりの可愛さに言葉を失ったティムルのすぐそばで、将校がひざまずいて首を垂《こうべ》れ、『蒼き太陽』におかれましては本日も明朗にアルヤ王国を照らされ――」云々《うんぬん》と長くなりそうな挨拶《あいさつ》を始めた。ソウェイルが小声で「そうゆうのいい」と呟《つぶや》きながらテイムルの背後に隠れた。

さて、いざ問われると返答に窮した。立てこもるとは、蒼宮殿周辺の警邏《けいら》としても活動する白軍ではよく使う言葉である。他の言葉に置き換えてみようと思ったことはない。籠城《ろうじょう》、と言うのはおかしい。城ではなく大学にこもっているのだし、そもそもソウェイルに籠城と言って想像できるのだろうか。

ややして、将校が説明を始めた。

「建物の中に入ったまま出てこないことでございます。外に出るように言っても言うことを聞きません」

テイムルの服をつかんだまま、ソウェイルがささやくような声で問いを重ねる。

「出ないといけないのか？」

「中から、他の人間が入ってこれないようにしております。大学は彼らの家ではありません。大学を使う他のみんなが設備を使えなくてとても困っています。まして彼らは武器を持って入っています。そこらの人々を攻撃するようなことがあってはたいへん危険です」

テイムルは、この将校の給料を増やそう、と思った。

「なんでたてこもったんだ？」

「お金を要求するためです」

ぎょっとしたティムルが「金銭を要求しているのか」と訊《たず》ねると、将校が態度を改めてティムルのほうを向いた。

「帝都に帰るための旅費と護衛を提供するよう主張している模様で」

ソウェイルがまた小声で「ていとってどこ」と訊《き》いてきた。ティムルは微笑んで答えた。

「サータム帝国の都のことです」

「遠いのか？」

「はい、とても。馬でひと月近くかかりますね」

「そんなにか。いっぱいおとまりしないといけないな。お金がないと帰れないな……」

何か考え始めたようだ。真面目な顔で、唇を尖《とが》らせて黙った。その唇をつまみたい衝動と闘いつつ、ティムルも無言で次の反応を待った。

「おうちに帰りたいだけなら、帰してあげたらいいんじゃ？　だれか送ってあげたら？」

苦笑して否定した。

「そういうわけにはまいりません。エスファーナにはサータム人がたくさんおります。その全員に対応していたらきりがありませんし、アルヤの王子様はわがままを聞いてくれると知れ渡ったらみんな宮殿に来ますよ」

「ええ……それはこまる」

わざとソウェイルに「いかが致しましょう」と問い掛けた。政治について考えるいい機会だ。王になれば、いずれこういうことにも対応してもらわねばならなくなる。今のうちから考えることに慣れてほしい。

うつむいてさんざん悩んだ様子を見せてから、ソウェイルは上目遣いで将校を見た。

「もう何かあぶないことをしたのか?」

「いいえ、まだ何も」

「じゃあ、ほっとけば? おうちに帰れなくてイライラしてるんだろ。ほんとに帰りたくなったら、きっと出てくると思う」

テイムルもしばし考えた。

エスファーナに武装した勢力があるなら、どんな規模であっても宮殿を守るために排除するのが近衛《このえ》隊である白軍の務めだ。もっと複雑な手順をとって対応しなければならない案件である。

しかし——

「——と、ソウェイル殿下はおおせだ。そのように対応するように」

まともに対応をしては、先ほどソウェイルに説明したとおりサータム人たちをつけ上がらせる。まして現場は大学なので、安易に介入するわけにはいかない。幸いなことに、危険なことはまだ何もしていないという。加えて、相手はもともと文官のようなので、武装していてもたかがしれている。いつかは飢えるか何かして焦《じ》れて降伏するだろう。

何より、ソウェイルがそうと言っているのだ。

「承知致しました。『蒼《あお》き太陽』のお裁きのとおりに」

将校がそう言ってもう一度首を垂れると、ソウェイルの頬がほんのり赤く染まった。心なしか口元も緩んだように見える。きっと喜んでいる。

よかった。ソウェイルが意見を述べることに自信を持ってくれることが一番だ。

「下がるように」

将校は「失礼致します」と言って礼をしたのち場を離れていった。あとで詳細を確認しようとは思うが、ティムルは今満足感でいっぱいだ。

「ティムル」

ソウェイルがティムルを見上げる。

「はい？」

「だいがくってなに？　何をするところ？」

「学問をするところですよ」

「学問をする？　学校？」

「学校ではありませんね。学校は、教師がいて、生徒がいて、学問を一方的に教えるところです。大学は、自分で選んだ学問についてもっともっと詳しくなるため、あるいは新しいことを見つけるために、先生や他の学生と、議論をしたり、実験をしたりします」

「がくもんのぎろん……」

まるで外国語のように言うので、伝わらないかと心配してしまった。

「フェイフューとラームがやってたようなの？」

言われてから、ティムルは考えた。

「そうかもしれません、ラームのものの考え方は大学生みたいなところがありますね。勉強の仕方が、お坊さんみたい、とても言いますか。ティムルも大学は行ったことがないので断言できませんが」

「ちょっとわかった」

伝わったと思い胸を撫《な》で下ろしたところで、「おれにはむずかしいからいい」と言われてしまった。

「ラーム、むずかしいことばっかりで、何を言ってるのか、おれにはよくわからない」

「お訊ねになるといいですよ。ラームは本当に頭がいいので、殿下にわからないことがおありなら、わかるように説明し直してくれますよ」

言いながら、はっとした。

そのラームテインに、フェイフューはついていけるのである。

あるいは、ラームテインは、フェイフューにはわかる言葉で話しているのかもしれない。

十四歳という年頃は難しい言葉を使いたがるものだが、人一倍賢いラームテインのことだから、きっとそれだけではないのだろう。フェイフューには理解できる程度の言葉を選んでいる。つまり、ソウェイルはラームテインではなくフェイフューについていけていないということになる。

体格だけではなく、学力にも大きな差がある。

本当にソウェイルとフェイフューを競わせて大丈夫なのだろうか。

眼前に高い壁が立ちはだかった。

「ラーム、こわい。美人だし、頭がいいし、すごいいっぱいしゃべるし」

「何をおおせですか、ラームも十神剣《じゅっしんけん》です、すべての将軍が『蒼き太陽』のためにいるのです、殿下がお求めならふたたび酒姫《サーキイ》としておそばに侍《はべ》らせることだって可能なんですよ、アルヤ王国の美少年なんてみんな『蒼き太陽』が好きに愛玩《あいがん》していいものなのです」

「あいがんってなに……なんかすごいやなかんじするからいい」

ソウェイルが消え入りそうな声で「十神剣みんなすきにしてほしい」と呟《つぶや》いたとほぼ同時に、廊下の奥からふたたびティムルを呼ぶ声が聞こえてきた。

「ティムル将軍」

「ここだ」

「フェイフュー殿下がお戻りです」

ティムルは自分の額を押さえた。いよいよ本格的に今日のティムルとソウェイルの甘い時間が終わってしまうということだ。

問題児が帰ってきた。

早く明日《あした》になればいい。風呂《ふろ》の時間が恋しい。

ソウェイルを部屋に閉じ込めておきたいという願望と、外で活動させなければならないという使命感が、ティムルの中では常に死闘を繰り広げている。今日は葛藤《かっとう》が彼の健やかな成長を願う気持ちに傾き、彼を宮殿の南へ連れ出すに至った。

蒼宮殿は大きく分けて五つの区画から成り立っている。玉座をはじめとして中央の正堂や文官の執務室を擁する政治の中枢の南、国会議事堂である東、最高裁判所である西、王族の住まいである北、そして、アルヤ軍のうち中央に駐屯する部隊の活動拠点として利用されている周縁だ。

今、南の主《あるじ》はいない。本来はアルヤ王国に君臨するアルヤ王の政治の拠点であり、サータム帝国の属国である今は帝国から派遣された総督がいるはずであった。現在はそのどちらも空席だ。

ティムルはこの穴をソウェイルが埋めてくれると信じている。少なくともティムルにとっては、ソウェイルはすでにアルヤ王だ。ただ、今はまだ小さい。ソウェイルが玉座に座るにはあともう何年か必要だ。それでも、ソウェイルのものであることが確かである以上は出入りしても問題はあるまい。

正堂の手前、赤い絨毯《じゅうたん》の敷かれた広い廊下の真ん中で、数名の男性が何やら議論をしている。みんなティムルにとっては見慣れた顔だ。いずれも代々アルヤの富と権力を牛耳っている大貴族の当主たちで、三年前まで先の王に仕えていた。

どうも不穏だ。全員表情が険しい。何かおもしろくないことがあったらしい。

とはいえ、殴り合いをしているわけではない。語調もさほど荒々しくはない。強いて止めるほどではないように見える。

少し考える。

誰も彼もきちんとした身分の人間だ。将来はみんな公私にわたってソウェイル王のそばで近くで活動してもらうことになる。

むしろ、ソウェイルへ挨拶《あいさつ》をさせて、ソウェイルに彼らの顔と名前をおぼえさせるべきだ。

テイムルはソウェイルの手を引いて彼らに歩み寄った。

「失礼、『蒼き太陽』がお通りです」

声を掛けると一同が振り向いた。

ソウェイルの頭を見た途端、全員がひざまずいた。ソウェイルは緊張するらしく、テイムルの体に身を寄せて硬直した。

「おお、我らが『蒼き太陽』」

「お会いできて光栄にござります」

彼らは次々と挨拶の言葉を口にした。

みんな饒舌《じょうぜつ》だった。言葉によどみがない。まるであらかじめ用意していたかのようだ。

逆に不安になってくる。決まり文句で適当な挨拶をしているように聞こえるからだ。

これは、ソウェイルに対する畏《おそ》れが足りないのではないか。

どいつもこいつも、系譜をたどると王家と姻戚《いんせき》関係をもったことのある家の当主だ。王族を自分たちに近しい人間と勘違いしているのかもしれない。このお方は貴様らとはまったく異なる、神聖で尊いお方だと言ってやりたい。

だが、我慢だ。文官と揉《も》め事《ごと》を起こさないよう調整するのも武官筆頭の白将軍の務めだ。

ソウェイルの許可を待たずに立ち上がった者がある。短く整えた蜜《みつ》色の髪に金糸の刺繡《ししゅう》の入った帽子を載せている、武官と見紛《みまが》うほどたくましい体軀《たいく》の壮年の男だ。アルヤ王国でもっとも豊かだったといわれる貴族の中の貴族、三年前ウマルが閉鎖するまで貴族院の議長を務めていたフォルザーニー卿《きょう》である。

「おや、前髪をお切りになりましたね？」

「ええ、昨日の夜、高位の女官に許可を与えて切らせました」

「そんな栄誉に与《あずか》る可能性があるならば、我が家からも娘を出さねばね」

身を屈《かが》めてソウェイルの顔を覗《のぞ》き込む。ソウェイルが一歩身を引く。

「殿下のとびきりお可愛らしいご尊顔を拝謁できて、恐悦至極に存じますよ」

慇懃《いんぎん》無礼とは彼のことを言うのだ。

「やあ、ティムルくん。今日はどうしたんだい？　ソウェイル殿下がお部屋の外に出られるなど珍しいではないか」

フォルザーニー卿はティムルを自分より下に見ている。十神剣、しかもその中でも筆頭を務める白将軍ともなれば本来は国の最高神官なのに、彼とその取り巻きは二十代の若造を大人の態度で導いてやるという構えで接してくるのだ。だからといって突っかかるわけにはいかない。アルヤ紳士であれ、と自分に言い聞かせた。

ティムルはひとつ咳払《せきばら》いした。

「あなたがたはこのようなところで何を？　何かお困りのことがございましたらお気軽に白軍までどうぞ」

社交辞令のつもりであった。

フォルザーニー卿の後ろからこんな言葉が飛び出してきた。

「そうだ、白軍に武力で解決してもらおうではないか」

いきなり物騒な話になった。

「何事です？」

「まさか知らないとは言わせないよ」

フォルザーニー卿が不敵に笑う。

「なんでも、アルヤの学問の象徴たるエスファーナ大学が、サータム人の手中に落ちているとか」

忘れていたわけではなかった。だが、ティムルが手をつけずにいたのも確かだ。さすがのティムルもこの場でソウェイルがそうと望んだからとは言えない。

「大袈裟《おおげさ》です。十九人のサータム人が大学の研究棟のひとつに不当に滞在しているという程度の話です、白軍で慎重に推移を見守っているところです」

フォルザーニー卿の左右から一人ずつ、二人が一歩前に出てきた。

「サータム人どもに好き勝手させるわけにはいかぬのだ、ここはアルヤ人の威信を示すために強制的に除かねばならぬ。王都が弱腰では戦火に見舞われている西部の者たちに示しがつかぬであろう。そもそもサータム人どもにいいようにされて黙って見過ごすなど、最高学府が敵の手に落ちるとは言語道断で――」

「大学に立てこもったのは皆もともとこの宮殿に勤めていたサータム帝国の官僚たちであったと聞く。いずれも帝国に戻ればそこそこの身分のある者たちであるぞ。ここは捕らえて人質として有効活用すべきだ。もしくは多少の譲歩を許しても帝国との交渉役として身内に引き入れておいてよろしいのでは――」

いずれにせよ彼らは大学に足を踏み入れてサータム人たちを引きずり出したいらしい。争点はそれをどう実行するかのようだ。

二人はその後も長々と演説をし、ひととおり主張し終えてから、最後に、フォルザーニー卿を見た。

「して、貴殿はいかように思われます？」

フォルザーニー卿は一度遠くを見て何かを考えた。

ややして、口を開いた。

「陽《ひ》の光　いまだいとけなし

世のならひ　とどめおかれたし
土くれの　さわぎ小さし
まろからざる　ひとぞ口惜し」

ここで即興の詩をつくるとは、さすがフォルザーニー卿である。

彼の言うとおりだ。ソウェイルがまだ子供である以上は性急に事を進めるべきではない。まして今は西部州が戦場になっているのだから、こんなところで争っている場合ではない。静観を決めたテイムルの判断は正しいと暗に言ってくれているのではないか。

どう反応しようか考えあぐねていると、後ろからそれまでになかった声が聞こえてきた。

「話はわかりましたよ」

テイムルはぎょっとした。ソウェイルも驚いたらしくテイムルにぴったりと身を寄せた。

振り向いた。

すぐそこに、白軍兵士と侍童を数名ずつ引き連れたフェイフューが立っていた。

「フェイフュー殿下？　どうしてここに」

「帰ったら兄さまが北にいなかったので。シーリーンが兄さまはこちらだと言うので追いかけてきました」

ソウェイルが呟《つぶや》く。

「べつにおれフェイフューに用ないけど」

「ぼくにはあるのです」

フェイフューがソウェイルをにらんだ。

貴族の男たちが相好を崩した。

「今日も学校に行っていらしたのですかね。いやあ、フェイフュー殿下は毎日お元気で実によろしい。聞きましたぞ、教室で一番かけっこが速いそうではございませんか」

「学校ではいつもうちの息子がお世話になっておりまして。フェイフュー殿下とお近づきになれてたいそう喜んでおりますよ」

「うちの息子とも遊んでやってくださいませ。そうだ、いつかうちにも遊びにおいでませ。ミールザー卿のご子息ばかりずるいかと存じます」

テイムルは不愉快だった。ソウェイルに対しては儀礼的なうわべだけの挨拶《あいさつ》を口にした連中が、フェイフューに対してはフェイフューの生活に即した挨拶をする。

フェイフューがこたえる。

「ぼくの学校のことはいいのです。それより、あなたたち、ほまれ多きアルヤの貴人たちが、それも『蒼《あお》き太陽』のおん前で、声を大きくして。はずかしいとは思わないのですか」

　貴族たちが顔を見合わせる。

「これは今のあなたたちが議論すべきことではありません。議会がきのうしていてあなたたちに権限があるのであれば別ですが、今の状況ではあなたたちに責任の取れることではないでしょう。フォルザーニー卿の言うとおりです。法の番人たる白軍に任せてだまっているのがよろしい」

「いやはや、まさしく……」

「フェイフュー殿下のおっしゃるとおり……」

　フォルザーニー卿が身をかがめてフェイフューと視線を合わせた。

「しかし、そうはおおせになられましても、殿下。本来その権限をもっていたはずのサータム人たちが逃げ出しているのです。そのあたりはどう思われますか」

　フェイフューは毅然《きぜん》とした態度で答えた。

「ぼくもゆーりょするところです。ですがいずれにせよ今大学に手を出すのは得策ではありません。大学は自治の里です、アルヤ国だけでなく世界的にそうなのです。学問という聖域に世俗の外交を理由にして手を出そうものなら、世界がアルヤ国に白い眼を向けることでしょう。ましてエスファーナ大学の独立は代々のアルヤ王が認めてきたものです。これ以上アルヤ王の印象を悪くしてはなりません」

そこで、フォルザーニー卿が手を叩《たた》いた。

「ひとの世は　暮るるものとぞ
知りながら　土なほ遠けれ
ひとはみな　仰がまほしけれど
影ばかり　照りて明るけれ」

感動したらしく他の貴族たちも手を叩いた。

ティムルははらわたが煮えくり返るのを感じた。

仰ぐべき『蒼き太陽』がぱっとせず、フェイフューばかりが明るい、と言いたいらしい。

だが、それがここにいる全員の総意なのだ。

フェイフューが言った。

「ひかん的になることはありません。今だけです。アルヤ王国が復活したあかつきには、あなたたちにまた議会を切り盛りしていただくことになるのですから」

フェイフューには詩の意味がわかっているようだ。

ソウェイルを見た。

ぽかんとしていた。

だめだ、わかっていない。

「――と、フェイフュー殿下がおおせだ。みんな、これでいいね」

そう言うと、フォルザーニー卿《きょう》は歩き出した。

「解散。ご機嫌よう」

代表格のフォルザーニー卿に逆らえないらしい。全員が納得したわけではなさそうだが、皆ぽつりぽつりとその場から離れ始めた。

最後に、双子と三人で残されたティムルは、大きな、本当に大きな溜息《ためいき》をついた。


フェイフューは、部屋に入るとまず、机の前に向かった。

本をまとめた帯を解《ほど》き、中で一番分厚い一冊を取り出す。同じく、ノートを開く。葦筆《カラム》をとり、先端を墨壺《つぼ》に突っ込む。

開いた本――おそらく辞書――を見ながら、右から左へ単語を書き始めた。憂慮、憂慮、憂慮――尖《とが》った先端は小気味よいほど規則正しい音を立てて文字をつづった。

勉強熱心は結構だが、ここはソウェイルの部屋である。

ソウェイルは、当たり前のような顔で自分の机を奪った弟の背中を眺めて、部屋の真ん中で呆然《ぼうぜん》と突っ立っていた。

さらにその一歩後ろで、ティムルはシーリーンと顔を見合わせた。シーリーンが肩をすくめた。

フェイフューの部屋は別にある。それも、寝室、勉強部屋、物置き兼衣装部屋と、三部屋も用意している。人もいる。家庭教師も乳母も護衛官も侍従官もみんなちゃんとソウェイルとは別につけている。

それでも彼の中では何かがだめで、兄の部屋で勉強したいらしい。いったい何にこだわっているのだろう。

ソウェイルが力なく座った。フェイフューが机の脇に放った残りの本――おそらくは何かの教科書――の表紙をめくった。その姿からは哀愁を感じた。

シーリーンがテイムルに小声で話し掛けた。

「あなたからご自分の部屋に行くようおっしゃってください」

「ええ、僕が？」

「フェイフュー殿下は女ではだめなのです。一般の従者や白軍兵士でもだめ。ある程度身分のある方でなければ」

「ナーヒド兄さんはいったいどんなしつけをしたんだ」

「そのナーヒド将軍の従弟であるあなたの出番ですよ」

「無理だよ、だってそのナーヒド兄さんが僕を格下に見ているというのに、フェイフュー殿下が僕の話を聞いてくださるわけがない」

「いけません、毅然とした姿をお見せしてください。陛下亡き今、白将軍が一番王子様がたに近い大人の男性であるべきです」

フェイフューが振り向いた。ソウェイルと同じ蒼い瞳《ひとみ》でテイムルとシーリーンを見た。

「何か？」

これは、自分が悪いとは微塵《みじん》も思っていない顔だ。

「いいんだ」

ソウェイルが消え入りそうな声で言う。

「おれ、ひまだし。フェイフューの勉強が終わったら、フェイフューの学校の話を聞くから」

空気が読めないのか、それともあえて読まないのか、フェイフューが「もうすぐ終わりますよ」と朗らかな声で告げた。ソウェイルは「うん」と頷《うなず》いてさらにページをめくった。テイムルとシーリーンは溜息をついた。

フェイフューが学校に通うようになってから、三ヵ月が過ぎた。

通わせることにしたのはウマルだ。日がな一日ラームテインと遊んでいるのを見て、年の近い子供たちとやり取りさせて集団行動や王宮の外の生活を学習したほうがいいのでは、と思ったらしい。

当初はナーヒドが反対していた。下々の者たちと交わるのは王族としての威厳にかかわるとか、毎日宮殿の外に出るのは警備上の問題があるとか、次々と理由を見つけてきては嫌がった。

だが、フェイフュー自身が宮殿の外に興味を示した。

最終的に、フォルザーニー卿のすすめで、貴族の子弟が集まる、蒼宮殿からほど近い寺院の手習い所に入れた。

フェイフューは気力も体力も有り余っている。朝から昼にかけて学校で活動した上で、帰宅後家庭教師から帝王学や武術を習う、という暮らしにもすぐに慣れた。

通い始めたばかりの頃は問題もあった。

学友と取っ組み合いの喧嘩《けんか》をして、相手に怪我をさせたことがある。聞くとどうやら相手は勉学ができすぎるフェイフューをやっかんでいたらしい。

ナーヒドは突っかかってきた相手のほうが悪いと断言した。

…ウマルは、男の子はそれくらい威勢がいいほうがよい、と言って笑い飛ばした。結局ティムルが相手の親に頭を下げに行った。

男児の世界の常で、フェイフューが腕っぷしも強いことを知った学友たちは、それ以来変な絡み方をしなくなったようだ。しかし、それはつまりガキ大将の座を得て学友たちの上に君臨しているということではないか。気が強いという範疇《はんちゅう》の話ではない。ソウェイルの弟として分をわきまえた生活をしてほしいティムルにとっては悪夢だ。

そんなフェイフューに対して、ソウェイルはずっと宮殿にいる。

これもウマルの判断であった。

ソウェイルの学力の進度は三年前に止まっていた。簡単な文章は読み書きできたが、新聞は読めなかった。掛け算や割り算もできなかった。社会や科学の知識も皆無であった。

このまま同年代の集団に放り込んだら恥をかくのはソウェイルだ。したがって、当面は宮殿で家庭教師から学ばせる。そう決めたウマルに、テイムルは心から感謝した。

思えば、ソウェイルとフェイフューが宮殿に戻ってきたばかりの頃、双子の後見をする、双子の教育の世話をする、と言ったウマルへの風当たりは強かった。ナーヒドとユングヴィはもちろん、国じゅうの者、テイムル自身もウマルに反感を抱いた。

今となっては、少なくともテイムルとシーリーンの間では、ウマルは教育者として、あるいは親として、立派な人間だった、ということで一致している。

テイムルには双子をどう教育したらいいのかわからない。特にソウェイルについては悩んでばかりだ。

今から学校に通わせて大丈夫だろうか。フェイフューを中心に出来上がっているらしい教室は居心地が悪くないだろうか。そもそも、『蒼《あお》き太陽』であるソウェイルを宮殿の外に出していいのか。

気がつくと、ソウェイルとフェイフューが部屋の真ん中に座り込んで向き合っていた。

「テイムル」

フェイフューに呼ばれた。

「はい、何でしょう」

「大学の件、学校でもうわさになっています。学校でぼくたちが話すくらいですから、ちまたでは相当な話題になっているのではないでしょうか。サータム人に好きにされているということを一般民衆に知られるのなどいかがなものでしょう」

まさか九歳の子供に叱責《しっせき》される日が来ようとは思っていなかった。

「民衆はサータム人にきぜんとした態度を見せられる強いアルヤ王国を求めています。対応しているというかっこうを見せておいたほうがいいのではありませんか？」

テイムルの返事を待たずに、ソウェイルが口を開いた。

「そう言ったって、大学にずかずか入っていって、争いごとになるのはだめなんだろう？」

「そうです、大学は学問のためにある神聖な場所です。学徒に危険が及ぶようなことがあってはなりません。学問をする人間はなんぴとたりとも保護されなければなりません」

「フェイフューはどう対応したらいいと思う？」

「どう、と言うと……大学に介入していくことは難しい、としか」

「こっちがどうこうするんじゃなくて、大学の学生さんとかに出ていってもらうように言ってもらうしかないんじゃないのか。学生さんがじゃまですって言えば、学生さんの学問のじゃまはしたらいけないんだから……」

ティムルは思わず手を叩《たた》いた。大きな声で「それだ」と言ってしまった。驚いたらしいソウェイルが目を真ん丸にしてフェイフューに身を寄せた。

「なんと、ソウェイル殿下、素晴らしいお考えです。ぜひとも白軍でそのように対応致しましょう」

大学側に白軍から協力要請の書面なり賄賂《わいろ》なりを送って白軍の介入を許可させればいいのだ。大学側から要請があったとなれば体面は保てる。

ソウェイルが考えたことである。ソウェイルが言ったのだ。ソウェイルの知恵だ。

ソウェイルにも政治を考えることができる。

嬉《うれ》しい。

「いい考えです」

フェイフューも笑った。

「学生たちを巻き込みましょう。サータム人たちが学生に危害を加えたということになれば堂々と始末できますしね」

テイムルもソウェイルも顔をしかめた。

フェイフューはひとりで楽しそうにしゃべり続けている。

「いっそ学生側に武器を渡してもいいのです」

「いつそんなぶっそーな話になった？」

「何が物騒ですか。何度も言いますが、サータム人たちに好き勝手をさせるわけにはいかないのです。このような騒動を起こした以上は処刑しなければなりません」

これ以上ソウェイルに野蛮な話を聞かせるわけにはいかなかった。

腕を伸ばした。

フェイフューの体をつかんだ。

抱え上げ、肩に担いだ。

「わあああ！　何をするのですかあっ」

「フェイフュー殿下はもうご自分のお部屋に戻りましょう」

「なぜですか、ぼくはまだ兄さまと話し足りないですっ」

「またお夕飯のあとになさいませ。ソウェイル殿下はお疲れです、お休みが必要です」

「兄さまはそんなことはひとつも言っていないですぅっ」

フェイフューが手足をばたつかせた。こういう仕草は九歳児そのものだ。ソウェイルよりはひと回り大きく重いが、ティムルにとっては苦になるほどでもない。たかが九歳、されど九歳である。

「いやーですうーっ」

扉のほうへ歩き出した時、ソウェイルがフェイフューに手を振っているのが見えた。さようならの合図だ。

右肩にフェイフューを担いだまま、左手で扉を開けて部屋の外に出た。ソウェイルとシーリーンはそれを無言で見送った。

ソウェイルとフェイフューの部屋は隣り合わせだ。間に衣装部屋が挟まっているので物音は聞こえないが、距離はほぼない。

ティムルはフェイフューの部屋の扉を開けた。そして、主寝室の寝台の上に彼を下ろした。多少手荒になった気はするけれど、この王子は頑丈なのでいいだろう。

フェイフューがティムルを見上げている。正確には、にらんでいる。こういう気の強さはソウェイルにはない。

エスファーナ陥落から三年間、ティムルは定期的にナーヒドの屋敷にいるフェイフューの様子を見に行くようにしていた。たとえ『蒼き太陽』でなくても、蒼い瞳《ひとみ》の子供がいる、と思えば気持ちが落ち着くのではないかと思ったからだ。

白将軍は太陽を守るものだ。だが、アルヤの太陽とは単にアルヤ王のことを指す言葉で、絶対に『蒼き太陽』としか結びつかないわけではない。時代によっては髪の蒼くない太陽がいた期間もある。それはまったく自然なことで、時の白将軍は何も考えずに髪の蒼くない太陽をお支えしてきたはずだ。だからソウェイルがいなくなった以上代わりの太陽としてフェイフューを受け入れるのは当然のことだった。

それなのに、ティムルは、そこまで割り切れなかった。

双子は中身が似ても似つかない。フェイフューは良くも悪くもはっきりものを言う。おとなしくて可愛らしいティムルの本物の太陽とは違う。ティムルが六年間大切にしてきた愛《いと》しい『蒼き太陽』とは別物だ。

そう思うたびにティムルはがっかりした。態度には出すまいと思っていたが、勘づいた人間はきっと大勢いただろう。

ティムルはソウェイルが宮殿に帰ってきたことで安心している。すべてがもとどおりになった気がしている。

万が一戻ってこなかったら、どの時点で職務を放り出して殉死しただろうか。

それは、フェイフューに、お前など太陽ではない、と突きつける行為だ。

「雑です」

フェイフューが唸《うな》る。

「ぼくが『蒼き太陽』ではないからといって、ぞんざいすぎませんか」

指摘されて、テイムルは言葉を詰まらせた。まったくそのとおりだ。

「違いますよ。フェイフュー殿下がソウェイル殿下よりお強くてたくましいからです。ソウェイル殿下が繊細すぎるので過剰に丁寧にしているのです」

「うそはつかなくて結構。あなたがぼくより兄さまが好きなのなど万人の知るところです」

心の中で、あちゃあ、と呟《つぶや》いた。一生懸命顔に出さぬよう努める。

強引に話を変えた。

「それにしても、殿下、学校からお帰りになると必ず兄上様のお部屋に伺われるそうですね。何のご用ですか？　ソウェイル殿下にもソウェイル殿下のご都合がありますよ。そのへんの配慮ができぬほどお子様ではないかと存じますが」

するとフェイフューが予想外のことを言った。

「子供だと思われても構いません。ぼくはそれでも兄さまと一緒にいたいのです。ぼくには時間がないのですから」

「時間がない？　もう少し詳しくご説明願えますか」

学校やお稽古《けいこ》事で忙しくて時間がない、という話かと思っていた。

まったく違った。

「ぼくの命はあと六年、いえ五年と少ししかないのです。その間に兄さまに甘える時間を設けてもいいではありませんか」

「何を突然」

「兄さまは『蒼《あお》き太陽』ですよ。ぼくが王になるわけがないでしょう。ぼくは十五で死にます」

あまりにも衝撃的で、言葉を失った。

九歳の子供が何を言っているのだろう。

しかし、フェイフューは平気のようだった。先ほどと変わらぬ強気な顔をしている。

「それまでぼくは好きにやらせていただきます。やりたいことを全部やるつもりで生きます。なので邪魔しないでください」

「殿下……」

「兄さまに甘えたっていいではありませんか。いやならいやだと言わない兄さまが悪いのです」

フェイフューのそういう覚悟を、ソウェイルは知っているのだろうか。だから抵抗しないのだろうか。

悩んでしまう。

彼の周りの人間は、九歳の子供である彼に死を意識させるような大人なのか。

ティムルは、ソウェイルを王にすることばかり考えていて、王にならないフェイフューをどう始末するのか、あまり深く考えないようにしていた。ウマルは残った片割れを殺すと言っていた。ティムルの中では当然フェイフューを死なせることになっている。だが、それを、いつどこでどう、というのは先送りにしていた。さすがのティムルもこの現実は直視しがたい。

立ちすくんでいるティムルを見て、気まずくなったのだろうか。フェイフューが視線を逸《そ》らした。

「まあ、べつに、構いませんが。今後のことなど、どうなるかわかりませんし」

彼は上唇を尖《とが》らせた。

「ナーヒドが、戦争に勝ったら、帝国に考えを改めさせることができるはずだ、と言っていました。ぼくの寿命も延びるかもしれません。ナーヒドは強いのでなんとかしてくれるのではないでしょうか」

どうだろう。ウマルの言うとおり、玉座につけるのはひとりだけだ。たとえこれで帝国の影響力を排除できたとしても、最終的にはどちらかを——フェイフューを王位継承争いから引きずり下ろさなければならなくなる。

しかし、それは、九歳の本人を前にして言えない。

「そうですね。まずは戦争に勝つよう祈りましょう。エスファーナから物資を送る予定もありますし、宮殿で応援しましょうね」

そう言いながら、ティムルは自分にがっかりしていた。

それでも、王になるのは――太陽なのは、ソウェイルのほうだ。

邪魔になるならフェイフューを殺す。

彼に未来はない。あったとして、それがソウェイルを害するものなら、自分がこの手で捻《ひね》り潰《つぶ》さなければならない。

この子には、残り少ない人生を楽しませてあげたい。

「まあ、あまり兄上様のご負担にならない程度になさい」

彼は両足を投げ出して「はいはい」と答えた。

フェイフューの部屋から戻ってきたところ、扉の隙間からソウェイルとシーリーンの声が聞こえてきた。完全に閉まっていなかったらしい。暴れるフェイフューを担いでいたせいだろう。

「いっこお願いしてもいい？」

「はあい、何でしょう」

部屋の中を覗《のぞ》き込む。

部屋の真ん中に、ソウェイルとシーリーンが座っている。ソウェイルがシーリーンの膝《ひざ》の間にいる形で向き合っている。いくら子供といっても、もうすぐ十歳になる男児が女性と接している、と考えるとだいぶ距離が近い。

「頭の布をとってくれ。かみの毛が見たい」

シーリーンは少し驚いたらしく、目を丸くしてソウェイルを見つめた。ソウェイルはもともと女性に対しては甘え上手なほうだと思うが、こんなことまで要求するのか、と思うとティムルもびっくりした。彼女のソウェイルへの忠誠心を試したいのだろうか。

シーリーンはすぐにちょっと笑って、「はい、かしこまりました」と言い、自らの顎《あご》の下に手を伸ばした。

顎の下、布の端の結び目をほどく。左回りにといていく。

長い前髪の端がほろりと胸に落ちた。

飴色《あめいろ》の髪は後頭部でひとつの団子にまとめられており、いつかティムルが贈った銀の挿し櫛《ぐし》がさされていた。

挿し櫛をはずすと、緩く波打つ豊かな髪がふわりと広がった。長い毛先がはらはらと降るように床へ届いた。

「さわってもいい？」

「どうぞ」

　ソウェイルが両手を伸ばした。シーリーンの胸のあたり、右手で左胸の上の、左手で右胸の上の部分を優しくつかんだ。

　髪を自分のほうへ引き寄せる。握り締め、それぞれの拳《こぶし》を自分の頰にあてる。

「いいにおい」

「ありがとうございます」

「おれ、シーリーンのかみの毛、すきだ。ユングヴィとぜんぜんちがう。ユングヴィのかみはごわごわでつんつんだけど、シーリーンのかみはつやつやでふわふわだ」

「嬉《うれ》しいお言葉ですが、それはけしてユングヴィ将軍の御前《おんまえ》でおっしゃってはなりませんよ」

「だいじょーぶ、シーリーンがナイショにしてくれたらナイショだ」

「あら、あら」

　ソウェイルがほうと息をつく。

「どうしてかくしてしまうんだ？　いつも見ていたいのにな」

　シーリーンが「困りましたねえ」とさほど困っていなそうな声で言った。

「いいですか、殿下。髪を外に出すというのは、女にとっては裸を晒《さら》す行為なのです。髪を見せるには相手の方と家族になってもいいという覚悟がなければなりません。家の外では慎まなければならないことです」

慌ててシーリーンの髪から手を離した。

「はずかしいこと？　今、シーリーンははずかしい？　おれシーリーンにいやなことさせたか？」

「いいえ、殿下は特別です。殿下は『蒼き太陽』でいらっしゃいますから、国じゅうの娘の頭から布を剝《は》いでもいいのです。その代わり、からだを見るのと一緒のことなのですから、責任をとってお嫁に貰《もら》わねばなりませんよ」

「えっちだ」

「そうです、そういうことですよ。慎みましょうね」

「ごめんなさい……。しまおう」

シーリーンの手から布を取り、自ら彼女の頭に巻こうとする。彼女は小さく笑ってされるがままにした。

扉を軽く小突いて音を出した。ソウェイルとシーリーンがこちらを向いた。

「失礼します」

大きく開けて中に入ろうとする。

珍しくソウェイルが「来るな」と怒鳴った。

「えっ、だめなんですか」

「まだいいって言ってない」

立ち上がり、シーリーンを隠すように強く抱き締める。シーリーンが今度こそ本当に困った顔をして「あら」と呟《つぶや》く。

「かみを見たらいけないんだ。ティムルのすけべ」

「はあ、すみません」

「本気で悪いと思ってないだろ！　女の人にとってはかみを見られるのはたいへんなことなんだ、けっこんしないといけなくなったらどうするんだ」

ティムルは、立ち止まり、自分の口元を押さえた。

「殿下としては、ティムルとシーリーンは結婚してはいけませんか」

ソウェイルがきょとんとした。

しかし、さて、何をどう話したらいいのか。何から説明すべきか。説明、というより、釈明、だろうか。どこからどう語り聞かせればソウェイルに結婚を許可してもらえるだろう。

ティムルが悩んでいるうちに、シーリーンがそっとソウェイルから体を離した。手早く髪をまとめて、挿し櫛をつけ、布を巻いてしまった。

「はい、おしまい」

ソウェイルはまだティムルとシーリーンを交互に見て混乱した様子を見せていた。

けれど、シーリーンが何事もなかった顔で「どうぞ、テイムル将軍、おいでませ」と言うので、テイムルは部屋の真ん中に移動して二人のすぐそばに座った。

「フェイフュー殿下はすんなりお部屋に戻られました？」

問われて、溜息《ためいき》をついた。

「フェイフュー殿下はいつもああなのかな」

「ええ、ほぼ毎日ああですよ。お外やお友達のお宅で遊ばれたあとこちらにいらして、お夕飯の時間までここで過ごされます」

ソウェイルのほうを向く。

「嫌なら嫌とおっしゃらなければなりませんよ」

「べつにいやじゃないけど」

彼はうつむいて口ごもった。

「フェイフュー、がんこで聞かん坊だから、おれが強く言うとおこるんだよな。だんだんめんどくさくなってきた」

テイムルは溜息をついた。双子の間でもすれ違いが起こり始めているらしい。

シーリーンが言う。

「学校に行くようになってからどうも知恵がついたようで、私では言い負かされてしまうのです。単に成長されているというだけなら、悪いことではありませんけれど」

ちらりとソウェイルを見る。暗に、フェイフューに比べてソウェイルの成長が遅い、と言いたいのだろう。シーリーンにはソウェイル本人を前にして直接口にはしない分別がある。

「ユングヴィがちゃんとしていたらな」

もう何度目になるかわからないぼやきを、また口にしてしまった。

憤りをこらえきれない。

ユングヴィはソウェイルに最低限の生活しかさせてこなかった。生きるのに必要なぎりぎりの衣食住しか与えず、年相応に成長させることは考えていなかったのだ。ソウェイルは、三年間、ユングヴィ以外の人間と会話をすることすらなく過ごしてしまった。

ティムルにはなんとなくわかっている。

ユングヴィ自身がそういうぞんざいな扱いを受けて育ったのだろう。

彼女は都の地下で暮らし始めるまでどこで何をしていたのか語らない。どこで生まれ、どんな親兄弟がいたのか、十神剣では知っている者はおそらくいない。だからこそ逆に彼女の親がどんなふうに彼女を育てたのかが想像できてしまうのだ。

そんなユングヴィなので、ティムルはソウェイルを教育してほしかったとまでは言わない。

助けを求めてほしかった。一言現状をほのめかしてくれたら、誰かが察して手を差し伸べただろう。少なくともテイムルはなんとかしようと必死で考えたはずだ。どんな手段を使ってでも全力でソウェイルを守った。

そうすれば、ユングヴィを批判的に見ることもなかった。

彼女の心の奥底にはきっと闇が広がっている。十神剣も赤《あか》軍兵士も誰ひとり立ち入ることのできない闇だ。あのベルカナでさえ安易には踏み込まない。

「テイムル将軍」

顔を上げると、シーリーンが首を横に振っていた。

「王妃様に信頼していただけなかった私たちが悪いのです」

意識して深く息を吐いた。彼女の言うとおりだ。王妃が最初にテイムルやシーリーンに声を掛けていたらこんなことにはならなかった。

ソウェイルの前でユングヴィを非難するのは厳禁だ。ユングヴィがどんな人間であっても、ソウェイルにとっては三年間唯一の親だった。

ユングヴィがタウリスに行ってから、ソウェイルは少し情緒不安定だ。ユングヴィがすぐ会える範囲にいなくて不安らしい。

テイムルはこのままユングヴィに帰ってきてほしくないと考えているとは、口が裂けても言えなかった。テイムルがユングヴィをそんなふうに思っていると知ったら、ソウェイルはテイムルを嫌うようになるだろう。

「そうだね。ちゃんとしていなかったのは僕だ」

ユングヴィをひとりにしなかったら――ナーヒドと行動を別にしていたら――真っ先に後宮《ハレム》の様子を見に行っていたら――王よりソウェイルを取っていたら――

「これからやり直しましょう」

シーリーンが表情を緩める。

「三年かければ。いえ、もしかしたらもっとかかるかもしれないですけれど。シーリーンは、いつまでも、いつまでも、お付き合いしますから」

テイムルも表情を緩めた。

そこで、それまで黙っていたソウェイルが突然口を開いた。

「なあ」

一瞬胸が冷えた。ユングヴィに対して批判的な言葉を口にしたかどで責められるか、あるいは、三年前のことで彼しか知らない何かを告白されるか、と予想したのだ。

ソウェイルは想定外のことを言い出した。

「テイムルとシーリーンって、ひょっとして、仲がいいのか？」

二人は同時に「えっ」と漏らした。

ソウェイルの、大きな真ん丸の瞳《ひとみ》が、自分たちを見ている。

「シーリーンはべつにテイムルならかみの毛を見られてもいいのかと思って」

心臓が破裂しそうだ。

「あらら？　どうしてでしょうか」

シーリーンが笑みを取り繕う。

「シーリーンはそんなこと一言も申し上げておりませんよ」

うっかり、テイムルの男心が傷ついた。

「シーリーンはテイムルがすきくない？」

「好きですよ」

一瞬浮上したが――

「まあ、シーリーン、みんなのことがすきだもんな」

「そうですね。シーリーンは誰のことも嫌いではないです」

叩《たた》きのめされた。けれど、今度こそ本当に私的なことなので、テイムルは何も言わなかった。


コーヒーを飲みつつ、テイムルは溜息をついた。

目の前、机の上に一通の書簡が広げられている。

エスファーナ大学の学長からの返事だ。

大学に逃げ込んだサータム人官僚たちの引き渡しには応じられない。なぜなら彼らは三年間エスファーナ大学の学問に投資した人々だったからだ。彼らは真理の探究のために私財を提供してくれた。俗世の政治に負けて恩を仇《あだ》で返すわけにいかない。大学は彼らを保護する。

大学に国境はない。学長も、すでに三十年はエスファーナ大学にいるそうだが、もとはサータム帝国出身だ。だが、彼が同郷のよしみで学問に関係のない人間を融通しているとは思えなかった。あくまで学問の保護者の保護者なのである。神経質そうな文面からは彼の高潔な意志が滲《にじ》み出ている気がした。

さて、どうしたものか。

扉を叩く音が聞こえてきた。

「すみません」

フェイフューの声だ。

驚いて顔を上げた。

わざわざこの執務室まで出向くとは、何かあったのだろうか。

急いで立ち上がって、ティムルのほうから扉を開けた。

フェイフューが三人の白軍兵士に守られつつそこに立っていた。

「お仕事中ですか？　お忙しいですか？」

　ティムルは笑顔を作って答えた。

「いいえ、ティムルの一番の仕事は王子お二人をお守りすることですから、フェイフュー殿下がお求めならどんな仕事も後回しですよ」

　嘘ではない。むしろ、ソウェイルばかりを優先してフェイフューをないがしろにしがちの自分を恥じる。白軍は王族を守るためにある。一番はやはり太陽だが、太陽に実害が出ない限りは他の王子や王女にも気を配るべきだ。しかも、フェイフューはあと五年ちょっとで死ぬ。そう思うと、彼も今のうちに甘やかしてあげたい。とんだやんちゃ坊主だが、九歳にして死を覚悟している少年は冷たくあしらえない。

　今はソウェイルは一緒でないらしい。フェイフューはひとりで部屋に入ってきた。

「ティムルに相談があって来ました」

　フェイフューが大きな瞳でティムルを見上げながら言う。ソウェイルと同じ色の瞳だ。並んでいると似ていないように感じてしまうが、こうして別々に見るとやはり兄弟で、顔を構成する部分部分が同じだと思う。

「はい、どのような？」

「学校が閉鎖になります」

　恐れていた事態になった。

「今週いっぱいで一度終わりだそうです」

もはや子供たちを集めることも危険であると判断されるほどエスファーナの治安が悪化している、ということだ。貴族は次々とアルヤ国を見捨ててラクータ帝国に亡命している。

「先生が親に事情を説明したいのだそうです。そういう時、ぼくは誰に来てもらうべきなのかと思って。ナーヒドがいればナーヒドに頼むのですが」

「ティムルであっていますよ。白将軍家は王家第一のお側付き、護衛だけでなく身の回りのお世話すべてを申しつけていただくためにいる家臣ですから。一般家庭で父親がやることはティムルが代行させていただきます」

「よかったです。お願いしますね」

フェイフューが笑みを見せた。

彼のそんな顔を見ていると、ティムルは、つい、思ってしまうのだ。

ソウェイルもこれくらい気軽に頼みごとをしてくれたら、どんなにいいだろう。

「あと、もう一個訊《き》きたいことが」

「何でしょう」

「親が国を出ると言っていて困っている友達が三人ほどいます。みんなこの国を離れたくないと言っています。ぼくも離れたくない友達です。それに、どいつの家も大きな貴族の家で、彼らが財産を持ってまるごと国外に出てはこの国にとっては大きな損失になると思います。なんとかして引き留めたいです」

ティムルはひとりで腕を組んだ。

フェイフューは本当に痛いところを突いてくる。

財産も情勢を読む力もある貴族連中は戦況に敏感だ。三年前のエスファーナ陥落の、そしてその後に続いたウマル総督による植民地経営の記憶が生々しい今、それをもう一度繰り返そうとしている軍部に愛想を尽かしたに違いない。

同じ貴族でも、武官系、特に騎士の家系で尚武の気風のある蒼《そう》軍幹部などは、勢いに任せて戦闘に積極的になっている。だが、宮殿で文官系の貴族とも折衝をしているティムルは、元貴族院議員たちの不満を肌で感じ取っていた。

ああいう人々が三年前にラクータ帝国に亡命した親族を頼って出ていこうとしている。

彼らがいなくなったら、いったい誰から税金を取ればいいのか。

これ以上平民から取るのは危険だ。みんな『蒼《あお》き太陽』のためと言って我慢しているが、もともと余裕のない人々が捻出《ねんしゅつ》する税金などたかが知れている。

蒼軍を筆頭とするタウリスに出ていった部隊は、戦費の徴収をどう考えているのだろう。

他の将軍たちは、華々しい戦果は現場だけで共有して、実務の部分はティムルに丸投げだ。

今はまだティムルの話を聞いてくれる人がいる。ティムルが『蒼き太陽』の威光を背負った最高神官だからだ。しかし、もう、無理がある。こんなことを続けていたら、近いうちにどこかで破綻《はたん》する。

こんな状況で本当にサータム帝国に勝てるのだろうか。

せめて『蒼き太陽』からじきじきにお言葉を賜れば、と思ってしまうが、まだ九歳だ。ティムルの小さな王はまだ守られる一方で然《しか》るべきである。

「しばらくの間彼らを蒼宮殿に滞在させることはできませんでしょうか？」

「う－ん、そうしたいのはやまやまなのですが、子供だけ引き止めると根本的な解決からはさらに遠ざかる気が……」

困ったティムルが唸《うな》った時、外から慌ただしい足音が聞こえてきた。

「ティムル将軍！」

若い白軍兵士の声だ。

「どうした、入れ」

廊下に向かって呼び掛けると、扉が少し乱暴に開けられた。

「ソウェイル殿下が……！」

一瞬心臓が止まった。

蒼宮殿の正門に群衆が押し寄せている。

いずれも細かな刺繡《ししゅう》の入った民族衣装を着ている人々であった。

女性は全身に銀細工の飾りをつけ、男性は髪を編み込んで頭に帽子を載せている。

そして、おそらく家財道具一式を、荷馬車に積んで引きずるように運んできている。

チュルカ人だ。

チュルカ人の団体、それもいくつかの氏族、ひょっとしたらひとつの部族まるごとかもしれない数百人ほどの人数が、宮殿の中へ入ろうと押し合いへし合いして詰めかけている。

外側の大きな門と宮殿の南の正堂をつなぐ道の真ん中に、ソウェイルと三名の白軍兵士が立っている。そして、その周りを、屈強なチュルカの戦士の男十数名が囲んでいる。

そばで見守っていた女官たちが「将軍」と救いを求める声を上げた。

腰に携えた白銀の神剣の柄《つか》に手をかけながら、人々を掻き分けてソウェイルの前に立った。

テイムルがすぐにでも抜剣できる体勢で現れたのに反応して、チュルカの戦士たちもめいめい腰の刀へ手を伸ばした。

「テイムル」

後ろからソウェイルの声がする。

「だいじょうぶだから、けんかはだめだ」

そう言うソウェイルの声は落ち着いて聞こえた。

剣の柄を握ったまま、ソウェイルのほうを振り向いた。

ソウェイルは大きな瞳《ひとみ》を悲しそうに曇らせてテイムルを見上げていた。

「喧嘩《けんか》はだめだそうだ、白将軍」

正面、黒地に銀糸の刺繍の入った立ち襟の上着を着て髪を一本の太い三つ編みにした、口の上がひげで覆われている男が言う。その態度には余裕さえ見て取れる。

彼は刀から手を離して両の手の平を見せた。敵意はないようだ。攻め込んできたわけではないらしい。

「俺はヤクプ族族長、ヤクプの息子のハムセの息子のベルケルの息子のファルクの次男のドゥマンだ。以後よろしく頼む」

神剣から手を離しつつ、テイムルもこたえた。

「アルヤ王国近衛《このえ》隊隊長、白将軍テイムル・メフラザーディです」

ヤクプ族の族長は目を細め、口角を上げて笑顔を作って見せた。総じて無愛想で感情を表に出そうとしないチュルカ人にしては珍しい。

「ヤクプ族の戦士の長《おさ》とお見受けしますが、どんなご用でおいでに？　アルヤ語を解する貴殿が我らにとって『蒼き太陽』がどれほどの意味をもつのかご存じないとは思いませんが」

「単刀直入に言う。蒼宮殿に入れていただきたい」

チュルカの戦士というやつは、だいたいこうして自分の事情を押しつけてくる。

「我らヤクプ族は北部州の西のほうで遊牧生活をしている部族。タウリスが戦場になり、このままでは我らの生活も危ぶまれると判断した。だが、南下すればまだ安全なところが残っていると思ってな」

騎馬遊牧民、しかも武勇を誇るチュルカ人でさえ、タウリスの危機を感じ取って逃げてきた。かなり多くの人がタウリスの状況を悲観していると見た。

「それで、宮殿に避難したいと？」

「いざ来てみたらエスファーナも荒れ放題で驚いた」

アルヤ人が敵であるサータム系住民を追い出そうと躍起になっている。エスファーナの庶民はアルヤ人のほうが圧倒的多数なので、サータム人は官僚から平民までみんな慌てて出ていこうとしている。

きっとエスファーナだけでなくいろんな都市で同じことが起こっているに違いない。

頭の痛い話だ。

「黒軍《くろ》が西部に出ていったと聞いた。人手が足りないんだろう。だから俺たちが黒軍の代わりをやってやろうと思ってな。女たちもよく働く、掃除なり洗濯なり使ってもらって構わない」

「それはまあ、悪くはないお申し出ですが――」

「結構です。お帰りください」

ぎょっとして下を見ると、いつの間にか追い掛けてきたらしいフェイフューが、ヤクプ族の族長をにらんでいた。

「あなたがたがそういう勝手なことをするからエスファーナの治安が悪くなるのです」

戦士のうちのひとりが「何だこのガキ」と唸った。族長が「やめろ、フェイフュー第二王子だ」と押さえた。

「自分たちの生活が心配なら草原に帰ったらどうです？　こんな時にまで甘えてこられても困ります。面倒を見切れません」

「ちょっと、フェイフュー殿下」

「お引き取りください」

族長が微笑む。

「威勢がいいのは結構だが、あんたがそう言ってもなあ。俺たちが交渉している相手は『蒼き太陽』だ」

フェイフューを押し退けるようにしてソウェイルが一歩前に出た。

「おれはいいと思う。きゅうでんに入ってくれ」

ソウェイルははっきりとした声音で言った。意外だ。こわもての異民族に囲まれておびえているに違いないと思っていたのだ。

「ほら、『蒼き太陽』はこう言っている」

チュルカの戦士たちがはやし立てた。

「いけません、どこのどいつとも知らぬ異民族を簡単に宮殿へ入れるなど」

「どこのどいつって、北部でゆーぼく生活をしていたヤクプ族って、ちゃんと名乗っているのに」

「ぼくは兄さまのために言っているのですよ」

「べつに、きゅうでんは広いから、これくらいじゃきゅーくつでもないし。おれのねる部屋がとられたらこまるけど……」

フェイフューがテイムルを振り返った。

「テイムル、兄さまを止めてください」

ソウェイルもテイムルを振り返った。

「テイムル、みんなを入れてくれ」

テイムルはいよいよ言葉に詰まった。

「ねえテイムル」

「なあテイムル」

「テイムル！」

二人の呼ぶ声が重なった。

「しばしお時間をいただきたい。こちらもいろいろと事情があって即答できかねます」

チュルカの男たちにそう告げた。

何人かは「ああ⁉」「テメエナメてんのか」と声を荒らげた。だが同時に、別の何人かは双子を眺めつつ、「仕方ないな」「待っていてやるよ」と笑った。

「何だ、あいつ、軍人かと思ったが違うのか」

「あれが噂の子守将軍だ。あれは戦の時に王子様と都で留守番をするのが仕事なんだ」

「大変だな。並みの武人だったらこんな情勢で王子様のおもりなど耐えられんだろうに」

心の中で、聞こえないように言うか、わからないようにチュルカ語でしゃべってくれ、と叫んだが、白将軍であるテイムルが下品な振る舞いを表に出すのは許されないのでこらえた。

右手でフェイフューの左手首を、左手でソウェイルの右手首をつかんだ。肩を傷めないよう、ゆっくり、だがしっかりと引いた。二人とも二、三歩ほどティムルのほうへ近づき、ティムルにまっすぐ向き合った。

ティムルはその場に膝《ひざ》をついた。三人で話し合って彼らをどうするか決めましょう」

「少しお話しましょう。三人で話し合って彼らをどうするか決めましょう」


実はこの時、ティムルの腹はすでに決まっていた。双子が何をどう言おうと、ティムルは白将軍として——蒼宮殿の管理者のひとりとしてひとつの結論を出していた。

だが、大人の結論を押しつけるのは教育ではない。

二人も春が来ればもう十歳になる身だ。相手の意見を聞き、かつ自分の意見を言う——つまり、議論の仕方を学ばせなければならない。互いに満足するまで話ができたと思わせた上で、ティムルの意見に同調するよう説得するのだ。

「まずは、先に彼らと話をしたソウェイル殿下にお訊《き》きしますね」

ソウェイルが頷《うなず》く。

「どのような経緯でこちらへおいでになられましたか。確か朝はお部屋にいらっしゃったと記憶していますが」

しどろもどろではあったが、ソウェイルはなんとか自分の口で説明した。

「みんなが、がちゃがちゃしてて……。みんなって、女官とか、白軍兵士とか……。いっぱい人が——チュルカ人が来てて、おもしろいから見に行くって言ってて——おれ、やだったんだ。なんか、チュルカ人がおもしろいからってじろじろ見るの、そんなのさらしものだって思ったんだ。だから、みんな殿下は来ちゃだめって言ったけど――」

「周りに止められたのを振り切って、いらしてしまったんですね」

「……さいしょは、ここにいるとイジワルなアルヤ人のせいでやな思いするから、早く帰って、って言うつもりだった。すぐ終わるはずだったんだ。そしたら、みんな、それでもいいからきゅうでんに入りたい、って言うから……話を、って……」

「わかりました」

テイムルはそこでひとつ頷いて見せた。

「この前、エスファーナ大学でサータム人の立てこもりが発生した時、そのサータム人たちを助けてあげたらひいきになって、最後はソウェイル殿下が困ることになるかもしれない、という話をしたのはおぼえておいでですか」

「ああ」

「今回は、チュルカ人の、それもヤクプ族の人たちをひいきすることになるとは思いませんでしたか」

フェイフューが声を荒らげた。

「そうですよ！　他の部族の面倒まで見るはめになったら――」

「フェイフュー殿下」

ティムルは首を横に振った。

「まだソウェイル殿下がお話しになる番です。我慢できませんか」

フェイフューが黙った。おもしろくなさそうな顔をしているが、一応我慢はできるらしい。

ソウェイルがふたたび口を開いた。

「お金がほしいとは言ってない。ううん、生活にはお金がかかるけど、その分ははたらくって言ってる」

そして、うつむく。

「みんなの言うとおり、おれ、しょーじき、サヴァシュが戦争に出かけて、不安なんだ。もし、サータム人とけんかになっても、チュルカ人がたくさんいたら、安心だ」

「なるほど」

「それに、おれ、チュルカ人のみんながエスファーナなら安全だと思ってくれたのがうれしい。エスファーナはみんなを守ってくれるし、みんなもエスファーナを守ってくれるんだ」

いろいろ言いたいことはあったが、一度呑《の》み込んだ。今はとにかく双子にしゃべらせることを優先したい。ティムルの意見はあとでいい。

フェイフューの顔を見た。

自分の番が来たことを悟ってか、フェイフューはすぐに話し始めた。

「サヴァシュが何ですか。このまま帰ってこないで結構ですよ、あんなやつ」

ソウェイルが目を真ん丸にした。

「黒軍はもともと戦場でしか役に立たない部隊ですよ、平時は日がな一日酒を飲んで寝ている連中なんですよ。白軍はまるまる残っているではありませんか、白軍なら安心です、選ばれた精鋭の中の精鋭、何があっても守ってくれます。白軍さえいれば安心なのです」

テイムルは自分の額を押さえた。白軍が褒められるのは嬉《うれ》しいが、こんな話題で引き合いに出されるのは本意ではない。

「サヴァシュも、普段はろくに仕事をせずそのへんでうろうろしています。アルヤの国の決まり事は守らないし、式典には出ないし、だらしない男です。チュルカ人はみんなそう、肉を食べて酒を飲んでそのへんを馬で駆け回る、アルヤ民族の財産を略奪する連中です」

ソウェイルが何かを言い掛けた。だが、フェイフューはソウェイルに発言を許さなかった。

「いいですか、ああいう人がいるから、エスファーナは悪くなるのですよ。ああいう人のせいで、エスファーナがくさっていくのです。兄さまもあんなやつとは付き合わないほうがいいです」

ソウェイルが拳《こぶし》を握り締めた。

「軍隊のことは全部ナーヒドがやってくれます。サヴァシュはいりません」

ソウェイルの肩が震えた。

「何が十神剣最強ですか、ナーヒドのほうが強いに決まって――」

その途中であった。

ソウェイルが拳を振り上げた。

ソウェイルの拳がまっすぐ空気を裂いた。

フェイフューの頬にめり込んだ。

フェイフューがよろけたところを、ソウェイルはその胸を押して突き飛ばした。フェイフューは尻餅《しりもち》をついた。

一拍遅れて、そばで見ていた女官が悲鳴を上げた。

「十神剣最強はサヴァシュだ！」

ソウェイルからそんな大きな声が出るとは思っていなかった。

「サヴァシュはすごく強くてかっこいいんだ！　お前なんかが何か言ったってサヴァシュが最強なのは変わらないんだからな！」

フェイフューはすぐさま立ち上がった。赤く腫《は》れた頬には触れずにソウェイルをにらんだ。

「十神剣最強はナーヒドです。蒼《そう》将軍家は武門の誉れ、国の興りし時より戦い続けて過ぎる年月《としつき》は幾星霜――チュルカのどこの誰とも知れないやつとは格が違うのですよ」

ソウェイルがフェイフューの胸倉をつかむ。ソウェイルの白い指がフェイフューの服の襟に食い込む。

「十神剣最強はサヴァシュだ」

「いいえナーヒドです」

「サヴァシュだ！」

「ナーヒドです！」

ソウェイルはフェイフューを引きずり倒した。フェイフューの腹の上に馬乗りになった。もう一度殴ろうとした。

周りにいるチュルカの男たちが指笛を吹いた。

「おっ、兄弟喧嘩《きょうだいげんか》か」

「いいぞ、やれやれ！」

だがソウェイルが優位に立てたのはそこまでだ。

フェイフューは次のソウェイルの拳をかわした。

フェイフューが身をよじるだけでソウェイルの体が地面に崩れた。

入れ替わり、フェイフューがソウェイルの胸倉をつかんだ。ソウェイルの体はいとも簡単にフェイフューのほうへと引きずられた。もがいたが逃れられない。

フェイフューがソウェイルの頬を殴った。ソウェイルは軽く吹っ飛んだ。

地面にうつぶせで転がったままのソウェイルの脇腹を、フェイフューが思い切り蹴《け》り上げた。ソウェイルの体が反転して上を向いた。

ソウェイルの腹を踏みつける。ソウェイルがうめき声を上げる。

「あやまってください」

唇の端から血を流しつつ、冷たい声で言う。

「訂正してください。最強はナーヒドです」

しかし、ソウェイルはなおも鋭い眼光で答えた。

「いやだ！　サヴァシュのことをバカにするのはゆるさないんだからな！」

テイムルはシーリーンの髪を見た時のことを思い出した。あの時もソウェイルはテイムルに対して怒りをあらわにした。シーリーンが辱めを受けたと思ったからだ。

ソウェイルは、自分の周りの誰かが貶《おとし》められた時にだけ、本気で怒るのだ。

ソウェイルがフェイフューの足をつかんで引いた。フェイフューは一度体勢を崩した。しかし動じなかった。ソウェイルのその手を蹴り上げた。ソウェイルが手を離し、顔をしかめた。

フェイフューがふたたびソウェイルの服の襟をつかんだ。そして、ソウェイルを引きずってあえてもう一度立たせた。

拳を握り締める。

振り上げる。

そこで、テイムルは手を出した。

左手でフェイフューの拳を受け止めた。右手でソウェイルの服の襟、フェイフューが握っていたすぐ上をつかみ、強引に離させた。

「終わりです」

ソウェイルもフェイフューも、周りで見ていたチュルカの男たちも、「えーっ」と不満の声を上げた。

「喧嘩はだめとおっしゃったのはソウェイル殿下ですよ。そう言ったソウェイル殿下が、ひとを殴るんですか」

どんな理由があろうとも先に手を上げたのはソウェイルだ。そう思い、テイムルはまずソウェイルをたしなめた。

ソウェイルは鼻血を出したままテイムルをにらみつけた。

「おれは『蒼《あお》き太陽』だからいいんだ」

「こういう都合のいい時ばかりだめです」

次の反応は待たない。

右腕でソウェイルを、左腕でフェイフューを抱え込んだ。

そして、そのまま、持ち上げた。

「ぎゃーっ！」

双子をそれぞれの脇に抱えた状態で、テイムルは溜息《ためいき》をついた。

「誰か」

周りで呆然《ぼうぜん》と見ていた兵士たちが我に返って歩み出る。

「ヤクプ族に宮殿前広場で幕家《ユルト》を張ることを許可する。手配するように」

チュルカ人たちから歓声が上がった。

男たちが何やら声を掛けてきた。テイムルはそれに取り合わなかった。まずは双子を落ち着かせなければならない。双子を宮殿の奥へ運び始めた。

「やあだーっ、おーろーせーっ！」

「何をするのですっ、ぼくにこんなことをしてゆるされると思っているのですかーっ」

双子が揃って暴れる。こういう動きはとてもよく似ている。

「はいはい、とりあえず手当てをしましょうね」

　数日後、蒼宮殿の中庭、日が当たって暖かいあたりにヤクプ族の女たちが持ってきた絨毯《じゅうたん》を敷くのを許可した。

　以来、そこがヤクプ族の女性たちとソウェイルの憩いの場になった。

　ソウェイルは今日もヤクプ族の女性たちに囲まれている。

　今日はある若い女性が赤ん坊を抱いてやって来た。聞けば北部からエスファーナに移動する最中に生まれて、まだ生後一ヵ月らしい。

　みんなこの子を守りたかったのだろうか。この子が生まれるまでは戦わないと決めて南下したのだろうか。

　そう言えば、戦士たちは戦わない武人であるテイムルを見下した物言いをしていた。産み月の女性を守って戦いを避けた日々は他ならぬ彼らにとって屈辱的な道のりだったのかもしれない。

　母親が赤ん坊を差し出した。

　ソウェイルは最初戸惑った様子を見せた。視線をさまよわせて、周りの他の女性たちの顔色を窺《うかが》った。

　別の女性が背後から抱くようにしてソウェイルの腕をつかんだ。赤ん坊へ向かって手を伸ばすよう仕向けた。

ソウェイルの腕が、赤ん坊を抱いた。

「まあ、嬉《うれ》しいこと」

ヤクプ族の女性たちが、チュルカ訛《なま》りの強い、少したどたどしいアルヤ語でソウェイルに語り掛ける。

「この子、幸せ。アルヤの王子様、この子、抱っこした。とても素晴らしい」

「この子、泣かない。きっと抱っこが嬉しいね」

「この子、強い戦士になるよ。大きくなったらアルヤに恩返しをする。戦士の子は恩を裏切らない」

赤ん坊を抱いたまま、ソウェイルは何度も頷《うなず》いた。

テイムルとシーリーンは、そんなソウェイルを眺めて、ほっと息をついた。

「よく彼らを受け入れることにしましたね」

「拒んで恨まれでもしたら困るからね。一番厄介なのは敵を増やすことだ。今回は自分から助けを求めて来たんだから、多少お金がかかってでも関係を維持しないと。サータム以外とも戦うはめになるのはごめんだ」

シーリーンが穏やかな笑顔で頷いた。

「それにね、大事なのは、誰を助けるかじゃない、誰が助けたところを見ているかだ。国内外問わずアルヤの王族は女子供を抱えて遠路はるばる旅をしてきた人々に冷たいと思われるのが一番の損失だ」

「おっしゃるとおりです」

「それこそ、フェイフュー殿下のお考えどおり、いくらチュルカ人といってもたかだか数百人、白軍がまるまる温存されている現状で衝突してもこちら側がどうかなるわけがない。その程度の危険なら異民族に優しいところを演出すべきだよ」

「そうですね。仮にその数百人がみんなサヴァシュ将軍だったら別ですが、さすがにそんなむちゃくちゃはないでしょうし」

「数百人どころかあの場にいた戦士が全員サヴァシュだった時点で蒼宮殿陥落だ、その場合はもう持てるものすべてを差し出して命乞《いのちご》いをするよ」

溜息をつきつつも、その場にしゃがみ込んだ。

目線の先では、相変わらず、ソウェイルが女たちにあれこれと話し掛けられながら赤ん坊をあやしている。

それにしても――ティムルは少し落ち込んだ。

ソウェイルはサヴァシュを、フェイフューはナーヒドを推して一歩も引かなかった。

どちらもティムルが強いとは言わないのである。

わかってはいる。白将軍など戦わないほうがいい。白将軍が剣を抜く時は太陽に危機が迫っている時なのだから、太陽は白将軍がいかに強いかなど知らないほうがいいのだ。

それでも気になる。

ソウェイルはいったいサヴァシュのどこにそこまで惹《ひ》かれたのだろう。なぜサヴァシュであってテイムルではないのか。

テイムルはテイムルなりに気を遣ってきた。毎日洗った服に着替え、丁寧にひげを剃《そ》り、言葉遣いや立ち居振る舞いにも慎重にやってきた。それもこれもみんな清潔で物腰穏やかなほうが子供に好かれると思っているからだ。

だが、実際に選ばれているのは、アルヤ人ではまず見掛けない髪形で、無愛想で口の悪いサヴァシュのほうである。

自信をなくしそうだ。

「僕、殿下はずっとユングヴィと一緒にいたから女性が好きなんだと、男に対しては一律で人見知りのような態度を取るんだとばかり思っていたんだよ。でも、白軍兵士よりチュルカの戦士のほうが好きなんだね。殿下の中ではどんな違いがあるんだろうなあ」

「あながち間違っていないかもしれませんよ」

シーリーンが唇を尖《とが》らせる。

「殿下はユングヴィ将軍の好きな人を好きになるのかもしれません」

「サヴァシュとユングヴィって仲がよかったかな」

「剣術の稽古《けいこ》をされていた時に何度かご様子を見に行ったことがありまして、その時の話になりますが、だいぶ親しそうでしたね」

「ユングヴィって表面的にはわりと誰とでも親しくしない？　サヴァシュが特別だとは思わないけど」

「まあ、言われてみれば、そうかもしれません。私はユングヴィ将軍をあまり深く存じ上げませんから。ですが、それならそうで逆に気をつけたほうがいいですよ」

彼女は澄ました顔でユングヴィの真似をした。

「わー、サヴァシュすごーい！　ほんとに何でもできるんだね！　いつもありがとう！　私嬉しいよ！　わーいもっとやってー！」

「似てる……」

「これをすべての男性に対してやるのだとしたらやめさせたほうがいいです。こんな態度を取られたら並みの男性は気分がよくなるに決まっています。そのうちみんなユングヴィ将軍が好きになってしまいますよ」

テイムルの心臓が凍りついた。

ユングヴィは男をおだてて煽《あお》って行動させようとする人間なのだ。つまり、男心をくすぐる術《すべ》を知っているのだ。男を甘やかす女だ。

「あんな、男の子の母親になるために生まれたようなお人、放置していてはいけません」

そして、その態度に母性を感じた男たちが、みんな彼女に甘えるようになる。

もしかしたら、ソウェイルが彼女になついている原因も、そこにあるのかもしれない。

「いつか世の男性を手玉に取って刃傷沙汰《にんじょうざた》を起こさせるようになるかもしれません」

魔性の女だ。

「僕は今初めてユングヴィという人間の何が恐ろしいのかを知った」

「赤軍だって、ユングヴィ将軍がそういうことをやるお方だからうまくいかないのではありませんか？　きっとみんなユングヴィ母さんの気を引こうとして勝手なことをするのですよ。お母さんに他の兵士より注目されたいのです」

正面から「そうか」という呟《つぶや》きが聞こえてきた。

はっとして前を向くと、いつの間にかソウェイルがティムルの真向かいにしゃがみ込んでいた。

「あら殿下、赤ちゃんはもういいのです？」

「赤ちゃんねちゃったんだ。だから今日はもう終わりだ」

シーリーンもかがんでソウェイルと目線を合わせた。

「すごいですね、殿下、赤ちゃんを寝かしつけたのですか。よほど殿下の腕の中が安心だったのですね」

ソウェイルが機嫌よさそうに笑う。こんな笑顔を見ていると、ティムルは、あのチュルカ人たちをここにとどめ置いてよかった、と心から思う。

「なあ、ティムルとシーリーンって、なかよし？」

ティムルとシーリーンが顔を見合わせた。

「そう見えますか？」

「うん、たくさん話をしてるし、いっしょにいてほっとするかな、と思った」

「そうですねえ、そうかもしれませんねえ」

反応に困ったティムルをよそに、シーリーンは笑みを絶やさない。

ソウェイルが「なあ」と繰り返す。

「二人にお願いしたいことがあるんだけど、言ってもいい？」

甘えてくれることが嬉《うれ》しくて、ティムルはすぐ「はい、何でもどうぞ」と答えてしまった。

次の時、ティムルだけでなくシーリーンも硬直した。

「けっこんして赤ちゃんを作ってくれ」

二人が絶句したのを見て、ソウェイルが途端に不安げな顔をした。

「だめだった？　だめならいい」

「あの、ちょっとだけ、ちょーっとだけお待ちください、心の準備が」

「どうしてそんなお話に？　なんだか急すぎてシーリーンはとてもびっくりしました」

「え……近くに赤ちゃんがいて毎日見れたら楽しいと思ったんだけど……シーリーンが赤ちゃんをうんだらおれ毎日お世話できるかな、って……ティムルなら年も近いしなかよしだし、この前かみの毛見たからちょうどいいかな、って思った……」

ソウェイルとしては想定外の反応だったのだろうか。彼はすぐさま「ごめんなさい」と言ってうつむいた。

「念のためにお訊《き》きしますが、殿下はどうやったら赤ん坊ができるのかご存じなんですか？」

「けっこんしたらできるもの――じゃ、ない、んだよな、たぶん……けっこんしたらできるんだと思ってた……けど……ティムルとシーリーンがそういう顔をするってことは、なんか、ちがうんだな……ごめんなさい」

そこで、シーリーンがソウェイルの手をつかんだ。

「いいえ、いいのですよ、殿下」

ソウェイルが弾《はじ》かれたように顔を上げる。

「殿下が、赤ちゃんをお望みなのですね」

「え？　え、でも――」

「太陽がお望みなら、それを叶《かな》えてさしあげるのが白将軍の務めではございませんか。ねえ、将軍？」

ティムルは耳まで熱くなるのを感じた。

「殿下のためですもの、シーリーンはがんばってティムル将軍の赤ちゃんを産みますね」

「ほんとか？　だめならだめでいいんだぞ」

「そうだよ、君はどうやって子供を作るか知らないわけではないでしょうに」

「あら、ティムル将軍はシーリーンと子供を作るのが嫌なのです？　だからいつまで経っても結婚式を挙げてくださらないのですね」

ソウェイルが「けっこんしき⁉」と声を裏返した。

「おれけっこんしき見たい！　けっこんしきしてくれ！」

「ほら。太陽がこうおおせですよ」

ティムルにはもはや逃げられそうになかった。

「じゃあ、僕と結婚して、子供を作ってくれますか？」

ナーヒドからタウリスの戦況を報じる書簡が届いた。ひと安心したテイムルは、息抜きがてらソウェイルとフェイフューの兄弟喧嘩《きょうだいげんか》と向き合うことにした。

シーリーンによれば、ソウェイルとフェイフューは公衆の面前で取っ組み合って以来一度も口を利いていないらしい。すでに十日近く前の話になって二人とも顔の痣《あざ》が消えたというのに、頑固なものだ。

フェイフュー専属の侍従官とシーリーンを使って、双子を宮殿中庭の噴水の前に呼び出した。

二人とも、互いの顔を見ようとしない。

子供の兄弟喧嘩など一晩寝たら忘れるものだと思い込んでいた。性格は似ていないと思い込んでいたが、二人とも臍《へそ》を曲げると長いのは共通らしい。

テイムルは、はじめ、この前のフェイフューの、兄にならば命すら差し出す覚悟があるという言葉は何だったのだろう、と思った。そうであるなら最初から臣下の者としての譲歩を見せてほしい。

だが、もしかしたら、これが彼の言う兄に甘えるということなのかもしれない。自分のわがままを通すことで、兄に理解を示されたいのか。駄々をこねても目をつぶってくれると思いたいのか。

しかし、ソウェイルはソウェイルで、どんな理由があっても彼にとって大事な人を侮辱した人間を許すつもりがない。第三者の名誉を傷つけてまで自分の気持ちを通そうというフェイフューを、けして許さないのだ。

厄介なことになった。

このすれ違いが十五歳になるまで続いたら、どうしよう。本当に泥沼の殺し合いになってしまう。

「ぼくはあやまりませんからね。兄さまがおのれの過ちを認めて方針を転換すべきです」

ソウェイルが顔をしかめる。

「これだけはおれもゆるさないからな。おれだけじゃなくて、サヴァシュやチュルカ人のみんなのメーヨにかかわることだからな」

フェイフューは鼻で笑った。

「詩のひとつも詠めない人の名誉など大したものではないです」

一瞬、ソウェイルが「詩」と呟いて固まった。テイムルのほうを見る。

「詩って、そんなにみんな、よめるもの？」

「まあ、アルヤ紳士のたしなみですからねえ。アルヤ人の大人の男ならたいていは詠めるのでは？」

ここだけの話、従兄弟《いとこ》で幼馴染《おさななじみ》のティムルもナーヒドが作詩している場面に出会ったことはない。しかし、フェイフューもそらんじたあの『蒼将軍家は武門の誉れ』で始まる叙事詩はよく朗唱している。初代ソウェイル王の時代、最初の蒼将軍の戦いを謳《うた》った、建国神話と重なる内容の軍記だ。朗々と謳い上げるナーヒドはかっこよく見えるかもしれない。

ソウェイルがうつむいた。

「あれって、フォルザーニーのおじさんとか、お金持ちの一部がやることなんじゃないのか」

「ええ、フォルザーニー卿《きょう》は特に詩の名手として名を馳《は》せているお方ではありますが」

「ティムルも詩をよめる？」

返答に困って黙っていると、脇からシーリーンが「とても情熱的な詩を詠まれますよ」と言い出した。昔密《ひそ》かに送った恋文の話をされるのか、もしくは今即興で何か詠めと言われるのではないか、と慌てふためいた。

ソウェイルはそっけなく「ふうん」と呟《つぶや》いた。

「おれ、詩、あんまりきょうみない」

それはそれで困る。ティムルはアルヤ紳士の規範として何か詠んでみせるべきかと悩んだ。ソウェイルにはもっとアルヤ人男性としての作法を教えるべきかもしれない。

ティムルが腕組みをして考え込んでいたところに、宮殿の回廊のほうから新たにひとりの白軍兵士が近づいてきた。伝令兵の少年だ。

「ティムル将軍」

「何かあった？」

「将軍あてにナーヒド将軍から追加で極秘の密書が届きました。くれぐれも十神剣の外に漏らさないようにとおおせだったとお聞きしています」

差し出された手紙を受け取りつつ、顔をしかめた。

十神剣の中だけで共有したいということは、軍事とは直接関係のない、十神剣の誰かの個人的な問題の話かもしれない。

一瞬、またサヴァシュと揉《も》めたのだろうか、というのがよぎった。ソウェイルとフェイフューがサヴァシュとナーヒドのどちらが強いかで揉めている今その二人にやらかされたら困る。

伝令兵はもう一通手紙を持っていた。

「こちらはラームテイン将軍からフェイフュー殿下に」

フェイフューに差し出す。フェイフューの顔いっぱいに笑みが広がる。

ソウェイルは黙ってその様子を眺めていた。

手紙を開いた。ナーヒドらしい、尖《とが》ってはいるが力強く丁寧な文字がつづられていた。

読み始めて、ティムルは目を丸く見開いた。

書かれていたのは、まるっきり想定の範囲外の話であった。

思わず途中でシーリーンの顔を見てしまった。ついこの間シーリーンとそんな話をしたばかりであった。これが女の勘というものか。

「どうか致しましたか」

「いや――」

ナーヒドの言うとおり、この件は当人たちが戻ってくるまで胸にしまっておいたほうがいいかもしれない。いくらソウェイルの乳母代わりであり近い将来自分の妻になるシーリーンといえど、十神剣ではないのだ。避けたほうがいいかもしれない。

それに、ここには今、ソウェイルがいる。

ソウェイルはまだ九歳だ。こういうことは何にも知らないのだ。今ユングヴィの身の上に起こっていることについてどう説明すればいいだろう。

というより、まずティムルが説明を受けたい。いつどういう流れでそういうことになったのか、ティムルにはまったく想像できない。

フェイフューが場違いに明るい声を上げた。

「すごいですー！ ラームがタウリスの話をたくさん書いてくれました。タウリスがいにしえのアルヤ帝国の都だった頃の皇帝と町人の交流の話だそうです。おもしろいです、行ってみたいです」

ソウェイルが伝令兵の手元を覗《のぞ》き込む。

「おれのは？　おれには何か来た？」

伝令兵が手の平を見せた。

「何も」

ソウェイルが眉尻《まゆじり》を下げ、口をうっすら開けた。

「おれにはないのか……」

伝令兵が悪いわけではないのだが、ソウェイルの悲しそうな顔を見た彼は「申し訳ございません」とうなだれた。

「おれ、ちょっとひとりになりたい……」

小さな、消え入りそうなほど小さな声だった。

シーリーンがテイムルに「いかが致します」と投げ掛けた。ナーヒドからの手紙で頭がいっぱいだったテイムルは、ろくにソウェイルの顔を見ることもなく「おおせのままにして」と言ってしまった。

ソウェイルが小走りでその場を離れていった。

そのあとを追い掛ける者はなかった。

正堂と正門をつなぐ前庭の真ん中、植えられた低木樹の茂みから、蒼《あお》い尻尾《しっぽ》がはみ出している。

「あら、王子様」

まだ十代前半のヤクプ族の少女たちが三人通りかかる。茂みの中を覗き込み、膝《ひざ》を抱えて座り込んでいるソウェイルの姿を見つける。

「どうしたの？　泣いてるの？」

「泣いてなんかない」

少女たちが顔を見合わせた。

「元気がないね」

「何か嫌なことがあったの？」

「何でもない」

「ちょっと気分転換する？」

ソウェイルが顔を上げた。

「わたしたち、これから中央市場にお出掛けしようと思ってるんだけど、王子様も行く？」

「え、いいのか？」

「うん、わたしたちはぜんぜん平気」

少女たちは、裏表のない、無邪気な笑顔を浮かべていた。

「落ち込むことがあった時はお散歩でもして外の空気を吸うと気分が変わるよ」

「でも、めいわくじゃない？」

「わたしたち、王子様のおかげでここにいられるんだもの。恩返ししたいなあ」

「王子様に元気でいてもらいたいから。一緒に遊びに行こう」

ソウェイルは立ち上がり、少女たちに歩み寄った。

「うれしいけど、おれ、勝手に外に出たらいけない気がする。たぶんおおさわぎになってしまう。みんな、おれを見たらびっくりするから……おれもみんなにおおさわぎされたくないし……」

少女たちは頷《うなず》き合った。

「そうだね、王子様のその髪、とっても目立つもん」

「けどさ、せっかくだから――」

うちひとりが、自分の上着を脱いだ。そして、それを、ソウェイルに頭からかぶせた。

「これでごまかせないかな？」

少女たちの首元の銀細工が、しゃらり、しゃらりと鳴った。

ソウェイルは笑みを浮かべて大きく頷いた。

宮殿の外に出てすぐ、ソウェイルは三人の少女たちの手で宮殿の女官に借りたくるぶし丈のひとつなぎの服をかぶせられた。まったく抵抗しなかった。むしろ率先して着るそぶりも見せた。

支度が済み次第、四人は何食わぬ顔で市場に向かった。

道中は何事もなかった。四人に声を掛ける者はなかった。誰もが無言で通り過ぎていく都市の風景がそこにあった。

彫り物市場通りに入ると、少女たちがある店舗の前で足を止めた。

ソウェイルも一緒に立ち止まり、店頭、軒下の棚に並べられている品物を眺めた。

さまざまな形の小さな箱が、棚や絨毯《じゅうたん》に所狭しと並べられている。いずれもふたには緻密《ちみつ》な筆致の絵が描かれており、その絵の周囲や箱の側面には幾何学模様の装飾が施されている。色のない白の部分がきらきらと輝いている。

少女のうちのひとりが、ソウェイルが箱の表面の絵に見入っていることに気づいて、微笑んだ。

「綺麗《きれい》だよね。象嵌《ぞうがん》細工、って言うんだって」

「これがぞうがんかあ……」

少女たちを見上げて、「さわってもいい？」と問い掛けた。少女たちが無邪気だが無責任な笑顔で「大丈夫」と答える。

ソウェイルの小さな手が、その両手に収まる程度の大きさの箱を掲げた。

「見るの初めて？」

「ううん、おれの部屋にもある。けど、おれはさわらないようにしている」

「どうして？　王子様のじゃないの？」

「母上の形見なんだ」

箱を手にしたままうつむく。

「でも、おれ、母上あんまりよく知らない人だから……知らない人のものにさわるのはえんりょするだろ」

「王子様のお母さんなんじゃないの？」

ソウェイルはうつむいた。少ししてから、弾《はじ》かれたように顔を上げた。

「そうだ、ユングヴィはどうだろう。ユングヴィにあげたい。ユングヴィ、こういうきれいな筆入れとか持ってたら何か書こうと思うかな」

「金は持ってるのか？」

不意に少年の声が割って入ってきた。ソウェイルも少女たちも声のしたほうへ目を向けた。

少女たちより少し年上の少年がひとり、商品の並べられた棚に寄り掛かるようにして立っていた。白く汚れた作業着はアルヤ人らしい服装だが、日に焼けた肌に吊《つ》り目がちの目元はチュルカ人のそれだ。

少女たちが相好を崩して手を振った。少年がのそりと体を起こした。

「お兄さんはこのお店の人？」

「ああ、ここの店主の弟子だ。お前が持ってるそれは俺が作ったものだ」

少女たちが口々に「最近知り合ったの」「絵がすごくうまいんだ」と説明を始める。

少年ははにかんで「よせや」と手を振った。

「お兄さんはエスファーナの人？」

ソウェイルのその問い掛けには、少年は少し不機嫌そうに顔をしかめながらも「ああ」と頷いて見せた。

「俺はエスファーナ生まれエスファーナ育ちのアルヤ人だ」

ソウェイルが蒼い瞳《ひとみ》を瞬かせた。

「で、今日はどうした」

「ううん、特に、こう、っていう用事はないんだけど、この子をちょっと散歩に連れ出してあげたくて」

「どこの子だ？　ヤクプ族の子じゃないだろ」

「今お世話になってる人のところの子」

「ね、あんたもこの子と仲良くしてあげてよ」

「仲良くったって、小さくても女は女だろ。アルヤ女は身持ちが堅いんだぜ、チュルカ系となんか仲良くするかよ」

「それが、女の子じゃないの」

少女のうちのひとりが、唇の前で人差し指を立てた。

別のもうひとりが、ソウェイルの額のあたりの布を少しだけ持ち上げた。ソウェイルの蒼い前髪が一瞬外気に晒《さら》された。

少年が硬直した。次の時口を開いて何かを言いかけた。その少年の口を、また別の少女が手を伸ばしてふさいだ。

「仲良くしてあげてよ」

少年が目を見開いたまま首を横に振る。

「まずいだろ、お前ら殺されるぞ」

「大丈夫、日が暮れる前には宮殿に帰すから」

「ったって――」

ソウェイルが、箱をもとに戻して、少年に向き直って自ら「お願いだ」と言った。

「おれもお兄さんとおしゃべりしたい」

少年はしばらく悩むそぶりを見せた。眉根《まゆね》を寄せて、ソウェイルと少女たちを順繰りに眺めた。

ややして、こう答えた。

「殿下がそうおっしゃるのなら」

店の奥を指す。

「お上がりください。汚い作業場ですが……殿下が外にお出になられているのは、ちょっと、あれ、ですから……今、お茶をおいれしますので……」

ソウェイルは一瞬不安げな表情を浮かべたが、少女たちがソウェイルの肩をつかんで押しつつ「お邪魔しまーす！」と言って入り始めたので、そのまま流されてしまった。

店の奥は工房になっていた。木製の作業台と椅子が二組並べられており、床には木くずが飛び散っていた。金属の桶《おけ》に張られた水は白く濁っている。そこかしこに置かれた箱からは貝殻や動物の骨がはみ出ていた。

中に入った途端、ソウェイルは「わあ」と声を上げた。作業台に駆け寄り、作業途中の絵を眺める。

「興味がおありですか」

少年が訊《たず》ねると、ソウェイルは振り向いて頷いた。

「いいなあ、おれもしょくにんの仕事をしてみたい」

「何をおおせですか、殿下は『蒼《あお》き太陽』でいらっしゃる。悠久のアルヤ王国の主《あるじ》、王の中の王《シャーハンシャー》ですよ」

少年がその場にひざまずく。一緒に入ってきた少女たちのほうが驚いた顔をする。

「『蒼き太陽』ってそんなすごいものなの？」

「王様だって手に職をつけていないと王様を辞めた時大変でしょ」

「バカかお前ら！『蒼き太陽』がアルヤ王を辞めるなんて、あってたまるかよ」

服の頭の部分を払って、蒼い髪を掻《か》いた。

「おれが王さまをやっていないと、エスファーナの人たちはたいへん？」

ソウェイルの問い掛けに戸惑ったらしく、少年はすぐには答えなかった。だいぶ間を置いてから頷《うなず》いた。

「市場の様子をご覧になりましたか」

「表通りは歩いてきたけど」

「表通りは今までどおりです。アルヤ商人はしたたかですから、この中央市場を留守になんかしません。でも裏通りは違う」

拳《こぶし》を握り締め、悔しそうに言う。

「外国人商人は次々と逃げ出しています。この国はもう危ないと思ってやがるんです」

「がいこくじん？」

「西洋人や大華《たいか》人です。あいつらさんざん戦後のエスファーナで儲《もう》けておきながら帝国軍がもう一回進軍したと聞いた途端慌てて出ていきやがった」

ソウェイルは戸惑った顔で「でも」と口を尖《とが》らせた。

「お兄さんもアルヤ人じゃなくない？　チュルカ人じゃない……？」

少年は、今度はすぐに首を横に振った。

「俺は、両親はチュルカ人ですが、アルヤ人です。しがない職人ですから、殿下が宮殿に戻られたらもうお目にかかることはないかもしれないですけど、気持ちはずっと殿下にお仕えしているつもりです」

「お父さんとお母さんはチュルカ人なのに、お兄さんはアルヤ人なのか」

「二人ともチュルカ平原出身で、親父は黒軍兵士で今サヴァシュ将軍と一緒にタウリスへ行ったんですけど。でも、俺は戦士じゃないです。職人なんです」

彼は力強い声で続けた。

「俺は、アルヤの工芸品が好きです。アルヤの象嵌《ぞうがん》細工、アルヤの細密画《ミニアチュール》――アルヤの絵は全部綺麗《きれい》でしょう？　絨毯《じゅうたん》だって硝子《ガラス》細工だって、詩や音楽もそうだ、アルヤ芸術は何だって世界に誇れるものです。俺は、そういうものを受け継いで、守っていきたいんです。だから、アルヤ人として生きると決めたんです」

ソウェイルは、また、瞬いた。

「そりゃ、不満もありますよ。チュルカ系のくせに、って言われます。ぶっちゃけ、俺は今のそういうアルヤ人のちゃんとした連中は好きじゃないです。アルヤ文化の何もかもが世界で一番すごいと思ってて、他の民族を二流三流に見てる。俺は生粋のアルヤ人のそういうところには腹が立ちます」

少年の汚れた手がソウェイルの手をつかむ。

「でも、俺はこのエスファーナで生きていくって決めました」

声に迷いはない。

「あなた様がいらっしゃるから、次の時代が来るんです。あなた様の時代が来たら、きっとみんな変わるんです」

ソウェイルが口を開きかけた。

その時だった。

店のほうから足音が聞こえてきた。

「おい、ちょっといいか？　何度も申し訳ないけど、また頼みたいことが出てきた」

無遠慮に入ってきたのは、店の少年と同じくらいの年頃の少年だ。

少女たちと店の少年が、「あ」と呟《つぶや》いてソウェイルに身を寄せた。

入ってきた少年が、目を、真ん丸にした。

「『蒼き太陽』」

慌てて布をかぶり直したがすでに遅い。

入ってきた少年もまた、ソウェイルの前でひざまずいた。

「どうして『蒼き太陽』がここに」

少女たちが「わたしたちが連れてきたの」「ちょっとお散歩のつもりで」としどろもどろで説明する。

「ちょうどいいところでお会いできた」

店の少年が離したソウェイルの手を、今度はやって来た少年がつかんだ。

「神はやはり俺たちを見捨てていなかった……！　神が助けてくださったんだ」

「かみ？」

繰り返したソウェイルに向かって、彼は涙を浮かべながら笑みを見せた。

「どうかお助けください、アルヤの神。俺たちの神をお認めください」

堰《せき》を切ったように告白する。

「俺はサータム人です。今俺の家族はエスファーナ大学で暮らしています。母や妹たちまで大学から出られなくなって困っています」

ソウェイルが目を丸く見開いた。

「どうか助けてください。とにかく、俺と一緒に大学へ来て状況をご覧になってください」

真冬の空は夜が早い。太陽はすでに沈もうとしている。本来は蒼いタイルで覆われている柱が夕陽の陰で黒く塗り潰《つぶ》されている。

サータム人の少年が足早に進む。その後ろをソウェイルが小走りで追い掛けている。少年は焦っていてソウェイルが追いついていないことに気がついていない。

少年はある扉の前にたどりついてからようやくソウェイルが自分の真後ろにいないことに気づいた。

彼が「王子？」と呟いて振り向いた時、ソウェイルは数歩分後ろで立ち止まっていた。

回廊の縁に女性が座り込んでいる。全身を真っ黒な布で包んだ女性だ。アルヤ人女性の着る民族衣装とは少し意匠が異なり、顔まで鼻から下を布で覆い隠している。

ソウェイルが彼女の顔を覗《のぞ》き込んだ。

彼女がソウェイルに気づいて顔を上げた。

女性の膝《ひざ》の上に、緑の布に包まれた赤ん坊がいた。

赤ん坊は身じろぎひとつしなかった。

「赤ちゃん、どうしたんだ？　ねているのか？」

女性は首を横に振った。顔を覆う布が濡《ぬ》れていた。

「死んでしまったのよ」

ソウェイルの表情が強張《こわば》る。

「死んでいるのか」

「どうして？」

女性がうめくような泣き声を上げ始めた。ソウェイルはそんな彼女を黙って見つめた。

少年が二人に歩み寄り、ソウェイルの肩をつかんだ。

「行きましょう」

「でも、赤ちゃんが」

「もう三日も前の話です」

ソウェイルの蒼《あお》い瞳《ひとみ》が丸くなる。少年の表情が険しくなる。

「お乳が出なくなったんだそうです。女性の部屋でのことなので、俺も詳しいことはわからないのですが」

「お乳が？　なんでだ？」

「たぶん、ずっとここにいるから、じゃないでしょうか」

二人の視線が戻ってきても、女性は何も言わずただ泣き続けていた。

「男も女も緊張して、空気がぎすぎすしていて、みんなとても疲れています。最初は協力してくれていた学生たちもいつの間にか寄りつかなくなって、食事も足りなくなりました」

「男も……女も……？　女の人が、たくさんいる？」

「はい。十九人の男たちと、その家族の女や子供、老人。全部で六十二人いました」

少年が吐き出す。

「アルヤ王国はこの世の楽園だって、川が流れていて水も果物もたくさんあるって聞いて、家族みんなで砂漠を越えて来たのに。ウマル総督が亡くなってからというもの――」

そこで一度首を横に振る。

「いいえ。俺は、まだ、大丈夫です。『蒼き太陽』にお会いできましたからね。きっとまだやり直せます」

少年が女性から目を背けて扉のほうを向いた。ソウェイルも、後ろ髪を引かれるのか顔は女性の背中を見ていたが、少年のそばに歩み寄った。

少年が扉を開けた。

扉の向こうは広い講義室になっていた。部屋を埋め尽くすように木製の椅子と机が並べられており、部屋の正面に白墨で文字を書ける大きな石板が掲げられていた。

部屋の後方、机の上に、数人の男性が座り込んでいる。いずれも目の周囲は黒く落ち窪《くぼ》み、ひげは整えられず伸ばし放題になっている。

全員の視線が少年とソウェイルに注がれた。

『ただいま』

少年にこたえる者はなかった。全員が唖然《あぜん》とした表情で固まっていた。

しばらく経ってから、うちひとりが口を開いた。

『お前、その子はどうしたんだ。「蒼き太陽」じゃないか』

それを皮切りに一同は一斉に二人へ歩み寄った。

ソウェイルは緊張するのか少年の後ろに隠れようとした。けれど、ある男性が少年の胸倉をつかんだので、慌てた顔をして三歩下がった。

『どうしてこんなことを！　死にたいのか！』

『こんなことって……俺はただこの子がいてくれればアルヤ人に話を聞いてもらえるかもしれないと思っただけで――』

『馬鹿野郎！　サータム人は子供を盾に脅迫してくる連中だと思わせたいのか！　まして「蒼き太陽」を人質に取ったと思われたら取り返しがつかないぞ！』

『俺は何もしていない！　この子がついてきてくれたんだ』

『そんな理屈が通用するなら俺たちは今頃こんなところにいない！』

男たちの中のひとりが、サータム語で言い争いをする二人に、アルヤ語で「よせ、やめろ」と話し掛けた。

「王子がおびえている。たぶんサータム語がわからないんだ。冷静になれ、大人の男が異国の言葉で怒鳴り合っていたら怖いとは思わないか」

少年の胸倉をつかんでいた手が離れた。

「申し訳ございません、王子」

優しい微苦笑を浮かべる。

ソウェイルが一歩前に出た。

「お兄さんたちはみんなアルヤ語がしゃべれる……？」

うちひとりが「はい」と答えた。

「俺たちは好きでアルヤ属州に来た人間ですからね。世界の半分、砂漠に咲く一輪の薔薇《ばら》、奇跡の川に守られた楽園、エスファーナ――この都に住みたくて勉強したんです」

また別のひとりが言う。

「俺はちょっと違います。俺は母親がアルヤ系なんです。小さい頃からアルヤ語とサータム語両方を聞いて育ちました。アルヤ高原は俺にとって第二の故郷で、いつか帰るべき場所だと信じていました」

「女たちも」

さらに別の人間が言った。

「詩の言葉、愛を歌うためにある言葉アルヤ語――大陸で一番の商業国アルヤの、とても華やかな言葉――憧《あこが》れの――」

ソウェイルの顔がくしゃりとゆがんだ。

「みんな……、せっかく、せっかくいろいろ考えて、とてもたくさんのことをおもってここまで来てくれたのに……こんなことに……」

ソウェイルが「ごめんなさい」とこぼすのを、ある男が「いけません」とたしなめた。

「王子が謝るということは、アルヤ人みんなが謝るということです。王子は勝手にひとに謝ってはいけませんよ」

ソウェイルは首を横に振って繰り返した。

「ごめんなさい」

誰かがソウェイルの蒼い頭を撫《な》でた。ソウェイルはそれを黙って受け入れた。

「誰か何か白将軍と話をつけてあるのか？　白将軍はここに王子がいらっしゃることを知っているのか」

「いや、何も。学長が協力の要請を拒否した一件以来何の連絡もないはずだ」

「まずいな。誘拐したと言われても反論できないぞ。しかも、フェイフュー第二王子ならまだしも、ソウェイル第一王子だ。あの、『蒼き太陽』だ」

「おぼえているか？　半年前、フェイフュー第二王子を王位継承者として認めるはずだったあの式典のこと。普段は上品なアルヤ紳士たちが、みんな一斉に剣を抜いた」

「今度こそ全アルヤ民族が敵に回るかもしれない」

「最悪だ」

ソウェイルをここまで連れてきた少年が、泣きそうな声を上げた。

「どうしよう。宮殿に戻してくる？」

「いや――」

ひとりが窓の外を見た。

太陽は完全に消えて空に夜の帳《とばり》が下りていた。

「日没だ。この時間まで子供が家に帰らないとなったら、親は何を考えると思う？」

誰かが「開き直るか」と呟《つぶや》いた。

「この子を盾にして都を出るか。この子は都を出てから返すか、最悪、帝都に連れて帰ろう」

ソウェイルが弾《はじ》かれたように顔を上げた。

サータム人の男たちは、悲痛な表情を浮かべて、哀しい目でソウェイルを見つめていた。

「やむを得ない。これ以上待っていたら俺たちが死ぬ。犬死にするくらいだったら何かしよう」

「この子を交渉材料に使わせていただこう」

「この子がいれば、アルヤ人たちを動かすことができるはずだ」

男の大きな手がソウェイルの腕をつかんだ。戸惑った目をしたソウェイルの華奢《きゃしゃ》な体を引きずった。

「神が俺たちに『蒼き太陽』をお貸しくださったんだと信じようか」


ティムルが異変を知ったのはすでに日が暮れてからであった。

「兄さまがどこにもいらっしゃいません」

蒼宮殿の中央、中庭の噴水のほとりで、侍従官や白軍兵士もあわせて二十人ほどの男たちが立ちすくんでいた。

その真ん中、かがり火に照らされてフェイフューの顔が浮かび上がる。蒼い瞳《ひとみ》には怒りとも焦りともつかない感情が燈《とも》っている。

「どこにも、とは」

「蒼宮殿にはいらっしゃらないということです」

冗談だと思いたかった。

「ユングヴィの家は？」

「もう行きました」

フェイフューの声ははっきりとしていてよどみがない。

「ぼくがこの目で確かめてきました。外から錠前がかかっていたので、中に閉じこもっているとは考えられません」

蒼宮殿は広い。国家の中枢に必要な機関がすべて集中しているので、子供が隠れられる場所などいくらでもある。だが、蒼宮殿に精通している侍従官たちや人捜しに慣れている白軍兵士たちを根こそぎ動員して日が暮れるまで捜しても見つからない、と言われると、胸の奥から不安がせり上がってくる。

三年前を思い出した。

あの時、テイムルは三日三晩蒼宮殿をさまよい歩いた。

王も父である先代の白将軍もみんな宮殿前広場で物言わぬ肉塊になったが、テイムルはまったく気にならなかった。そんなことよりソウェイルの姿が見えないことのほうがつらかった。ソウェイルの顔を見れば安心できると信じて歩き続けた。

保護した女官たちの証言から、第一王妃がソウェイルを連れて逃げたという情報を得た。ところが、地下水路《カナート》でその第一王妃の干からびた遺体が出てきた。この状況ではソウェイルの捜索は長期戦になるだろう。

現実を直視せざるを得ない。

先に他のすぐできることを片づけたほうがいい。

そうして我に返ったティムルがまずぶち当たったのは、フェイフューを守るために投降したナーヒドと重傷を負った状態で失踪《しっそう》したユングヴィの後始末だった。

ティムルは、死んだ父親に代わって、白将軍として——アルヤ王国軍の責任者として、アルヤ王国の敗北を認めた。ソウェイルが戻ってきた時に体裁だけでも国の形を残しておくにはそうするのが最善だと判断した。

敗戦の受諾を申し入れてから、徹底抗戦の構えを見せていたサヴァシュに膝《ひざ》を折るよう頼んだ。

サヴァシュは笑って両手をあげてくれた。

——それで今生きている奴が生き残れる確率が上がるんなら俺はいい。

あの時は口を利くだけでせいいっぱいでサヴァシュの気持ちなど考えていなかった。

数ヵ月経ってからあのサヴァシュに敗者の烙印《らくいん》を押したのは自分であることに気づいた。

地獄だ。

三年前の失敗を繰り返してはならない。

自分に落ち着けと言い聞かせた。

今度こそ冷静でいなければならない。周りにいる人々の状況をつぶさに把握して最大多数の人間を助けなければならない。

フェイフューが強張《こわば》った表情でティムルを見上げている。

フェイフューの傍らにシーリーンが立っていた。かがり火に照らされた彼女の顔は蒼白《あおじろ》く見えた。夕空が暗いから、ではなかろう。

普段は何事にも悠然と構えている彼女が、震えている。

「申し訳ございません」

いつもはまろく甘い声が、今は硬い。

「私がおそばを離れなかったら――殿下をおひとりにしなかったら――」

言葉はそこで途切れた。代わりに涙があふれ出た。

ティムルは拳《こぶし》を握り締めた。けれど、それを誰にも見せまいと背に隠した。自分が怒りや焦りを撒《ま》き散らしてはならない。自分はこの場にいるもっとも立場が上の人間で、女性であるシーリーンや子供であるフェイフューをかばうべき成人男性だ。そういう感情をぶつけていい先はどこにもない。強いて言えば、自分がぶつけられる先であるべきだ。

意識して、大きく息を吸い、吐いた。

「シーリーンのせいじゃないよ。殿下に信頼していただけない僕が悪いんだ」

誰も否定しなかった。それでいい、とティムルはひとりで頷《うなず》いた。

「三年――いや、九年かけてやり直す。殿下がお戻りになられたらね」

シーリーンがうなされたように言う。

「お戻りに、なられるでしょうか」

三年前、絶望で心を真っ黒に塗り潰《つぶ》されたのは、ティムルだけではなかった。

「もう一度お世話をさせていただいたこの半年のほうが夢だったのではないでしょうか」

「そういうことを言ってはなりません！」

フェイフューが怒鳴り散らす。

「これだから女はいやなのです！　すぐ弱気なことを言って面倒でふゆかいです、もうお黙りなさい！」

「申し訳ございません」

ティムルは苦笑して首を横に振った。

「いい勉強になった。ユングヴィといいソウェイル殿下といい、普段おとなしく言うことを聞くいい子ほど根の深い騒動を起こすんだと学んだよ。もう少し手を離してひとりで活動なさるよう仕向けるべきだと思っていたけどやめた。もっとわかりやすい反抗期が来て一から十まで反発するまで僕とシーリーンでべたべたに甘やかそう」

シーリーンが二度も頷いた。

周りの兵士たちに命じる。

「白軍の総力を挙げて捜索する。子供の足でこの短時間ではそう遠くまでは行っていないはずだ。すべての業務より優先して捜索に当たれ。ただしソウェイル殿下が失踪されたことはけしておおやけにするな。これ以上混乱を広げてはならない」

兵士たちはすぐさま返事をしてその場を離れた。

「大人がからんでいるかもしれません」

フェイフューの声が唸《うな》り声に聞こえる。

「だれかが兄さまを連れ出したのかもしれません。兄さまがご自身で出ていくなど、そんなばかげたことがあってたまりますか」

ソウェイルにも意思や感情がある以上そんな馬鹿げたこともしでかすかもしれない。だが、悪いのはそんな馬鹿げたことをさせてしまう周囲の大人たちのほうだ。しかしそれを今フェイフューに語り聞かせる余裕はない。

間を置かず、数人の白軍兵士たちが駆け寄ってきた。

「テイムル将軍に火急の知らせです」

すぐさま「何だ」とこたえ、彼らのほうを向いた。この状況で急ぎということはソウェイルに関連することに違いない。

予感は的中した。

「エスファーナ大学からです」

どす黒いものが胸の中を滲《にじ》むように広がっていく。

「大学が、何と？」

声が、震える。

「ソウェイル殿下が大学にいらっしゃるとのことです。サータム人官僚たちが、今ソウェイル殿下が交渉に当たってくださっているので、アルヤ軍はこれから出される殿下の御沙汰《ごさた》に全面的に従うように、と要求しています」

シーリーンが問い掛けた。

「どうしてそんなところに」

「申し訳ございませんが、そこまではまだ調べ切れていません」

テイムルは理由など気にならなかった。

生きていることがわかれば充分だ。

安堵《あんど》の息を吐いた。

「すぐに連れ戻すべきです」

フェイフューが言う。

「もちろんです。どこで何をなさっているのかさえわかれば対応のしようがあります」

「どう対応するのです？」

それには答えなかった。フェイフューに聞かせられることではないと判断したからだ。フェイフューの健全な成長を守らなければならないと思う程度の分別は残っていた。

しかし、それだけだ。だからと言って考え直すことはない。

今ティムルがしようと思っていることはけして最善の策ではないだろう。ソウェイルを保護するために取る行動としては最悪の手かもしれない。

だが、気持ちを晴らしたい。手段は問わない。体裁も何もかもかなぐり捨ててやる。今のティムルの気持ちを天下に知らしめてすっきりしたい。

三年前のような失態はもう二度と繰り返さない。

ソウェイルを取り戻す。

「僕は今から大学に行く」

「行ってらっしゃいませ」

そう言ってくれたシーリーンの表情は硬く、何か覚悟のようなものを感じられた。彼女はきっと今からティムルが何をしようとしているのか察している。それでも送り出してくれる彼女を頼もしく思った。

フェイフューが「ぼくも」と口走った。だが、目が合うと、ティムルが口を開く前にうつむき、「やはりいいです」と言った。

「いたずらに動き回って事を大きくするのはよろしくありませんね。ぼくは宮殿で兄さまのお帰りを待ちます」

「さすがフェイフュー殿下」

「念のために言っておきますが、ぼくもふだんからあなたたちの言うことを聞いてあげられるだけの分別のある人間ですよ。一から十まで反発したおぼえはありません。ぼくもいい子だから留守番をしてあげるのですからね」

「はいはい」

手を伸ばし、フェイフューの頭を撫《な》でようとした。ソウェイルなら目を細めて受け入れてくれるところだったが、フェイフューは払い除《の》けて怒った。

「こどもあつかいするのもたいがいになさい」

「申し訳ございません」

「とっととお行きなさい、ぼくがシーリーンを見ていてあげますから。女は何をするかわからないので男のぼくが守ってあげますよ」

「ありがとうございます」

久しぶりにシーリーンが笑った。ティムルはその笑みに安心して、これでソウェイルの奪還に専念できると思った。

「必ず兄さまをお連れしなさい」

「承知致しました」

世界の理《ことわり》など無視すればよかった。誰に見られるかなど気にして甘い顔をするのではなかった。

最初からこうすればよかった。

太陽を守るために人を斬るのが白将軍の仕事だ。

みんな殺そう。

ソウェイルを奪われないようにするには、それが一番手っ取り早い。

回廊の外側に小さな炎が並んでいる。西洋趣味のランプの炎だ。硝子《ガラス》の箱に収められた火がいくつもいくつも瞬いている。

空がほの白く見える。明かりがたくさんあるからだろうか。それとも、自分が興奮しているからだろうか。あるいは、夜明けが近いのだろうか。

今のティムルには時間の感覚がなかった。自分が異常に興奮していて普段なら些細《ささい》に思うであろう刺激にも過敏になっているのはわかる。

しかし、疲労感はない。自分がどれくらいの時間こんな状態でいるのかがわからなかった。

敵と味方の足音の違いも聞き分けることができる。

後ろを遠巻きについてくる白軍兵士たちを振り向くことはない。

白将軍はひとりだ。白軍兵士はただの部下、十神剣とはほりぼての家族、親兄弟でさえ血がつながっているだけの存在だ。白将軍を理解できるのは白将軍をやっていた亡者たちのみだ。

だが、理解者など必要ない。

白将軍に必要なのは、太陽ただひとりだけだ。

国や都でさえ必要ない。

白将軍は、ただ太陽のみを尊崇し、敬拝し、盲従していればいい。

最初からこうすればよかった。

白銀の刃《やいば》がささやく。

白将軍から太陽を奪うすべてのものを滅ぼせ。

大きな扉を肩で押し開けた。右手に神剣を、左手に荷物を持っていたので手は使えなかった。扉は重かったが、さほど苦でもなかった。この向こう側に自分の太陽がいると思えば何のこともなかった。

広い講堂の中、数名の男たちが片隅で身を寄せ合っている。うち何名かが持っていた手燭《てしょく》の明かりで表情がわかった。誰も彼もが引きつった、強張《こわば》った顔をしていた。

だから何だと言うのだろう。太陽に手を出した彼らが悪いのだ。

うちひとりが、震える声を振り絞った。

「なぜ、直接おいでに？　学長は、貴公らの訪問を拒まれたはずです」

言葉遣いは丁寧であった。違和感のないエスファーナの共通語だ。

このアルヤ語が詩の言葉であるなら、サータム語は契約書の言葉だという。たとえサータム語を離れてもサータム人は交渉と契約と信仰の告白を重んじる。

しかしそれに応じる気はない。

太陽を奉ずるアルヤ人が善で、太陽を害するサータム人が悪だ。

テイムルは、左手に持っていた荷物を、彼らの足元に放り投げた。

蠟燭《ろうそく》の炎に、それが照らし出された。

あごひげをたくわえた、白髪の痩《や》せた男性の首であった。

サータム人たちが声を詰まらせた。

その首は、エスファーナ大学学長のなれのはてだ。

たとえ世界中が白将軍を悪と謗《そし》っても、これが白将軍のなす善だ。

手燭の炎に浮かび上がるティムルの姿は、彼らの目にはどんなふうに映っているのだろう。白い軍服を真っ赤に染め、感情のない顔をして、恐ろしく見えるだろうか。きっとそうだ。ここにたどりつくまでに斬ったサータム人たちはそんな反応だった。何人も斬った。男も女も、老人も子供も、ティムルの前に立った人間はすべて斬り捨てた。

けれど、白い神剣は刃こぼれひとつ起こさず純銀の光を放っているのだ。まだ斬れる。

男たちのうちのひとりが、手燭を机の上に置き、腰の剣を抜いた。それを皮切りに、男たちは次々と剣を構えてティムルに向き合った。

男たちが動くと、彼らの中心に蒼《あお》い光が見えた。ソウェイルだ。蒼い瞳《ひとみ》を大きく丸くして、唇を引き結んでこちらを見ている。

ソウェイルを抱く腕がある。腕の主は、青年と呼ぶにはまだ少し早い、エルナーズと同じか少し下くらいに見える少年だ。ソウェイルをしっかりと抱き締めている。

ソウェイルをとられた。

早くこの腕に抱かなければならない。

ひとりが叫びながら突進してきたが、軽くかわして前につんのめった背中を斬り裂いた。

間を置かず二人同時に向かってきた。

まずひとりに対して下から斜めに斬り上げ肘《ひじ》を斬った。剣を握ったままの腕が飛んだ。血飛沫《しぶき》が噴き上げ、テイムルはまた全身にそれを浴びた。

胸に刃を突き立てた。

そしてその体を振るようにもうひとりへぶつけた。放り投げた。衝突した男はその体ともども床へ転がった。

床へ転がったまだ息のあるほうの男の顔、眼窩《がんか》を狙って突き刺した。眼球が潰《つぶ》れる感触、柔らかな脳髄に剣が埋まる感触を味わった。すぐ引き抜いた。

一足飛びで踏み込み、左から右へ大きく薙《な》いで、二人分の首を刎《は》ね飛ばした。

紅《あか》い噴水が上がった。

手燭がふたつ、床に転がった。いずれの炎も、石の床の上であっと言う間に消えた。

残ったひとりの肩から胸にかけて刃をめり込ませた。すぐに崩れ落ちた。

最初の男が机の上に置いた蠟燭がひとつと、窓から入る星明かりだけが、部屋の中を照らしている。

窓が開いていた。寒い。砂漠に囲《くる》まれたエスファーナの冬の夜はとても冷える。早くソウェイルを温かな布団に包んで温めなければならない。

「う、動くな」

見ると、ソウェイルを抱いていた少年が右手に小型の剣を握っていた。サータムの成人男性なら誰もが腰に携える短剣《ジャンビーヤ》だ。最後の一振りなのだろう。

鈍く光る刃が、ソウェイルの喉元《のどもと》に突きつけられている。

その切っ先は震えていて、とても誰かを刺したり斬ったりできるとは思えなかったが、ソウェイルに刃を向けているという事実がすべてだ。

「こいつがどうなっても――」

大きく一歩、前に出た。

神剣の先で突くように手首を撫《な》でた。

短剣を握っている手が床に落ちた。

紅い血液が噴き出し、ソウェイルの顔面を濡《ぬ》らした。

少年が叫びながらソウェイルを離した。

誰であろうと、ソウェイルに刃を向けた者に与える情けはない。

少年の喉を裂いた。

少年が沈黙した。

首は皮一枚でまだつながっているようだが、喉に大きく口を開けて血を飛び散らせている。

少年の体が、後ろに崩れ落ちた。

ソウェイルがその場で膝《ひざ》をついた。そのまま膝を折って尻《しり》を床につけてしまった。

大きく見開かれた蒼い瞳には何にも映っていないように見えた。

静かだった。

明るい星々と暗い炎がソウェイルとティムルを照らしている。他に誰もいない気がした。

他に誰も必要ない気がした。

ティムルは、手首を返して神剣を振り刃についた血を軽く払うと、そのまま鞘《さや》に納めた。

そして、ソウェイルの前に膝をついた。

自然と言葉が流れ出た。

「人涙していまだ土砂乾かず
君まさにいまだ其《そ》の土癒《い》えざるを憂へんとす
あに君の煩《わずら》ふことの多きを知らんや
臣まさに陽高く昇ることのみを願はんとす」

ずっと、ずっとずっと、ソウェイルに捧《ささ》げたいと思って考えていた詩だった。

ソウェイルはしばらくの間反応しなかった。できるだけ簡単な言葉を選んだつもりだったが、やはりまだ雅語は難しかっただろうか。

一度手離した感情が戻ってくる。再会による安堵《あんど》や詩を捧げられた喜び、血や死体を見せてしまった悔しさやひとりになろうと思わせてしまった悲しみが一気に湧き上がってくる。

それでも、ソウェイルから何か言ってほしくて待った。ただただひたすら、ソウェイルの反応を待った。

どれくらい経ったことだろう。

「おれが今すごくたいへんなの、ティムルは、知ってたんだ」

ティムルは大きく頷《うなず》いた。

「申し訳ございません。それなのに、ティムルには何もできませんね。殿下に、笑顔になっていただけるようなことは、何も。どんなことをしても、こんな結果です。殿下に悲しい思いをさせてばかり」

ソウェイルの声が、震えた。

「もし、おれが、よけいなこと、しなかったら。ティムルは、ひとを、きらなかった？」

少し悩んだ。どんな言葉を口にすればソウェイルは安心してくれるのかしばし考えた。

でも、今ばかりは泣いてほしいとも思った。

「はい」

ソウェイルの瞳が涙でゆがんだ。

「テイムルの剣は、殿下のためにあるものですから。殿下がご無事で、健やかであらせられるのであれば。殿下がただ、テイムルの王で、太陽でいてくださるのであれば。テイムルはもう、人を斬りません」

ソウェイルが腕を伸ばしてきた。すがりついてきた。テイムルは一瞬ソウェイルが血で汚れてしまうのではないかと心配したが、ソウェイルがそうしたいのであればそうさせるべきだと思って、黙って受け入れた。第一、ソウェイルの顔は今、少年の血で真っ赤だ。いまさらだった。

風呂《ふろ》に入れよう、と思った。ソウェイルを洗ってやらねばならない。風呂は楽しい。二人だけの幸福の時間だ。きっと何もかもが癒える。

テイムルにしがみついて、テイムルの胸でソウェイルが声を上げて泣き始めた。テイムルは、しばらくの間、その頭を黙って撫で続けた。


蒼宮殿の正門、正面から見て左で、門番とは別の白軍兵士が数名、蒼い柱を取り囲んでいる。

彼らはテイムルたちが近づいてきたのにすぐ気づいたようだ。顔を上げ、黙って敬礼をした。

彼らが柱から離れたのでわかった。

ひとりの少年が柱に背をつけて座り込んでいた。膝を抱え、その膝に顔を埋めて小さく丸くなっていた。

テイムルは驚いた。縮こまっているその姿がソウェイルに見えたからだ。

まばゆい朝日に照らされて、少年の金の髪が日輪のように輝いていた。

フェイフューだ。

彼のほうが心身ともにソウェイルよりずっと大きいような気がしていた。どんなことがあっても自信満々で胸を張って堂々と振る舞えるのだと思い込んでいた。

フェイフューもこちらに気づいたようだ。顔を上げた。

その、蒼《あお》い瞳《ひとみ》に浮かぶ感情は、何だろう。おびえだろうか、悲しみだろうか。いずれにせよけして強いものではない。ただ、深い。テイムルにはすべて読み取ることができないほど、深く複雑な何かを抱えている。

フェイフューが立ち上がった。

彼は珍しく戸惑いを見せた。一歩だけ踏み出したがすぐに立ち止まった。

「おけがを……？」

フェイフューの視線の先をたどった。ティムルのすぐそば、ティムルと並んで歩いてきたソウェイルを見ている。

ソウェイルは顔から胸まで赤黒い液体を浴びていた。手ぬぐいがなかったのでティムルの上着の袖《そで》で顔だけ軽く拭《ふ》いたのだが、ティムルの軍服も重くなるほど濡れていたため、逆に塗りたくることになってしまったのだ。諦《あきら》めてそのまま帰ってきた。

ソウェイルの顔に表情はなかった。疲労と血液がべっとりと張り付いていて、他のものを表に出す余裕はなさそうだ。蒼い瞳はどこにも焦点を結ばない。

それでも、ソウェイルは口を開いた。

「だいじょうぶ」

小さな、とても小さな声だった。

フェイフューの視線がさまよった。これを信用してはいけないことぐらいは察しているようだ。

しばらくの間みんな沈黙していた。

どれくらい経ってからだろうか。そのうち突然フェイフューの視点が定まった。

フェイフューの蒼い瞳に光が宿った。強い感情が燈《とも》った。眉根《まゆね》を寄せ、目を吊《つ》り上げているように見えた。きっと怒りを表現しようとしている。

フェイフューの腕が伸びた。ソウェイルの胸倉をつかんだ。

ソウェイルは抵抗しなかった。

フェイフューが彼自身のほうへソウェイルを引きずった。

「見損ないました」

至近距離で言葉をぶつける。

「ぼくは兄さまはもっと責任感のある方なのだと思っていました。周りのことをよくおわかりになっているのだと。ぼくよりずっと思慮深くて周りのことを思いやれるひとだと思っていましたよ」

ソウェイルはなおも沈黙している。

「ご覧になりましたか、兄さまの軽はずみな行動でどれだけの人が血を流したか。どれだけの人が汗や涙を流したか、どれだけの人が苦しんだか」

何も答えない。

「世のならいを理解していない人々とばかり交流してご自分のお立場を考えないからこういうことになるのです。すべて兄さまの視野が狭いせいです。兄さまが何もわかっていないから！」

怒鳴るフェイフューに声を掛ける者はない。

「聞いていますか⁉ 何かおっしゃったらどうですか」

フェイフューが口を閉ざすと、あたりは静寂に包まれた。冬の朝は本当に静かで、市井の人々は誰ひとり活動していないかのようだった。

「……ごめん」

少し間を置いてから、ソウェイルが呟《つぶや》くように言った。

「フェイフューの言うとおりだと思う。おれが、悪かった」

フェイフューが手を離した。表情からして満足しているわけではなさそうだったが、とりあえず、言いたいことは言って聞きたいことは聞けたのだろう。

それまで、フェイフューの力に体を支えられていたのかもしれない。ソウェイルはその場に膝《ひざ》をついてしまった。

歩み出てくる者があった。小柄な、白い女官服の女性だった。シーリーンだ。泣き腫《は》らした目をしている。

「よかった」

彼女は、血に汚れたソウェイルを、何のためらいもなく抱き締めた。

「よかった……！　よくぞお戻りになられました」

ソウェイルはまったく動かなかった。シーリーンの腕の中で凍りついていた。

「それで、本当に、お怪我は――」

「ないよ、大丈夫」

ソウェイルとシーリーンに歩み寄り、ソウェイルの代わりに答える。

シーリーンが顔を上げる。涙に濡《ぬ》れた目で見つめてくる。

彼女を安心させたくて、テイムルは笑みを作った。

彼女の表情が安らぎに変わることはなかった。

当然だ。今のテイムルは全身返り血で血みどろなのだ。

今の自分からはどんな臭いがするだろう。

「お体は、無事だ」

あえて、体の部分を強調した。言わなくてもわかっているだろうが、身体には本当に傷はないことだけは伝えておかねばなるまい。

「さようですか」

シーリーンが、頷《うなず》いた。

「では、お風呂に入りましょう。きれいにしましょうね。今支度をさせますからね」

ソウェイルは何の反応も見せない。

「洗ったらすぐに休みましょう。ぐっすり寝て、いろんなことは起きてからゆっくり考えましょう。大丈夫です、シーリーンがずっとついておりますから。ね？」

視界の端で動く者があった。金の髪はフェイフューのものだ。

フェイフューは、するりと、黙ってその場を離れた。何も言わず門の内へと入っていった。

ティムルにはその背を見送ることしかできなかった。

叱ることも慰めることもできない。フェイフューがひとりになるのを止めることができない。フェイフューよりソウェイルが大事だからだ。この状況でソウェイルよりフェイフューを優先するという選択肢はない。

悲しい、と思った。自分は非力だ。

だが、すべて大事、は危険だ。物事には優先順位がないといけない。

ソウェイルの体は強張《こわば》っていて解ける気配がない。

「行きましょう」

シーリーンが言うと、ソウェイルが立ち上がった。そしてシーリーンから離れた。

自ら門へ向かって歩き出した。

「殿下」

「だいじょうぶ。ひとりで歩ける」

周りから他の兵士たちや女官たちが近づいてくる。

ソウェイルは彼らを拒まなかった。大勢の人々に囲まれて宮殿の中へ入っていった。

シーリーンがソウェイルを追い掛けようとした。

「シーリーン」

そんな彼女を、テイムルは呼び止めた。

シーリーンが立ち止まる。振り向く。

そのからだを、抱き締める。

強く、強く、抱き締める。

「びっくりした？」

シーリーンが「何がですか」と訊《たず》ねてきた。テイムルは笑って答えた。

「こんな状態で帰ってきて」

彼女は首を横に振った。

「三年前もそうでした」

彼女に言われて、思い出した。三年前のいつかも、一夜で何十人というサータム兵を斬って帰ってきたテイムルを、何も言わずに受け入れてくれた。

「この先もこんなことばかりかもしれないね」

テイムルは苦笑した。

「ソウェイル殿下は、僕に人を斬らせたくないようだけど。僕は、この先も、殿下にバレないよう、こっそりこういうことを繰り返すかもしれないね」

シーリーンもまた、苦笑した。

「殿下を守るために必要だと判断したら、僕は、ためらわないと思う。女性や子供でも、関係なく」

「それが、白将軍ですから。太陽のための剣ですから。仕方がありませんね」

「たとえば──」

言う前から、返事はわかっていたのかもしれない。シーリーンならこう答えると、テイムルもわかっていたのかもしれない。

それでも確認したくて──彼女の口から聞き出したくて、言った。

「もし、殿下の邪魔になると判断したら。僕は、君や君のご実家の家族も斬ってしまうかもしれないね」

シーリーンは、頷いた。

「私は、そういうあなただから選ぼうと思いました。私にとってこの世で一番大事なのはソウェイル殿下ですから」

述べる言葉によどみはない。

「何よりも殿下を大切にしてくださるあなたを、愛しています」

朝日が、あたりを照らしている。

「一生涯、死ぬまで。ともに、ソウェイル殿下をお守りして生きていきましょう。ずっと」

その日の午後、予想外のことが起こった。

ヤクプ族の少女三名が出頭してきたのだ。

どうやらヤクプ族の間ではソウェイル王子失踪《しっそう》の知らせが広まっていたらしい。緘《かん》口令《こうれい》を敷いたはずだったが、ソウェイルを連れ出した当本人である少女たちが自分のせいで大変な事件に発展したのに気づいて恐れおののき、どうやって償ったらいいのか親兄弟に相談していたようなのだ。

彼女らは親に連れられてそのへんにいた白軍兵士に話しかけた。白軍兵士はみんな事情を知っていたので、すぐに状況を把握してティムルに報告を上げた。

ティムルが自宅の風呂《ふろ》で血を洗い流してから宮殿に戻ってきた時、少女たちは縄をかけられて宮殿の玄関に座らされていた。

いずれも十二、三歳くらいの女の子だった。真っ赤に泣き腫らした目をしている。正直に自分たちがしたことを告白したので拷問などが行われたわけではないが、恐怖と罪の意識に震えて縮み上がっていた。近くで親と思われる大人たちもおいおいと泣いている。これが他の罪状だったら憐憫《れんびん》の情が湧いたことだろう。

しかし彼女らの罪状は王族の誘拐だ。まともな裁判が行われても、アルヤ王国の法に照らし合わせたら市中引き回しの上で絞首刑である。まして誘拐されたのはティムルの太陽なので、ティムルは彼女らを冷ややかな目で見つめた。みんな死罪だ。

この娘たちがいなかったら、ソウェイルは出ていかなかった。ソウェイルがサータム人に連れていかれることはなかった。大学に行くこともなかった。ソウェイルの目の前で人を斬ることもなかった。きっと怖い思いをさせただろう。

万死に値する。

「明日の朝、王の寺院の尖塔《せんとう》に吊《つ》るす」

ティムルははっきりそう言った。幸か不幸か裁判所は総督府の力で停止している上、戦時下で政治が混乱している。したがって、治安に関わることは白将軍の独断で進めても公式な文句は出ない。

少女たちが身を寄せ合って大声で泣いた。そんなに泣くなら最初から余計なことはしなければよかったのだ。

これがティムルの小さな王を奪おうとした者の末路だ。

それを、大陸じゅうに知らしめる。

そう思っていたが、邪魔が入った。

「ティムル！」

他の誰でもなく、我が『蒼《あお》き太陽』だった。建物の奥から走ってきて、ティムルに抱きついてきた。息を切らしている。顔面は蒼白《そうはく》だ。切り替えのない白地の服を着ていて、帯も締めていない。寝るつもりのところだったのを急いで走ってきたようだ。

「どうなさいました？　お疲れでしょう。ゆっくりお休みください」

「だめだ」

「何がですか」

「その人たちを殺すなんてぜったいにだめだ」

少女たちの泣き声が止んだ。

ソウェイルのまだ小さな手が、ティムルの服の背中をぎゅっと握り締めている。

彼の体が、温かい。

「ゆるさないからな」

ティムルは苦笑してソウェイルの肩をつかんだ。

「なりません。罪は償わなければいけません。ここできっぱりと線を引かねば、見ていた人々が殿下には何をしてもいいんだと思うかもしれませんよ。王族は神聖不可侵で、王は神です」

「イゲンってやつか？」

「そうです」

「そんなものおれいらない。そんなものよりひとの命のほうが大事だ」

遠くのほう、ソウェイルが来たほうから動く影が見えた。シーリーンだ。ソウェイルを追いかけてきたのだろうか。きっと寝かしつけるはずだったところを逃げられたに違いない。

「申し訳ございません、ティムル将軍のお戻りまで待つとおっしゃって、お休みにならなかったのです。私がお止めするのを振り切って、白軍の兵隊さんに状況をご下問になって」

フェイフューだけでなくソウェイルまでシーリーンの言うことを聞かなくなりつつあるようだ。成長するのも善し悪しだ。正直に答えた兵士も罰したい。その者はその者なりに太陽への忠義のつもりだったのだろうが、余計なことを言った。

ソウェイルがティムルの胸に顔を埋《うず》めたまま首を横に振る。

「ぜったいゆるさないからな」

「殿下、畏《おそ》れながら、そのようなわがままはおよしください。ならぬものはなりません」

「この人たちはおれについてきてくれたんだ。王子さまのおでかけにはおともが必要だろ。おれが自分で選んでおともさせたんだ」

ティムルはびっくりした。よく考えたものである。確かに、王子が出掛けるのに従者がついていくのは不自然なことではない。ティムルはもちろん白軍は全員ソウェイルが連れていかれたと認識していたが、ソウェイルが連れていったと言われたら話が全部逆になる。

「おれは外でたくさんお勉強できた。とってもいっぱい学んだ。すごくたくさん。この人たちのおかげだ」

手はティムルの服の背中を強く握り締めたままだ。

「だから、お礼を言うならわかるけど、罰を与えるなんて、とんでもない。おれが外に出るって言ったのに」

「殿下、本当ですか？　この者たちを助けるために方便を言っているなら許しませんよ」

「本当だ。おれの言うことをうたがうのか？」

ティムルはつい頬の力を緩めてしまった。ソウェイルから顔が見えないのをいいことに、ほんのり笑ってしまった。

「なんだかずいぶん偉くなりましたね」

いい調子だ。その調子でどんどんひとに命令できるようになったらいい。

彼はひとを傷つける命令は出さないだろう。

その気持ちを、忘れないでほしい。

考えを改めさせられた。

やはり肯定して、自信を持たせてやりたい。

「わかりました」

テイムルは、引いた。

「では、この者たちは殿下の指示に従って外出を助けたということで、衣《きぬ》を下賜してさがらせましょう」

やっとソウェイルが手から力を抜いた。顔を上げ、テイムルの顔を見た。まだ緊張した表情をしているが、納得してくれたらしい。

「そうしてほしい」

「承知しました」

そして、近くにいた兵士に「そうするように」と命じた。兵士はすぐに動いて少女たちを解放した。少女たちとそれぞれの親が抱き合って泣いた。

ソウェイルを害するすべての者を殺し尽くして気持ちを晴らしたかったが、ソウェイルはそんな破壊的な王にはならない。彼は自分の憂さ晴らしのためにひとを傷つけようとするテイムルを止めたのだ。テイムルの王は慈悲深い。それを誇らなければならない。

彼は、テイムルに人間らしさを思い出させてくれる。

これこそが、彼に仕える醍醐味だ。

テイムルが戴《いただ》くべき、真《まこと》の王の姿だ。

「よかった」

ソウェイルがようやく微笑んだ。

「ごめんな。こわい思いさせたな。来れてよかった」

その言葉を聞いたヤクプ族の一同が、ソウェイルにひざまずいた。ソウェイルに恩を感じる人間が増えたということかもしれない。

彼らを留め置いたティムルの判断は正しかったことを再確認した。

彼はティムルが作ったちょっとしたきっかけもちゃんと自分のものにした。

アルヤの太陽が何たるか知らないチュルカ人を否定せず、包み込むように認めている。

この調子でいけば、彼はチュルカ人とアルヤ人をつなぐ王になってくれる気がする。

チュルカ人をあからさまに見下しているフェイフューには、絶対に、できないことだ。

ソウェイルの手がティムルから離れた。それを見計らってシーリーンがソウェイルの肩をつかんだ。

「さあ、今度こそお休みになりましょう」

シーリーンが耳元でささやくように言うと、ソウェイルが小さく頷《うなず》いた。

「でも、その前に」

彼の蒼い瞳《ひとみ》が、まっすぐティムルを見ている。

「今度こういうことしたら、もっと怒る」

また、ソウェイルが頰を緊張させた。今度は怖い顔をして怒りを表現しているつもりらしく、眉尻《まゆじり》が上がっている。

「ユングヴィといい、ティムルといい、どうしておれを守るって言う人はこういうおっかないことばっかりするんだ。おれはそういうのは望んでないから」

ソウェイルの優しい気持ちが、アルヤ高原のみならず、大陸全体を照らす日が来るような気がする。

これは、好んでひとと競ったり自分の従者を競わせようとしたりするフェイフューには、ないものだ。

「おれは望んでない。誰かが傷つくことも。誰かを傷つけることも」

胸に刻み込んでおかなければならない。

「大丈夫ですよ」

シーリーンの甘くまろやかな声が響いた。

「殿下が立派な王様になられましたあかつきには、こんなことはなくなりますからね」

彼女のそんな言葉を、ソウェイルは真剣な顔で受け止めた。

「おれ、みんなに好き勝手させないためにも、強い王さまになるから」

そんな覚悟が嬉《うれ》しくて、ティムルはソウェイルの頭を撫《な》でた。フェイフューと違って、ソウェイルは目を細めてそれを受け入れた。可愛い。

ティムルの小さな可愛い王様が、この調子で、強くて優しくて立派な王様に育っていきますように。

その時はどんな罰でも受け入れよう。ティムルが重ねた罪をすべて裁く王になってほしい。

第6章　黄金の隼の伝言

ふわふわする。あたたかい。からだにちからがはいらない。きもちいい。そろそろ起きなければ、とは、思っている。眠りは浅くなったし、まぶたは外の明るさを感じている。おそらくこれ以上の睡眠は必要ない。

でも、起きたくない。ずっとまどろんでいたい。ずっとずっと夢と現実を行ったり来たりしながらごろごろし続けていたい。

すべて、何もかも、あらゆることを忘れ去ってこのままでいたい。

ただ、体がどうも収まりの悪さのようなものを訴えている。むずむずするのだ。全身の血管が体に動けと言っている気がする。

どうやら自分は今右半身を下にして寝ているらしい。

あおむけになりたい。

左半身を倒して、背中を下につけようと思った。

体が動いた瞬間、全身が一気に強張《こわば》った。

左肩に痛みを感じた。強烈な痛みだった。鋭い、今まさに刺されたかのような激痛であった。

まぶたを開けたが視界が回っていて、自分が今どこにいるのかもわからない。

重力に抗《あらが》えなくなって背中が倒れた。

望みどおりあおむけになれたというのに、今度は背中が苦痛を訴えた。傷口に直接触れられているような痛みだ。こらえたつもりだったが、細く小さな悲鳴が口から漏れ出た。

ユングヴィはようやく自分が怪我をしていることに気づいた。

目が覚めた。

現実のすべてを思い出した。

自分はウルミーヤで撃たれた挙句斬られたのだ。

今は戦争をしているところだ。こんなふうに寝ている場合ではない。

起きなければならない。

わかっているのに、体にうまく力が入らない。

「おい、こら」

誰かがユングヴィの背中と寝台の敷布の間に手を差し入れた。左の肩甲骨のあたりを押してふたたび右半身を下にする寝方に直してくれた。一瞬だけ背中が引きつれて小さな痛みを感じたが、起こしてくれたおかげですぐに治まった。

腰に枕を当てられた。これで後ろに寄り掛かることができる。

後ろから腹を抱えるように腕をまわされた。引き寄せられた。

背中が、後ろで、今自分がとっているのと同じ体勢の誰かの胸に、触れている。

温かい。

腹にまわされた腕はたくましく、脇腹に触れる手は大きく力強く、心の奥底から安心を覚えた。

「じっとしてろ」

懐かしい声が――たった三ヵ月だというのにはるかかなた昔のものになった気がしていた声が聞こえてきた。

「サヴァシュ？」

首だけで振り向き、眼球をせいいっぱい横に動かして後ろを見た。

案の定、そこにサヴァシュがいた。

体を横向きにして、ユングヴィの背中に胸をつけて寝転がっている。

いつもどおりの愛想のない顔だ。一緒に寝ていたのか、普段はひとつに束ねている無数の三つ編みを無造作に垂らして、上着を脱ぎ、銀細工はすべてはずしている。

目を開ける前に感じていたあたたかさは、どうやらサヴァシュの体温だったらしい。

来る日も来る日も寄り添い合った、遠くへ行ってしまったと思っていたあの穏やかな秋の日々が、すぐそばに戻ってきてくれた気がした。

ユングヴィは笑った。笑わないといけないと思った。笑って、ここまで来てくれたこと、自分のそばにいてくれることについて礼を言わないといけないと思ったのだ。

だが、次の時、涙がこぼれた。こらえようと、こらえなければと思ったのに、次から次へと涙があふれ出た。

「あれれ……なんで私泣いてるんだろ……」

サヴァシュがユングヴィの目元に口づけた。涙を吸い取る。

「俺に会えて嬉しいんだろ」

「どうやったらそんな自意識過剰になれるんだよ」

「お前だんだん俺へのツッコミが厳しくなってないか？」

ユングヴィは前を向いた。サヴァシュの顔が見えなくなった。

代わりに、右肘《みぎひじ》を動かして、サヴァシュの胸に自分の背中を押しつけた。からだとからだが触れ合った。

安心する。

サヴァシュの腕が、よりいっそう強くユングヴィの体を抱いた。

ユングヴィはしばらくの間黙って泣き続けた。

どれくらい経った頃だろう。

思う存分泣けてすっきりしたのか、少しずつ頭の中身が回転し出した。

涙が自然と減っていく。心も落ち着いていく。

自分は、今、タウリス城であてがわれた部屋にいる。本来は翠《すい》軍の幹部にあてられる部屋だという。さほど広くはないが清潔で、品の良い彩色が施されている机と棚が備え付けられており、壁にはアルヤの古い民族衣装をまとったいにしえの美女の細密《ミニアチ》画《ユール》がかけられている。

タウリス城は、アルヤ王国がサータム帝国の一部になるまで、西部州を治めていたアルヤ人代官の住まいでもあったらしい。

タウリスにたどりついた時、翠軍の副長は、ユングヴィにはタウリスから追い出された代官の姫君の部屋を、と言った。花柄で統一された、可愛らしい、非常に魅力的な部屋であった。しかし場所が場所だ。城の奥深く、つまりいわゆる後宮に当たるところである。そのまま閉じ込められてしまいそうな気がして、ユングヴィは怖くなって丁重に断った。

赤《あか》軍兵士のみんなと雑魚寝《ざこね》でいいと主張したユングヴィを、赤軍の副長が拒んだ。兵士たちから隔離され、「おとなしくどこかにこもってろ」と言われた。ユングヴィは、副長を冷たいと、こんな状況になっても赤軍の兵士たちは自分と親しくしたくないのかと思った。本気で寂しくて悔しかった。

自分の記憶が確かなら、どうやら、自分は赤軍の皆にとってお姫様だったらしい。ひょっとしたら、副長も自分たちの将軍をあの花柄の部屋に閉じ込めておきたかったのかもしれない。

いまさら何を言っているのか。

本当にまだ何も知らなかった神剣を抜きたての五年前に言ってくれれば、もうちょっと何か考えたかもしれない。しかし今言われるとまずは怒りが先に立った。ユングヴィの努力や葛藤《かっとう》は何だったのか。ずっと強くてしっかりした将軍を目指してきたユングヴィにとってそれは侮辱に他ならない。

カノをお姫様のように可愛がっている橙《だいだい》軍の人々のことを思い出す。

将軍らしいとは、何だ。

今、サヴァシュの大きな手が、ユングヴィの頭をゆっくり撫《な》でている。これもきっと守ってやらないといけないようなか弱い女の子の扱いだ。

だが、サヴァシュにそうされるのはむしろとても気持ちがよかった。

今だけだ。今だけは弱っているから仕方がない。傷がよくなって吐き気が取れたらまた戦場に戻るのだ。自分は女の子であると同時に兵士なのである。

お姫様でも戦えるのなら戦ったほうがいい。

ただ、今、本当にたった今だけは、弱い女の子でいてもいい。守られるだけのお姫様でもいいと、男たちにすべてをゆだねてここに閉じ込められていてもいいと思った。

本当に、非常に弱っているらしい。

たくさん泣いたからもう大丈夫だ。きっともっと強くなれる。今度こそ、ちゃんと戦おう。

そのために、今すべきことは、何だろう。

「ねえサヴァシュ」

サヴァシュの手首を上からつかんだ。

「私、どれくらい寝てた？」

「三日くらいか」

「私が寝てる間みんなどうしてた？　赤軍のみんなとか、タウリスのチュルカ人のみんなとか——ウルミーヤは、どうなった？」

そこでサヴァシュは少しの間黙った。その間が気持ち悪くて、ユングヴィは「何さ」と唸《うな》った。

「いや、お前はもう戦況なんて知らなくてもいいんじゃないかと思ったんだが」

「なんで？」

顔をしかめる。

「私これでも赤将軍《あか》なんですけど。なんで軍隊にかかわることを将軍に内緒にするの」

「――と言うと思ったから。説明してやるか。やりかけのものを途中で手放すのは気持ちが悪いだろうしな、結末ぐらいは教えてやる」

ほっとした。態度は女の子扱いであっても、芯《しん》のところではちゃんとひとりの責任感ある人間として見てくれている。彼の中にいるユングヴィは城の奥深くで何も知らずに暮らすお姫様ではない。

「とりあえず、ウルミーヤは黒軍《くろ》で押さえた。湖は俺についてきた蒼軍《そう》の先遣部隊が見張っている。赤軍とタウリスのチュルカ人たちの生き残りはみんな俺が回収してここに運んだ」

胸の奥から安堵《あんど》の息を吐いた。

「ウルミーヤにいたサータム兵は、俺らが着いた時だいたい二千くらいだったようだが、むかっときたので半分くらいは殺した。でも俺は理性的な将なので二百人ほど捕虜にして連れて帰ってきた。あとは武器を捨てて無様に逃げたので虐殺してもかっこつかないと思って見逃した」

「全体的にあんたは何を言っているんだ」

「タウリスはでかい街だし、湖も含むウルミーヤあたりまでこっちが優勢だからな。

向こうはその全部を囲むためにさらにでかい輪を作ってる。全体を動かすのには苦労をするはずだ。ましてこのへんの村にはもう何にもない。加えて真冬の山越えなんて帝国軍がそう簡単にやるとは思えない、援軍は当分来ないとみた」

ユングヴィは眉間《みけん》にしわを寄せた。

「え、ちょっと待って。タウリス囲まれてるの？　そこに蒼軍の本隊どうやって入ってくる気なの？」

「もうタウリスにいる」

「ナーヒド大丈夫なの？」

「大丈夫どころか、あの野郎、俺が知らないうちに突破したらしい。つまんねえな、助けを求めてきたら応援に行ってやろうと思っていたのに」

「今ぐらい仲良くやってよ」

「問題はこれからだ」

サヴァシュの言葉に、ユングヴィも改めて真面目な顔をした。

「蒼軍が二万の大軍だ。黒軍は五千騎。お前の子分どもやベルカナが連れてくる女たちを考えたら、中央から移動してきたアルヤ軍関係者だけで三万ぐらいだぞ。で、もともとタウリスにいる翠軍が一万。それで難民たちの世話も、となったら、はっきり言って食っていけない」

突きつけられた現実に目眩《めまい》がしそうだ。しかも、無敵の彼がはっきりと不利を口にするとは、と思うと背筋が寒くなる。

「それで、どうするの」

声を震わせたユングヴィに対して、サヴァシュは何のこともない、いつもどおりの落ち着いた声で答えた。

「短期決戦だな。こっちの腹が減る前にあっちを追い出す」

「可能なの──」

「あっちは現時点でも相当腹が減っているはずだし、寒いし、四万のアルヤ兵に襲われたら無理だろ。ま、どっちにしても俺が敵将の首を獲《と》れば終わりだ」

サヴァシュが言うと可能に思えてくるから不思議だ。

「これ以上はもう細かいことを考えても無駄だ。あとは敵の本陣がどこかを確認する斥候を出して、見当がついたらもういい日を選んで山に雪が降っていない時に出陣する。ラームは食料の計算係に降格」

胸《むね》を撫で下ろした。たとえ本人が乗り気でも十四歳の子供に最前線の話を聞かせるのは嫌だったのだ。

「よかったあ。赤軍がしたことは無駄になってないんだね。あとはもう黒軍と蒼軍に任せておけばいいんだねえ。ほんとによかったあ……」

サヴァシュが、ユングヴィの頭を撫でている。

「お前のほうはどうだ」

ユングヴィは少しだけ後ろのほうを見て、「何が?」と問い返した。角度的にサヴァシュの顔を見ることはできなかった。

「エルが言ってた。お前が体調を崩してる、って。吐いたとか」

苦笑して頷《うなず》く。

「緊張してるせいだと思う。戦争が始まってからずっと、もう、三ヵ月くらい?」

「三ヵ月? 何だそれ、もっと早く言え。変な病気じゃねーだろうな」

サヴァシュの手が動いた。ユングヴィの額に包むように触れた。

「少し熱っぽいか?」

「そうかも、微熱っぽい? なんだかちょっとだるいのもある」

「っぽい、じゃない。自分のことだろ」

「ごめんなさい」

額を覆っていた手を引っ張ってきて、自分の頬に押しつける。

「でも、大丈夫。今はちょっとむかむかが減ってる気がする。サヴァシュが来てくれて安心したからだと思う」

今度はサヴァシュが溜息《ためいき》をついた。

サヴァシュの手が離れた。ユングヴィの背中にくっついていた胸も離れた。寝台が軋《きし》む。どうやら起き上がったらしい。

「何か食い物を持ってきてやる。何なら食えそうだ？」

背中で枕を押さえつけるようにして、後ろのほうを振り向いた。今度は慎重に動いたからか、さほど強い痛みは感じなかった。

腕を伸ばしてサヴァシュの手をつかんだ。

「いらない」

「食え」

「いいから、ここにいて」

サヴァシュの動きが、止まった。

ユングヴィは、やっと、素直に微笑むことができた。

「ねー、えっちなことしよ」

間を置かずに「バカ」と言われた。

「そのぼろぼろのからだに勃《た》つかよ」

「ええー……初めてした時は傷のひとつやふたつどうってことないって言ってたのに」

「俺が言ったのは現状のままでいいという意味であって増やしていいとは言っていない」

唇をゆがませる。

「服が血で真っ赤で、手当てしても何日も起きてこなくて、今度こそ、死なせたかも、と思った」

「だいじょーぶだよ、私頑丈なんだよ」

「お前が寝ている間、俺は、お前の真っ青な顔を見て、本当にいろんなことをめちゃくちゃ考えたんだからな。もうちょっと早く来てやれたら、とか。そもそも行かせなければよかった、とか。それくらいは、察しろ」

その言葉が、全身に染み渡っていく。傷口から体の中に入ってきて、身も心もすべて満たしていく。

一度止まった涙が、また、あふれてきた。目尻《めじり》からこめかみのほうへ伝って敷布に落ちた。

「ここに、いて」

三ヵ月ぶりに会えたのだ。

生きていてよかったと、思えた。

「私に触って」

サヴァシュがまた、溜息をついた。

寝台に戻ってきた。すぐそばに横たわった。

腕を伸ばした。

ユングヴィのからだを、ゆっくり、だが強く、とても強く、もう離れることなどないと思えるほど強く、抱き締めた。

「これでいいか」

ユングヴィは頷いて、サヴァシュの頬に額を寄せた。

「もう一回寝ろ。完全に寝るまで、こうしていてやるから」

「うん……」

そっと、目を閉じた。

「ありがとう」

眠れるような気がした。

「そうか、そうか。お前は俺といちゃいちゃしたいんだな」

「あの、すべてを台無しにするようなこと言わないでくれます？」

次に気がついた時、そばにいたのはサヴァシュではなくエルナーズだった。

水の音が聞こえてきたので、ユングヴィは目を開け、顎《あご》を持ち上げて横を向いた。

寝台のすぐそば、壁に備え付けられた机に向かって、エルナーズが何か作業をしている。

手元にあるのは金だらいだ。どうやらたらいに水を張っていて、その中で何かに触っているらしい。時々右手に握られた小刀が見え隠れする。

それにしても、エルナーズの立ち姿は美しい。手足は長く、腰つきは華奢《きやしや》で、肉の厚さは感じられない。細くしなやかな体軀《たいく》を守るために毎日体操をして走り込んでいるらしい。膂力《りよりよく》や瞬発力を求めて太い肉を身にまとう兵士の体つきとは異なる。

顔に目をやる。

途端胸が痛む。

エルナーズは最近前髪を伸ばしている。顔の傷を隠したいのだろう。目の下、頬の途中までが前髪に覆われてしまった。それでもまだ隠し切れない部分には白い木綿布をあて、上から糊《のり》つきの紙紐《かみひも》を貼って留めている。形の良い、少し薄い唇だけが見える。

本当はユングヴィも泣きたい。大事な、アルヤ軍の宝物である美しい少年の顔が、二目と見られない状態になってしまった。できることなら抱き締めておいおいと泣きたかった。

しかし傷を負ったエルナーズは当初近づくことさえ許さないほど殺気立っていた。なんとか徐々に落ち着いてきてはいるが、いつしかユングヴィのほうが過干渉はするまいと思って耐えるようになった。本人が何も言わないのなら周りも騒がずに見守るべきだ。

なんだかんだ言ってエルナーズは強い子だ。このタウリスの闇の中でひとりからだを売って生きていただけあって根性がある。ユングヴィよりたくましいかもしれない。だいたい金も払わずに抱き締めるなど高級男娼《だんしょう》だった彼に失礼だ。余計なことはしないに限る。

エルナーズが机に広げている白い布の上に小刀を置いた。そしてもう一度たらいの中に右手を差し入れた。

次の時出てきた右手には、赤い宝石のような粒がつままれていた。

エルナーズはそれを無言で自分の口の中に入れた。

ユングヴィは跳ね起きた。

「ちょっとそれ柘榴《ざくろ》でしょ、なんでひとりで食べてるの、ずるい」

「あら、おはよう」

たらいに両手を突っ込んだまま、エルナーズが顔の正面をこちらに向けた。長い前髪は額の右のほうで横分けにされていた。この一、二年で多少男らしくなったとは言えやはり整っている右半分、長い睫毛《まつげ》の涼しげな目元が見える。微笑んでいる、というよりは、意地悪く笑っている。

肩や背中の痛みはだいぶやわらいでいた。胸のむかつきも、なくなったわけではないが、何か口に入れたい気持ちのほうが勝る。何か——果物だ。水気が多くて酸味があるものを口にしたかったのだ。

「それ、ちょうだい。一口でいいから」

「ええー、どうしようかなー」

「お願い、私それ食べれなかったらもうこのまま何も食べれなくなって死んじゃうかもしれない」

エルナーズが笑った。

「冗談や。あんたに食べさせたろと思って用意してたん」

手を出し、水を切ってから、たらいの向こう側に伸ばした。次に持ち上げられた手には真新しい柘榴が握られていた。どうやら複数個あるようだ。

「わあ、わああ……！　それ私が貰《もら》っていいの？」

「もちろん。何か、とりあえず何でもええから食べられるものを食べさせてやらなってずっと思ってたんやから」

たらいの向こう側から深皿が出てきた。エルナーズはたらいの中にあった柘榴の粒を深皿に盛った。そして寝台の上に座ったままのユングヴィの膝《ひざ》の上にのせてくれた。

「おかわりもあるし、たんとお食べ」

礼を言うのも忘れて、手が汚れるのも構わずわしづかみにして口の中に押し込んだ。絶妙な酸味と甘みが広がった。おいしい。こんなにおいしい柘榴は生まれて初めて食べた。

涙があふれてきた。

口元を拭《ぬぐ》うこともなく無我夢中でむさぼった。エルナーズが「落ち着き」とたしなめてきたが返事もしないでとにかく口に入れ続けた。

おいしかった。

「……そんなにつらかったんなら、つらいって言《ゆ》うたらよかったやろ」

ふたたび小刀を手に取り、ふたつめの柘榴を解体し始めたエルナーズが、呟《つぶや》くように言う。

ユングヴィは、皿に盛られた分を平らげて、ようやく少し冷静になった。

そう言うエルナーズは何があってもつらいとは言わない。顔が吹っ飛んだ時でさえ、つらそうにはしていたが、言葉にはしなかった。ユングヴィもバハルもラームティンもそのうち黙って命を絶つのではないかと心配したくらいひとりで抱え込んでいた。

つらいとか、悲しいとか苦しいとか、そういう感情は秘めておくのがタウリスの遊女の優雅なところなのだ。彼はきっとそんな自分を美しいと思っているのだ。

わかっていても、年下のエルナーズが言わないのに年上の自分が言うのは違う気がしてしまう。

ユングヴィはあえて笑って「おかわり」と言った。エルナーズが「はいはい」と言って左手で皿を取った。

「この時季に柘榴食べれると思ってなかった。乾燥無花果《いちじく》でもあればいいなって思ってたところだった」

「あんたがどうしても果物食べたいって言わはるからこの俺が一生懸命探してきてやったんやで。苦労して、昔の悪い仲間を探してつてをたどって歩き回って、今朝になってようやく買えたものなんやから。感謝しておあがり」

「やだ、なんかエルがめちゃくちゃ優しい。私ほんとに大変に見えたんだね、よっぽどヤバく見えたんだね。でもだいじょーぶ、普段どおりでいいよ」

「あんたそれ俺に失礼やろ」

彼は頬を引きつらせて溜息《ためいき》をついた。

「どっちにしろすることあらへん。俺が珍しく十神剣らしいことしようと思って気合い入れて軍議に顔を見せたら、ナーヒドが素人《しろうと》は邪魔やて言うから、やる気がごっそりのうなってしもた。ほな黙って去りますわ、って」

「うわあ、ナーヒドってなんでそういうこと言うかなあ」

次の柘榴を受け取りつつ首を傾げる。

「でも、急にどうしたの？　エルが十神剣に参加してくれること、嬉《うれ》しいけど、今までなかったじゃない？　私が寝てる間に何かあった？」

エルナーズは、腰に手をあてつつ、苦笑した。

「あんたのせいやで」

「え、私？」

「あんた、言うたやろ。こんな体でもできること探してやってるんだ、って。俺も、あんまり顔のことばっかり気にしてうじうじせんと、他にできること探そうかな、って思ったんや」

また、泣けてきてしまった。

「別にいいよお、顔がどうなったってエルはエルなんだから、好きなことやりなよお」

「好きか嫌いか以前にやってみないとわからんことってぎょうさんあると思ったの」

「うわーっ、エル、あんまり成長しないで！　私より大人にならないで」

「あんたたまにえらいひどいこと言うな」

机のほうに向き直る。みっつめの柘榴を小刀で割る。

「ま、軍人はやっぱり向いてへんかもな。それに、あんたの言うとおり、こんな顔でも俺でええって言う男が現れるかもしれんし。気長にあんたの世話をして時を待つわ」

「私の世話をしてくれるの？」

「そんな体のあんたをひとりにするわけにいかへんやろ。俺はな、人間ってひとりになる時間も必要だと思う派で、四六時中誰かと一緒にいたほうがええとは思わへんけど、今のあんたはひとりにしたくないんやわ」

ユングヴィは鼻をすすった。

その言葉は、傷ついたエルナーズを見てユングヴィがバハルに言った言葉と重なっていた。

今のエルナーズはあの時のユングヴィと同じ気持ちなのかもしれない。

「あんたどんだけ泣くん」

ユングヴィは手の甲で頬の涙を拭いながら「ごめん」と笑った。

「なんか目がバカになったみたい。さっき――昨日？　時間の感覚もバカになってるからちょっとわかんないんだけど、サヴァシュと一緒にいた時もすごい泣いちゃって」

「サヴァシュ？　なに、サヴァシュがここにいたん？」

まずいと思った。何がまずいのかはわからなかったが、これ以上サヴァシュの話をしてはいけない気がする。特にエルナーズは鋭い。とにかく違う話題に移らなければならない。

「これからはエルが私と一緒にいてくれるってこと？」

「あんたが嫌やなかったらな。いろいろ不自由なことあるやろ、手ぇ貸したる」

戸の叩《たた》かれる音がした。ユングヴィは軽く「はーい」とこたえた。

「あたし。ベルカナ」

空になった深皿を机の上に置き、戸を開けるために立ち上がろうとした。

「あんたはそこにいて」

エルナーズが両の手の平を見せた。

「とにかくおとなしくしてて。頼むから勝手に動かんといて」

止められてしまった。

この程度でと思うと悔しかったが、自分は今客観的に見るとかなりの重傷のようなので仕方がない。素直に腰を落ち着け、寝台の枠を背もたれにして掛け布団をつかんだ。

エルナーズが戸を開けると、ベルカナが入ってきた。どうやらひとりらしい。彼女はすぐに戸を閉めた。

「今あんたたち二人きりね？」

ユングヴィはエルナーズと顔を見合わせた。ベルカナから何かただならぬものを感じたのだ。

「そうだけど」

改めてベルカナを見る。その表情には疲労がべったりと張りついているように見える。普段は何事にも悠々と構えている彼女には似つかわしくない。

「どうかした？　久しぶり、会えて嬉しい――みたいな、能天気なこと言ってる場合じゃなさげな顔してるけど」

「誰のせいだと思ってんのよ」

ベルカナは深い溜息をついた。

「エル、あんたも座りなさい。ちょっと長話するわよ」

そう言いつつ彼女自身も寝台の脇に腰を下ろす。

ユングヴィは困惑した。何の話がそんなに長引く予定なのかわからなかった。エスファーナからの長旅で疲れたのなら自分に構わず休んでほしかったし、戦況ならバハルやラームテインのほうが詳しく把握している。あえて自分とエルナーズが二人きりであることを確認した意図がわからない。

エルナーズは、ひょっとしたら、わかっているのだろうか。一瞬悩んだそぶりを見せたが、あまり間を置かず息を吐きながら机に備え付けの椅子に座った。

「わかった、覚悟は決める」

エルナーズが座ったのを確認してから、ベルカナが口を開いた。

「こんなことであんたたちがぎくしゃくするのは見たくないし、ユングヴィの負担をできる限り減らしてあげたいから、先にエルへのお説教から始めるわ。そのほうが誤解がなくていいわよね」

「なんで俺が怒られなあかんの」

「あんたの名誉を守りつつあんたに現状をより深刻に見てもらうためにはそれが一番手っ取り早いから」

頭の中が疑問符でいっぱいのユングヴィは置き去りだ。

「ババルやラームにも確認したけど、あんたほんとに秘密を守り通したのね。たぶんナーヒドとサヴァシュも気がついてないと思う。その口の堅さは評価するわ」

「確認したって、俺が何のためにごまかして――」

「大丈夫、一番根本の部分には触れてないから。男どもはしょせんその程度よ、あんたほどには周りを見ていないわ。でもあたしまでごまかせるとは思わないでほしいわね」

エルナーズが唇を引き結び視線を泳がせた。

「赤軍の幹部にも聞き取り調査をしたの」

ベルカナの目がユングヴィを見る。

「えっ、何を？　なんで赤軍？　私の話？」

彼女の視線に射貫《いぬ》かれたような気がして黙る。

「いい？　ユングヴィ。エルはわかってて秘密を守ろうとしてる。それがあんたのためだと思っているから。あたしはその判断は間違ってると思うからお説教するけど、エルがあんたに気を遣ってるってことはわかってあげなさい」

混乱するユングヴィの反応を待つことなく、またエルナーズのほうを見る。

「もしこれがほんとにちょっと神経が参ってるだけならいいの。いえ、良くはないけど、ちょっと戦線を離れてゆっくりすればどうにかなることだったら、一時的にあんたがかばってやれば済むわ。でも、もし、あたしやあんたの思ってるとおりのことだったら、これからどんどん大変なことになっていくわけよ。必ず近いうちにごまかしの利かない状況がくるのよ」

「まあ、そうなんやけど」

苛立《いらだ》ちを紛らわせるためか、エルナーズは特に理由なく自分の耳飾りに触れた。

「しかも人ひとりの命がかかってる。人間の命が、かかってるのよ。他の何より、見栄や体裁なんかよりずっとずっと優先すべきこと。ちょっと何か失敗するだけですぐ死ぬ。そういうことを意識して男どもにわからせなきゃだめ。これは、隠しちゃだめなこと」

ベルカナがそこまで言うと、エルナーズは、耳飾りから手を離して、肩をすくめて「はーい」と言った。その声には、何か、どこか、開き直ったような、開け放した明るさがあった。

「いい？　ユングヴィ。今度はあんたの番」

エルナーズへの説教は終わったらしい。今度こそ、ベルカナはユングヴィに真正面から向かい合った。ユングヴィは緊張して、背筋を伸ばしてベルカナの顔を見た。

ベルカナの表情が強張《こわば》っている。怖い。胸の鼓動が速くなる。

「なに？」

「最初に二個、確認しておくわね」

右手を持ち上げ、親指と人差し指を立てた。

「ひとつ。繰り返すけど、エルが言ったのは、あんたが仕事中に吐いた、ってことだけ。エルは一度だってあんたが不利な立場になるかもしれないことは言ってない。あたしが勝手にぴんと来て、いろんな人に聞いてまわってわかったこと。エルに当たるんじゃない。いいわね？」

「うん？　まあ、うん」

「ふたつ。あたしは味方よ」

彼女は「いいわね」と念を押した。

「あたしには全部話しなさい。叱るし怒ることもあると思うけど、あんたを傷つけてやりたくてそうしてるわけじゃない。あんたを守るために必要なことなんだと思ってね」

「うん……、そんなのわかってるけど」

今ひとつ要領を得られず、混乱したままのユングヴィに、ベルカナが問い掛けた。

「あんたほんとにわかってないの？」

「何が？　何の話？　私バカだからわかんな――」

「あんた数週間前から吐いてるそうね。他には？」

詰め寄られた。

「他に、何か、自分で、自分の体のここがおかしい、と思うこと。全部言ってみなさい」

まだベルカナが何を言いたいのかわからなかったが、とりあえず質問には答えようと、自分の体調のことを振り返った。

「なんか、だるい？　ちょっと熱っぽいかな。そんなすごい熱が出てるって感じじゃないけど」

「だるくて微熱。他には？」

「関係あるかわかんないけど、最近食べ物の臭いがだめ。これなら食べれる、って思うものばっかり食べてて、栄養が偏ってる……かな。吐いてるからかな、食欲がバカになってる」

「臭いがだめ、特定のものばかり食べたくなる。それで？」

「えーっと……、あとやっぱり神経が参ってるんだよ、なんかちょっとしたことですぐ泣いちゃって——」

「情緒不安定。それくらい？」

「えーっと……えーっと……」

「もっと大事なことあるでしょ」

首を傾げたユングヴィに、ベルカナは畳みかけるように言った。

「確認するわね。長期間にわたる嘔吐《おうと》。だるい。微熱。臭いがだめ。特定のものばかり食べる。情緒がおかしい。自分のことだからそんなすっとぼけてられるのかもしれないけど、そのへんで会った見ず知らずの女の子が同じこと言ってたら、あんたそのひとどうしたんだと思う？」

「え……わかんない」

そこで「まだそんなこと言うの」と怒られた。

「じゃあとどめを刺してあげる」

「どういう——」

「あんた最後に生理来たのいつ」

頭の中が真っ白になった。

「来てないでしょ」

ベルカナが何を言わんとしているのか、やっと、わかった。

でも、わかりたくなかった。

そんなことが自分の身の上に起こるはずがない。

血の気が引いた。

口元に手を当てた。手が、震えていた。

場の空気に敏感なエルナーズが、机の脇に立てかけておいたらしいもうひとつのたらいを手に取った。

エルナーズは気づいていたのだ。わかっていて、体を冷やさないように言ったり果物を用意したりしてくれていたのだ。

「心当たりはあるようね」

ベルカナが、大きく息を吐いた。

認めたくない。

自分は妊娠している。

サヴァシュの子を身ごもっている。

「……ユングヴィ」

口元を押さえ、血の気の引いた顔で震えるユングヴィの肩を、ベルカナの白い綺麗《きれい》な手がつかむ。

「お腹の子の父親は誰かわかる？」
言えるわけがなかった。
結婚していないからだ。
未婚の身で男に股《また》を開いた女だと思われる。ふしだらで不道徳だ。死刑が科される
かもしれない。生まれた村にいたら今頃父や弟の名誉を汚した罪で油を浴びせられて
火をつけられているだろう。
一時の情や欲に駆られてとんでもないことをした。
ベルカナの手が肩を撫《な》でている。普段ならその優しい手つきに安心するところだっ
たが、今は肌が粟立《あわだ》つ。
首を横に振った。
「——誰かに酷《ひど》いことされたのね」
何を言われたのかわからず、すぐには返事ができなかった。エルナーズが顔をしか
めて「えっ、そういうこと⁉」と声を荒らげてから理解した。
「俺はてっきり男ができたんやとばかり……、でもそれなら話はぜんぜん違うわ、そ
うやったらもっと——」
「エル、ちょっと我慢して、黙ってて」
ユングヴィも声を大きくして「違う」と答えた。

彼の――サヴァシュの名誉を守らなければと思った。サヴァシュにはそんな意図などなかっただろう。ちゃんとユングヴィの意思を確認した上でのことだ。

それに、今、サヴァシュと身内の誰かが揉《も》めるのはまずい。アルヤ軍はサヴァシュなしでは成り立たない。

チュルカ人の男がアルヤ人の女を孕《はら》ませたとなれば、今度はチュルカ人とも戦争にもなりかねない。

「あのひとはそんなひとじゃない」

ベルカナが「よかった」と漏らした。

「とりあえず、相手が誰かはわかっているのね。教えてちょうだい。黙っていても得することはひとつもないのよ。白状しなさい」

どんなに詰め寄られても、絶対に言えない。

ひとり暗い階段を上る。

ユングヴィは、いまさら、エルナーズに申し訳ないことをした、と思った。親切心で連れ回していたが、お節介だったかもしれない。

人間にはひとりになりたい時がある。

ユングヴィは今誰にも話し掛けられたくなかった。もしかしたら怪我をしたばかりの頃の弱っていたエルナーズもこんな気持ちだったかもしれない。

自分がこんなにもバカで先のことを考えられない女であることを誰にも知られたくない。

とにかくどこかへ逃げたい。

目的地はなかった。ただ部屋を出たかった。ベルカナやエルナーズから離れて追及を逃れたかったのだ。

しかし、階段をのぼり切り、屋上に出た時、ユングヴィは後悔した。

真冬のタウリスは昼間でも寒い。エスファーナよりもずっと北に位置していて、平均気温が低いのだ。湖から山へ吹き上がる風は冷たく湿気ていて、周辺の山々には雪が積もる。熱帯のラクータ帝国に近い東部州の南で生まれたユングヴィには堪《こた》えた。

そう言えば、エルナーズはしきりに体を冷やすなと言っていた。今になってようやく意図がわかった。

冷えると子が流れるかもしれない。

「ま、いっか」

屋上の真ん中に歩み出た。強い風がユングヴィの頬を叩《たた》いた。

積極的に子供を殺したいわけではなかった。けれどそれならそれでもいい。全部なかったことにできるのならそうしたい。

何事もなかった顔をして戦場に戻りたい。

怪我が治ればまた銃を持てると思っていた。みんなと一緒に戦えるはずだった。タウリスで活動するたびに一歩ずつ強い将軍に近づいているという確信を得ていた。副長にはお姫様だと言われてしまったが、ユングヴィとしては戦場にいることで自分は赤将軍であるということを感じられていた。

それが何もかも台無しになった。

子供がいたら、銃どころか、日常のことでもできないことが増える。

赤軍のことだけではない。

もっと大きな問題がある。

ソウェイルのことだ。

彼を守ると、彼のために戦うと誓ってからまだ半年くらいしか経っていない。なのに、ここで突然、妊娠したから動けなくなりました、などとどうして言えるだろうか。

あの子は今でもエスファーナでいい王様になるために勉強しているはずだ。一方自分は大きなお腹を抱えて何もできなくなっていく。そんな愚かで責任感がないユングヴィを彼はどんな目で見るだろうか。

がっかりしないだろうか。

優しい子だから表立って怒らない気もするが、それはそれで気を遣わせているということでもあるのでつらい。

あるいは、彼は女がどうやって妊娠するのか知っているだろうか。気持ちが悪いとは思わないだろうか。こちらはまったく想像がつかない。性に関することなど何ひとつ教えてこなかった。

ソウェイルに嫌われたらどうしよう。

王様になるのもやめると言われたらどうしよう。

アルヤ王国が本当に滅亡するかもしれないのか。

何もかもがめちゃくちゃだ。

バカすぎる。

屋上の端、手すり壁に近づく。手すり壁の上に両肘《りょうひじ》をつき、頬杖《ほおづえ》をつくような形で手の甲の上に顎《あご》を置く。

タウリス城の裏手は険しい山地になっていて容易に近づけない。眼下にはただ山裾《やますそ》の崖《がけ》がある。建物も人影もない。

「ユングヴィ将軍」

声を掛けられて我に返った。振り向くと、翠軍の兵士が二人立っていた。見張りをしているようだ。

当然だ。今は戦争中なのだ。周りに誰がいるかわからないほど視野が狭まっている自分がおかしい。

自分が、おかしくなっている。

子供のせいだ。何もかも子供のせいでおかしくなってしまった。

子供ができるようなことをしたユングヴィを、きっとみんな責める。

「撃たれたとお聞きしています。お怪我に障るのでは」

「ありがとう」

なんとか笑顔を作った。

「でも、だいじょーぶ。すぐ部屋に戻るから見なかったふりして。私がここにいること誰にも言わないで」

「何かございましたか」

「んーん、何にも。ありがとう。大丈夫だよ。だいじょ――」

扉の開く音がした。

建物の内側から出てきたのはサヴァシュだった。

すぐに目が合った。

よりによって今一番会いたくない人間に見つかってしまった。気分は最悪だ。

「おい、何してんだお前」

しかもサヴァシュの機嫌もあまりよさそうではない。普段から愛想のあるほうではないが、今は特に眉間《みけん》にしわを寄せてユングヴィをにらむように見ている。

「何にもしてない」

「じゃあ寝てろよ」

「部屋にいるとエルがうるさいんだもん」

「黙らせろ。お前ならできる。腕力で。どう考えてもお前のほうがエルより強い」

「もーサイテー。そうなんだけど、女の子に、しかも怪我とかいろいろで弱ってる人間に言うことじゃなくない？　いや、そのとおりなんだけどさ」

だが、ユングヴィはちょっと笑ってしまった。こうやって失礼なことをずけずけと言うサヴァシュが嫌いではないのだ。

「というか、最近のエルは何なんだ？　お前に対してちょっと過保護になってないか？　あいつと何かあったのか、あいつはもともとはああやって馴《な》れ合う奴じゃないだろ」

「ほんとだよね、ほんとそう。普段どおりにしてくれていいのにさ」

「今もだな、エルが、お前が部屋からいなくなったと言って騒いで。それで、十神剣総出でお前を捜してた」

「十神剣総出で、って、私除いて六人でしょ。規模おっきいんだかちっさいんだか」

「大事件だ、この俺が参加してる」

「そうだね、サヴァシュが十神剣として活動してるなんて、たいへんたいへん」

「サイテーはお前だ」

大股《おおまた》で歩み寄ってきた。

「ほら、戻るぞ。こんなところにいたら凍死する」

死にたいわけでもない。むしろ自分は死んではいけない。自分がいなくなったらみんなが困る。だが今はいても困る。

どうしたらいいのかわからない。

動けずにいるユングヴィを見て、サヴァシュが大きな溜息《ためいき》をついた。

自分の上着の合わせ目に手を突っ込み、結んでいた紐《ひも》を解《ほど》いた。袖《そで》を抜き、外すように脱いだ。

そして、ユングヴィの肩にかけた。

内側に毛皮が縫いつけられている。温かい。

「え、すご……チュルカ人の服ってこういうふうになってるの」

服の前身ごろをつかんで、合わせ目を重ねた。

安心してしまう。

「散れ」

周りで見ていた兵士たちにサヴァシュが命じる。兵士たちが顔を見合わせる。

「消えろと言っている。しばらく二人きりにしろ」

「ですが——」

「俺がいいと言ったらいいんだ」

強く言われると逆らえないらしい。なにせ相手はアルヤ最強の男だ。兵士たちはすごすごと引き下がり、建物の中へ入っていった。

屋上に二人きりになった。

黙って見つめられているのが怖くて、ユングヴィはうつむいて他愛もないことを口にした。

「寒くないの？」

「寒い」

「返すよ」

「一緒に屋内に戻れば済む話だろ」

強い語調で「何があった」と問われた。

「エルに何か言われたのか」

「違うよ、エルは何も悪くない。強いて言えば——」

ついつい、言わないでおこうと思ったことを漏らしてしまった。

「私が悪いんだよ。ちゃんと自己管理できてないから」

それを、サヴァシュは「そうだな」と肯定した。一瞬、この男はこんな時には甘やかしてくれないのか、と落胆しそうになったが——

「できないもんはできないんだからしょうがない。割り切って誰かの手を借りろ。なんなら俺が手を貸してやる」

きっと、こういうことが平気で言えるから、この男は最強なのだ。

「自分ひとりでどうにかしようとするな」

やはり、甘やかされている。とろけてしまいそうだ。

「お前は何でも自分だけでなんとかしようとする。それは、もう、やめろ。何か、何でもいいから言え。俺がどうにかしてやる」

優しい。大事にされている。

涙があふれてきて視界がぼやけた。

「泣くのかよ」

「ごめんなさい」

「泣いてもいいがどうして泣くのか説明しろ」

「ごめんなさい……」

「怒っているわけじゃない。謝らなくていいから、泣いていいから、説明しろ」

涙が喉《のど》に詰まったのかもしれない。言葉が声にならない。

いっそのこと打ち明けてしまおうと、自分の中にいるもうひとりの自分が言う。甘えてしまえばどうか。本人が話せと言っているのだから、ありのまま自分の身の上に起こっていることを説明してみてはどうか。

そんな自分を、さらにまた別のもうひとりの自分がたしなめる。

迷惑だろう。自由を何よりも愛するサヴァシュが、好き好んで異民族の女子供の人生を背負おうと思うだろうか。もしもチュルカ平原に帰りたくなったら、あるいはサータム帝国に行こうと思ったら、荷物になってしまう。だいたいしょせんからだだけの関係だ。しかも自分は見せびらかして自慢できる美しい妻ではない。

こんなことで悩まなければいけないのがつらい。

嗚咽《おえつ》が漏れた。

サヴァシュにとって、自分や子供は邪魔かもしれない。

初めて、死んでしまいたいと思った。もう何も考えたくなかった。消えてしまえればきっと楽になれる。

「……何なんだよ」

サヴァシュが手を伸ばしてきた。

ユングヴィは反射的に逃げたくなって少し身を引いた。だが、サヴァシュは逃げることをゆるさなかった。ユングヴィの手首をつかむと、抵抗できないほど強い力で彼のほうへ引き寄せた。

胸が、彼の胸にぶつかった。

途端、抱き締められた。

「俺には言えないのか？　俺にも言えないのか？　どっちだ」

温かくて、暖かくて、涙が止まらなくて――

「言ってくれ」

その声が、祈るようで、すがるようで、願うようで、いろんな思いが込められているように聞こえて――

「どんな小さいことでもいいから。絶対、わらったり、馬鹿にしたり、しないから。頼むから」

サヴァシュからそんな声が出るのかと、サヴァシュがそんなことを言うのかと、そう思うと、心が引き千切られそうで――

「全部、俺がどうにかしてやるから」

ユングヴィは顔を上げた。何か、当たり障りのないことを言ってサヴァシュの言葉を止めようと思ったのだ。

「なんか、不安で」

「何がだ」

「漠然と、未来のことが全部。この戦争の中で私は何をしたらいいんだろ、とか。この戦争が終わったらこの国はどうなるんだろ、とか。私はどこで何をするんだろ、とか。私、この先どうやって生きてくんだろ、とか。頭に浮かぶこと全部が、悪いほう悪いほうにいっちゃって、つらくて」

その言葉を口にすると急に楽になれた。

「つらくて。ほんとに、すごくつらくて」

サヴァシュの大きな手が、後頭部を包むように撫《な》でてくれた。

「戦争ぐらい俺が終わらせてやるから安心しろ」

瞬間、ユングヴィは決心した。

「外野のことは全部俺がやってやる。だから、とにかく生きろ」

この子を産もうと思った。

自分はこの最強の男の子供を身ごもるという幸運に恵まれたのだ。

この男の子供を育てたい。

それが、今の自分に与えられた新しい使命だ。

そうと決まれば早い。この子を守るために自分ができることを選んでいけばいい。

「ここ、寒いね。中に入ろう」

「やっとわかったか」

体を離した。

ユングヴィは笑顔を作った。不自然でない笑顔を見せることができたはずだ。今はもう笑うことができる。

もう、大丈夫だ。

サヴァシュも少しだけ笑った気がした。

戦争は彼に任せておけばいい。自分はどこかで勝手にひとりで彼の子供を産もう。そして彼の子供を育てて暮らすのだ。子供が育つ頃にはきっと平和な世の中がやってきている。彼がきっと平和な世の中をつくってくれる。

無力でバカな自分がこれ以上無理をして物事を引っ掻《か》き回すよりも、ちゃんとしている周りの人間に任せたほうがずっといい。

赤軍はもともとお姫様のユングヴィがいなくても回る組織だ。ソウェイルにはこのサヴァシュがついていてくれる。先代の国王夫妻や神剣の期待を裏切ってしまうのだけは心苦しかったが、ソウェイルを蒼宮殿に返せたのだから最低限やることはやった。

何もかも、大丈夫だ。

扉の向こう側から声が聞こえる。ナーヒドの声だ。扉越しなので具体的に何を言っているのかまでは聞き取れないが、ユングヴィには予想がついていた。たぶん、サヴァシュを怒鳴っている。いつものことだった。

正直に言うと、ユングヴィは怒鳴り声が怖い。兵士たちが大声を出すのなど日常のことで、軍隊生活が長くなるにつれて次第に麻痺《まひ》してきてはいたが、できれば聞きたくなかった。

特に今はいろんな感覚が過敏になっている。

本格的に軍隊を離れる決意を固めた。どこか遠い静かなところであまり他人とやり取りせずにおとなしく過ごそうと思った。自分は子供を怒鳴ることなく育てよう。優しく穏やかな声だけを聞かせて育てるのだ。

見張りの翠軍兵士が声を張り上げた。

「ユングヴィ将軍がお越しです！　中にお入れすることを許可願います！」

そんな内容でさえ今のユングヴィにはもう大きな声が耐えられない。

怒声が止んだ。一瞬静かになった。

ややして、ナーヒドの声で「入れ」と返ってきた。

兵士たちが扉を左右に開けた。

案の定、扉から見て部屋の奥、会議用の円卓をずらして、ナーヒドとサヴァシュが立った状態でにらみ合っている。

ナーヒドの腕をバハルが、サヴァシュの肩をベルカナがつかんでいる。

ラームティンとエルナーズは、ひょっとして立たされたのだろうか、円卓の脇に突っ立って冷めた目をしていた。

不思議なものだ。こうしてみんなの顔を見ていると、安心で泣きたくなる。もうすぐ別れの日が来ると思えばなおさら、不機嫌そうなみんなの顔も目に焼き付けておきたくなる。

日常がいとおしい。

本当はみんなといたい。誰とも離れたくない。

みんな私に優しくしてくれればいいのにと、ユングヴィは愚かにもそんなことを思った。

バハルの腕を振りほどきつつ、ナーヒドがこちらを向いた。

「貴様は呼んでいないぞ」

ベルカナは「そんな言い方ないでしょう」と言ってくれた。しかし珍しくサヴァシュがナーヒドと同じことを言った。

「そうだ、お前は部屋でおとなしくしていろ。わざわざ出てこなくていい」

バハルも苦笑しつつ言う。

「まあ、ユンちゃん今、怪我もひどいし、体調悪いじゃんね。ユンちゃんには休んでてほしいわけ、部屋でゆっくりしててほしいわけ。ね？　だからこっちは気にせず部屋に戻ろう」

バハルに「ほら、お前らも」と促されて、ラームテインとエルナーズが顔を見合わせた。

ラームテインが口を開いた。

「正直なところをはっきり申し上げますと、途中で体調を崩されたら対応に困るので自重してほしいですね」

バハルは「あちゃあ」と言って自分の頭を押さえたが、エルナーズはそんなラームテインに続いた。

「無理して気張るのがええことやと思わんといてほしいわ。周りも無理してあんたをかばうはめになるから」

ユングヴィは頷《うなず》いた。

「わかった、すぐに出てくよ」

今すぐにでも城を出てどこか遠くへ行こう。

「でも、ひとつ、みんなに話したいことが。どうしても、みんなに、伝えておきたいことが、あって」

みんな目配せし合った。

「ちょっとだけ、時間が欲しいんだけど。みんながいる状態で、私の話を、聞いてほしいんだけど」

意外にも、最初に「承知した」と答えたのはナーヒドだった。彼は几帳面《きちょうめん》にも円卓を引いて元の位置に戻してから、「座れ」と言ってきた。彼自身も席につく。

「とっとと話せ。すぐに終わらせろ」

ナーヒドに続いて、ベルカナも椅子に腰を下ろした。それから、他の四人にも「座りなさい」と促した。

ユングヴィは、深呼吸をしてから、ナーヒドの真向かいに座った。

六対の視線が突き刺さる。全員が自分を見ている。

だが、言わなければならない。黙って出ていくのは無責任だ。今自分がいなくなったせいで違う騒ぎになっては困る。自分の意思で出ていくことを理解してもらってからでなければならない。

それに、言ってしまって楽になりたかった。

緊張する。喉《のど》が渇く。

でも、今だ。ここで根性を見せなければひとりで出産など乗り切れないだろう。

「大丈夫よ」

ベルカナの声がした。

「みんな聞いてるわ。みんな、あんたのこと待ってるわよ」

エルナーズもラームテインも、バハルもサヴァシュも、ナーヒドでさえ、ユングヴィを急《せ》かさないのだ。

本当は、みんな優しい。

離れたくない。

視界が滲《にじ》んだ。直後頬に生温かい露がこぼれた。

それでも、一時の感情に流されてはならない。何が一番大切なのかを忘れてはならない。そこを間違えて何度も何度も失敗してきたではないか。

「子供が――」

何があってもこの子だけは守ると決意した。優先順位の一番はこの子だ。

「赤ちゃんが、できちゃって」

ラームテインとバハルは、目を大きく見開き、驚愕《きょうがく》の表情を作ってユングヴィを見た。ナーヒドは何を言われたのかわからないらしくきょとんとしていた。ベルカナとエルナーズは目配せし合っていた。

自分の腹部を、押さえるように撫《な》でた。

あともう少し――

「だから、私はもう戦えない」

あともう少し話したら――

「もう、軍隊にはいられない。どこか誰もいないところで、ひとりでゆっくり赤ちゃんと向き合いたい」

あともう少し話すことをがんばれたら、あともう少し緊張や恐怖と戦えたら、あともう少し、あともう少しだけ——

「ごめんなさい。でももう決めたから。私はもう、支度ができたらすぐ、城から離れて、みんなの前からいなくなるから」

強くなれたら——

「こんな時に、こんなこと、って、自分でも思うけど、でも——ゆるして」

きっと、幸せになれる。

幸せになりたい。

ずっと欲しかった温かい家庭を、この手にしたい。

しばらくの間みんな沈黙した。誰も口を開かなかった。

だいぶ間を置いてから、ベルカナが言った。

「あんた何言ってんの」

怒られると思った。

何も言われたくなかった。何も聞きたくなかった。決意を揺るがすような言葉を突きつけられたくなかった。

もう説明することなどない。

ユングヴィは立ち上がった。

「もう決めたから！　私絶対赤ちゃん産むから！」

喉の奥から、心の底から、絞り出した。

「誰が何言ったって私産むから！　ひとりで勝手に産むからほっといて！」

「待ちなさい、あんた——」

「待ってられない！　のんびりしてたら生まれちゃう、もうあと半年くらいで生まれちゃうんだ、時間がぜんぜんないんだ！」

「落ち着——」

膝《ひざ》が震える。

「ごめんなさい」

これ以上ここにはいられない。

耐え切れなくなって扉に駆け寄った。

扉を押し開けた。

「赤軍のことはまた明日《あした》副長と話すから、あとはお願い」

「ユングヴィ！」

「ごめんなさい！」

小走りで部屋を出た。ベルカナが立ち上がったのを無視して強引に扉を閉めた。先ほどの見張りの翠軍兵士たちは一度驚いた様子でユングヴィを見たが、ユングヴィがにらみつけると何も言わずに目を逸《そ》らした。

急いでその場を離れた。自分の部屋に向かって急ぎ足で歩いた。

やっと言えた。

これでもう解放される。みんなとお別れだ。

何もかも捨てて遠くへ行こう。落ち着いたらソウェイルにだけは謝りに行きたいが、他の人間はきっとそこまでユングヴィを重要視していない。

歩きながら途中でサヴァシュの反応を確認していなかったことに気づいた。だが、どう思われてもこの決意を翻すことはないので、このままでいいと思った。


「――何だと？」

ユングヴィが出ていってしばらくしてからのことだ。

最初に言葉を発したのはナーヒドだった。

「話がよく呑《の》み込めなかったんだが、あいつは何を言いたかったんだ」

その隣で、ベルカナが大きな溜息《ためいき》をつきながら椅子に座り直した。

「あの子、妊娠してるみたい。吐いてるのって、どうやらつわりみたい」

ナーヒドがぼんやり考えている横で、ベルカナとは反対隣のバハルが頭を抱え込む。

「道理で！　納得した」

「やっぱり、ここのところそんな感じだった？」

「本人が、疲れてる、戦争で緊張してて落ち着かない、って言ってたから、俺は、神経が参ってんだな、繊細なんだな、としか思ってなかった。けど、言われれば、そうだな。ありゃ妊婦さんだ」

一番扉に近い席に座っているエルナーズが、苛立《いらだ》ちを隠さぬ声で言う。

「なんでそうなるんやろ。これやったら何のために俺があんなに気ぃ揉《も》んでいろいろしたったのかって感じやわ」

ナーヒドがエルナーズに問い掛ける。

「お前は知っていたのか」

「ずっと一緒にいたしな」

「医者は何も言っていなかっただろう」

「そら俺たちには何も言わへんやろ、どこの医者が本人の意思を無視して家族以外の人間に彼女妊娠してますねとか言うねん。軍医には基本は外科的な処置を依頼したんやし――ユングヴィ本人には何か言うたかもしれへんけど」

「ちょっと待ってくれよ」

バハルが指折り計算する。

「ユングヴィ、半年で、って言ってなかったか？」

「言ってたわね」

「言ってたな」

「ということは、つまり、四ヵ月くらい前の話か？　ラームと一緒にエスファーナからタウリスに移動していた頃にはすでに身ごもっていた、と」

「気がつきませんでした」

ラームテインが両手で顔を覆った。

「あんたは悪くないわよ。いくらなんでも十四のあんたにそこまであの子の面倒を見ろなんて言えないわ。あたしでさえぜんぜん考えてもみなかったことなんだから、あんたは気にしちゃだめ」

「そうなんですが、僕は今、いろいろと反省しました。僕はなんということを」

ナーヒドが「おい」と言って卓上を叩《たた》く。

「あいつは結婚していないだろう。未婚の身で子供ができるような真似をしたということか。そんなアルヤ人女性らしからぬ不道徳なことがあるのか」

空気が一気に緊張する。

「腹の子の父親は誰だ」

すぐにベルカナが答えた。

「言わないのよ。ここ何日かかけて問い詰めたわ。でも絶対に言わないの。たぶん身近な軍隊関係者だと思うんだけどね、あの子必死でかばって口を割らない」

「ふざけるな！　未婚の娘を孕《はら》ませておいて逃げおおせる気か、姦淫《かんいん》の罪は石打ちだ」

「ほんとよ、石打ちの刑にするかどうかは別として、あの状態のあの子をひとりにするなんてどうしてくれようかと──」

「俺だ」

全員の視線が、サヴァシュに集中した。

サヴァシュは、ベルカナとラームテインの間で椅子に座ったまま、呆然《ぼうぜん》と、何もない卓上を見ていた。今までに誰も見たことのない無防備な顔をしていた。

「俺だな」

「何が」

「あいつの腹の子の父親が」

場が凍りついた。

ナーヒドがサヴァシュのほうを見た。

「確かか」

「四ヵ月前というと毎晩抱いていた」

「そうではない、気は確かかと訊《き》いている」

「正気だ」

腕が伸びた。

「やめなさい！」

ベルカナが怒鳴ったがナーヒドは聞かなかった。

サヴァシュの襟首をつかみ、引きずって立たせた。

右の拳《こぶし》を振り上げた。

サヴァシュの左頬に打ち込んだ。

サヴァシュはそのまま床に倒れた。一度派手に床に転がってから、ゆっくり上半身を起こして座り込んだ。

「貴様！」

バハルが立ち上がりナーヒドを後ろから羽交い締めにする。

「落ち着け」

「殺してやる！　アルヤ人の婦女を妊娠させてのうのうと暮らしているなど許しておけるか」

「やめろ！　だからってできちゃったもんはもうしょうがないだろ！　堕《お》ろせって言うのかよ！」

「ここで揉めたらまたユングヴィが気にするだろ⁉　妊婦にそんな負担かけたいのか⁉　ていうかお前ユングヴィの何なんだよ！」

珍しいバハルの大声を受けてナーヒドは黙った。

ナーヒドが落ち着いたのを見てから、バハルが腕を放した。ナーヒドは自分の黒髪を掻《か》きつつ椅子に乱暴に腰を下ろした。

「のうのうと、か」

サヴァシュが呟《つぶや》く。

「俺はそんなふうに見えるのか」

右腕で右膝《みぎひざ》を抱え込み、左手の親指で切れた唇の端を押さえる。血が滲《にじ》んでいる。

「本当にあんたがユングヴィの子供の父親なのね」

ベルカナに改めて問われて、サヴァシュは「ああ」と頷《うなず》いた。

「俺に黙って同時に他の男と会ってたというのでない限りは。まあ、あいつにそんな器用なことができるわけがないけどな」

「そうね、あの子にそんな器用なことはできないわ」

ベルカナが自らの額を押さえながら深い溜息をついた。

「どうしてこうなっちゃったのよ……」

「俺が聞きたい」

ナーヒドが唸《うな》る。

「貴様どうするつもりだ」

サヴァシュが「だから俺が聞きたい」と繰り返した。

「俺はどうしたらいい？　誰か教えてくれ」

「貴様が孕ませたのだろうが」

「それはわかっている、悪いと思っている、だから今おとなしく殴られてやったんだろ」

「あんたは知らなかったのね？」

「知らなかった。今初めて聞いた」

もう一度「知らなかった」と呟く。

「あいつ、どうして俺に何も言わないんだ？」

ラームティンが小さな声で言った。

「知らないんじゃないんですか」

「何がだ」

「ほら、サヴァシュが、ユングヴィに言えと言ったという、あの、チュルカ語の。ユングヴィ、西市場のチュルカ人街の人々に話していましたよ。でも、意味は知らない、と言っていました。本当に知らないから、ひとりで産むと言い張っているのでは？」

「あれか。あのバカ、それこそ俺が布団で適当に言った冗談を真に受けたんだな。本当にバカだな」

膝を抱く手が一瞬震えた。

「いや、バカは俺か」

しばらくの間、ふたたび沈黙が場を支配した。重苦しい静寂が部屋の中に滞った。

破ったのはまたベルカナだ。彼女は立ち上がると、扉のほうへ向かった。

「ちょっとユングヴィと話してくるわ」

サヴァシュも立ち上がって「俺も」と言ったが、ベルカナが許さない。

「待ちなさい。今すぐあんたが出ていったらあの子を刺激することになるからだめ。あたしがちょっと話をして、なんとかひとと話ができる状態にもっていくから、それからにしてちょうだい。そうね、あんたは後から来なさい、城の周りを一周歩いてからいらっしゃい」

「そうだな、そうする」

サヴァシュはすぐ素直に答えた。

「俺も普通に会話をする自信がない。正直に言って、今の俺はもう二度と戦えないんじゃないかというぐらい深く傷ついているので」

「ユングヴィはなんてことを」

「この国を滅ぼす気か」

「冗談だ。冗談ぐらい言わせてくれ」

ひとつ、大きな溜息《ためいき》をついた。

「俺が戦争を終わらせないと――子供の、ために」


つわりも休んだらよくなるものなのだろうか。

寝台の上に座り込み、たらいを抱えたまま背中を丸める。

たった今またもどしてしまったわけだが、それでもこの数日少し楽になってきた気がする。ひたすら寝かせてもらったからかもしれない。

そのままの姿勢で、考え込む。

もう少し耐えれば終わるのだろうか。それとも、楽になったと感じるのは気のせいで、実は産むまで続くものなのだろうか。

ユングヴィには妊娠出産に関する知識がない。身近に妊婦がいなかったからだろう。強いて言えば弟妹を妊娠していた頃の母親くらいだ。

彼女は確か妊娠中もずっと働いていたはずだ。すでにおぼろげな記憶だが、とりあえず休んではいなかった。吐き気や倦怠《けんたい》感はなかったのだろうか。

訊いてみたい。

けれどもう会える気はしない。

母はきっとユングヴィが妊娠するなど想定していなかっただろう。ユングヴィには商品価値がなく嫁にはやれないものとして扱っていた。一生父や弟のために働くはずだったのだ。そういう知識は必要ないと考えていたに違いない。

心細くなってきた。

こんなに無知なのに誰の手も借りずに産めるのだろうか。産んでも育てられるだろうか。娘が生まれたら自分も娘を嫁にやるのは面倒だと思うのではないか。娘に何を教えてやれるだろう。その娘はこんな母親で困らないだろうか。

自分はすでに相当子供を乱暴に扱っている。存在に気づかず、タウリス近郊のあちこちを歩いて、家に火をつけ、銃を撃ち、縫い合わせる規模の傷を負った。自覚してからも寒い屋外を薄着でうろついた。ろくな母親になれる気がしない。

生まれる子供は不幸かもしれない。

戸が叩《たた》かれた。ユングヴィは顔を上げ、たらいの縁を強く握り締めた。

「誰?」

「ベルカナよ」

一度歯を食いしばった。

「何の用？　私はもう用ないけど」

冷たすぎると思った。自分がそんな言葉を突きつけられたら震え上がるだろう。

だがどうしても会話をしたくなかった。

まずは子供だ。とにかく我が子との静かな生活を脅かそうとする人間を遠ざけないといけない。

「止めたって無駄だから」

「わかったわよ、あんたの好きにさせてあげるから、そんなに警戒するのはおやめ」

「子供の父親のことだって絶対話さないからね」

「もう訊《き》かない、しつこく問い詰めて悪かったわ」

彼女は扉の向こう側で優しい声を出した。

「敵じゃあないのよ。あたし、一度だってあんたから子供を取り上げるなんて言ってないでしょ。あんたたちが心配なの。あんたが無事に産んで育てられる方法を一緒に考えたいから、あんたの情報が欲しいのよ」

そう言われると心が揺らいだ。

ベルカナ自身は独身だが、ベルカナの部下たちは次々と退職して子供を産んでいる。

ベルカナにはユングヴィにない知識がありそうな気がする。

なくてもいい。根拠はなくてもいいから、誰かにそばにいて大丈夫だと言われたい。

甘えてはだめだ。

「何をいまさら。三年前のエスファーナ陥落の時助けに来てくれなかったくせに。私がどれだけ怖くて痛い思いしたのか知らないくせに」

ずっとずっと、ユングヴィはひとりだったのだ。

「私はひとりでソウェイルの面倒を見たんだ、ソウェイルのこと何だって全部ひとりでやったんだ。今度だってひとりで赤ちゃんの面倒を見れる、もう誰にも期待しない」

でもそのほうが強くなれるはずだ。ひとりでも戦えると思えば走り続けることができるはずだ。

少しの間、静かになった。これだけひどい言葉を投げつけたのだから、諦《あきら》めて去ったのかもしれない。

その静けさに、ユングヴィはまた違う悲しみを覚えた。

ソウェイルを宮殿に返す直前、エスファーナの喫茶店でベルカナとお茶を飲んだ時のことを思い出した。

あの時も、ベルカナは、ユングヴィを傷つけないように慎重に話を進めようとしてくれた。

敵じゃあないのよ、という言葉がぐるぐると頭の中を巡る。

それでも、そんなベルカナにこんなことを言うのか。

「……ごめんなさい」

本当に、ひとりで戦って走り続けられるだろうか。

自分はソウェイルにそんなふうに教えただろうか。大勢の人に認められて愛されることこそ立派な王様なのではなかっただろうか。

ベルカナが、手を差し伸べようとしてくれている。そんな彼女に対して冷たい言葉を投げかけ続けるのは正しい振る舞いか。

「本当に……、本当に、不安で。誰に何て言ったらいいのか、わかんないんだよ……」

疲れてしまった。

自分自身と向き合うのが一番疲れる。

自分自身の弱い部分をひとに見せるのはどんな行為よりも勇気が要る。

強さとは、何だ。

もう一度吐いてすっきりしたいと、そう思いたらいを見た。

無言で戸が開けられた。

ちょうど胃の中身が逆流しているところで何の対処もできなかった。

ベルカナは、戸を半開きにしたまま小走りで歩み寄ってきて、ユングヴィの背中をさすった。

「すっきりした？」

彼女は苦笑していた。困っている感じは見受けられたが、怒ってはいなかった。

「汚くない？」

首を横に振る。

「あたしが片づけてあげる」

そう言われた途端、何度目かの涙が込み上げてきた。

「ごめんなさい」

「いいのよ。むしろ、そういう本音を聞けてよかったわ。強いて言えば、もうちょっと早く言ってほしかったけど」

「普段からこんなことを考えてるわけじゃないんだ。ほんとだよ」

「もしほんとは普段からそんなこと考えてたとしてもよ、あんたにずっと我慢させてきたのはあたしたちなんだから、あんたは謝らなくていいの」

彼女は優しくささやいた。

「弱ってる時はそう言って。助けてほしい、ひとりにしないでほしい、って。そう言って、反応を期待してちょうだい」

肩を抱かれた。

「なんとか、なんとかするわ。今度こそ、あんたをひとりにしないからね。どうしてもひとりで産みたいって言うなら止めないから、せめて、あんたが本当に無事かどうか念入りに確かめさせて」

涙が止まらなかった。ベルカナの細く長い指が腕を撫《な》でるのを拒むことができなかった。

「ありがとう」

受け止めてもらえる。

ここまで来ても拒むのは、きっと本当の強さではない。

ベルカナは、左手で、今度はユングヴィの髪を撫でながら、右手でユングヴィの腕からたらいをはずすように取り上げた。

「一回しか訊かない。どうしても答えたくないなら答えなくてもいい。でも、ひとつ訊かせてちょうだい」

「何を？」

「赤ちゃんの父親とは今後の話をしてないの？」

手の甲で頰の涙を拭《ぬぐ》いつつ頷《うなず》いた。そのくらいなら答えてもいいだろうと、誰か特定のひとの名前を挙げるわけではないなら迷惑はかからないだろうと思ったのだ。

「どうしてかしら。そいつはあんたがこんなに泣いてるって知ってもあんたがどうしちゃったのか心配しないような男かしら」

「ううん、心配はするかもしれない。優しいから」

だからこそ責任を負わせたくない。

「私はみんなが喧嘩《けんか》するとこ見たくないんだよ。私がこのひとがお父さんですなんて言ったら、みんなあのひとになんで妊娠させたんだって言うでしょ。揉《も》めるくらいなら何も言わない。そういうのもうごめんなんだよ」

「せめて本人にだけそっと打ち明けるとかは？」

「いい。もう私なんていなかったことにしてほしい。お荷物になりたくない。世話してほしいんだと思われたくない」

自由でいてほしい。

「これ以上迷惑かけたくない」

そこで、ベルカナは、「そう」と呟《つぶや》くように言って頷いた。

そして戸のほうを見た。

「――だって。この子はあんたとのことそんなふうに考えてるみたいよ」

ユングヴィは目を丸くした。

サヴァシュが戸を静かに足で押して開けていた。

「いつからいたの」

「お前が三年前ソウェイルをひとりで面倒見てどうこうと言い出したあたりから」

ほぼすべて聞かれていたようなものだ。

血の気が引くのを感じた。

ベルカナはサヴァシュが戸のそばまで来ていることを知っていて、その上で、自分にしゃべらせたのではないか。

「騙《だま》したの」

「あら、あたしは全部本心で話したわよ」

ベルカナが不敵に笑う。

「何ひとつ訂正するとこなんてないわ。ただサヴァシュも聞いてただけ」

震える手で口元を押さえる。

「なんでベルカナがサヴァシュとのこと知ってんの」

「俺がしゃべった。もうベルカナどころかここにいる十神剣みんなが知ってる」

唖然《あぜん》としているユングヴィに、彼は「そもそも」と言う。

「俺は最初から隠す必要なんて感じてなかったけどな」

頭の中が真っ白になった。自分の置かれている状況が見えなくなった。

サヴァシュが部屋の中に入ってきた。寝台のすぐそば、机に備え付けの椅子に少し乱暴に腰を下ろした。

「お前、俺がいつ迷惑だと言った？」

「でも……、だって、子供の面倒見ようと思ったらサヴァシュこの国から出ていけなくなっちゃわない？」

「出ていく予定だと言ったおぼえがない。もしくはお前は俺を追い出したいのか？」

「出ていかないの？」

「ソウェイルを王にするまでは。ソウェイルが王になってしばらくしてアルヤ王国が落ち着いたら、お前を連れて草原に帰ろうと思っていた」

「私を連れて？」

ベルカナは黙ってユングヴィから離れた。彼女はたらいを抱えたまま忍び足で戸のほうへ向かった。戸から出て、静かに閉めた。

「俺にはお前の世話をさせてくれないのか？」

「赤ん坊がついてくるんだよ」

「俺は今から二人目三人目を作る気満々だぞ。いや、ソウェイルを入れたらその子でもう二人目だな」

あれだけ泣いたのにまだ涙が出てくる。

「とりあえず最初は女の子を産め。俺は自分の娘に将来お父さんと結婚すると言われるのが夢なんだ」

「なにバカなこと言ってんの」

「お前、俺から俺の子を取り上げるのかよ。俺の夢を叶《かな》えてはくれないのか」

腕を伸ばした。

サヴァシュにすがりついた。

サヴァシュはそれを黙って受け止めて、受け入れて、ユングヴィの体を抱え込んで、ユングヴィの後頭部を撫でた。

「ひとりになるな。俺が寂しいだろ」

ユングヴィは声を上げて泣いた。


廊下は窓から差し入る夕陽がまぶしく、人々が歩くのに不便を感じることはない。

壁にもたれ、ひとりで腕組みをして待っていたベルカナのもとへと、サヴァシュが歩み寄る。

「ユングヴィは？」

「泣き疲れて寝た」

「ちょっとは話せた？」

「話したが、あいつが疲れ切っていてろくなことを言わないから、細かいことはまた明日《あした》話し合うと約束した」

立ち止まる。

「いずれにせよ戦争が終わらないと何も動かせない」

「そうね。戦争、終わらせてちょうだいね、お父さん」

「ハイ。どうにかします」

そして、二人揃って深く息を吐き出した。

「思い出したか？」

「何を？」

「カノを妊娠した時のこと」

ベルカナが苦笑する。

「正直言ってちょっとうらやましいわね。あたしはほんとのほんとにひとりでカノを産んだから」

「そうだったな」

「だからこそユングヴィをひとりにしたくないの、どんだけ心細いかわかるもの。これはあたしの意地でもあるわ。十神剣でも産む時は産む、それを男どもにわからせなくちゃ」

体を起こして「大丈夫よ」と言う。

「あたしはあんたの味方でもあるのよ。だって、カノを産んだ時おめでとうって言ってくれたの、あんただけだったんだもの」

サヴァシュは頷《うなず》いた。

「お前がそう言うんじゃどうにかなりそうだな。それもこれも普段の俺の行いがいいからか、よしよし」

足の先から臍《へそ》まで覆う黒いタイツを身につけ、その上から、乳白色のパンタロンをはく。足元は中に毛皮を敷いた革の靴だ。膝丈《ひざたけ》までと裾《すそ》の長い、毛織物でできた葡萄《ぶどう》酒色の上衣《カフタン》を、かぶるように着る。そしてその上にベストをまとう。

極寒の冬のタウリスでは一般的な女性の衣装だ。我が子を守ると決めた以上は、動きやすさより防寒重視だ。特に足元を冷やしてはだめだ。多少動作が鈍くなっても厚い服を着る。

それにしても、まともに女物の服を着るなど何年ぶりだろう。もしかしたら物心がついてから初めてかもしれない。

せっかくだから最低限見栄えも整えたほうがいいだろうと思ったので、エルナーズに一式見立ててもらった。したがってちぐはぐではないだろう。かなりもこもこしているが、ひとに見られて恥ずかしい恰好《かっこう》ではないはずだ。

鏡に映った自分を見る。

女性に見えるだろうか。

意図して女っぽく振る舞いたいわけではない。けれど、どんな理由であれ、女物の服を着ている、というのはちょっと嬉《うれ》しい。本当に何年もなかったことなのだ。

たまには、少しぐらい、いいだろう。

赤毛を後頭部でひとつにまとめる。肩まで伸びた髪は最近小さな尾を作れるようになった。その上に、臙脂色《えんじいろ》の生地にからし色の糸の縫い取りのある布をかぶって、端を顎《あご》の下で結ぶ。

自分は、今、普通のアルヤ人女性に見えるだろうか。

「おい」

不意に後ろから声を掛けられた。

振り向くと、サヴァシュが三歩後ろで腕組みをしてユングヴィを眺めていた。

ユングヴィは唾《つば》を飲んだ。一度唇を引き結んで、覚悟を決めてから問い掛けた。

「変じゃないかな」

サヴァシュのことだ、きっと嘘偽りのない本音を言うだろう。笑いはしないだろうが、おかしいとも似合わないとも言うかもしれない。しかしそれはそれで客観的な事実として受け入れる。サヴァシュの意見を求めるのは、ユングヴィにとっては、そういうことだ。

彼はいつでも本気でユングヴィに向き合ってくれる。何を言われても受け止めるつもりだ。

しかし――彼は言った。

「古都タウリスのお上品な若奥様って感じだな。市場を歩いていても違和感がない」

少なくとも不自然ではないということだ。

安心して満足したユングヴィに対して、彼はさらに続けた。

「少し緊張する」

「何が？　サヴァシュでも緊張するとかあるの？」

「俺ほど繊細な男はいねえぞ。それに、お前、これからアルヤの貴婦人を連れて歩くんだと思ったら、俺だって、ちゃんとしないと、とかいろいろ考えるだろ」

もう一度唇を引き結んだ。顔のどこかに力を入れていないとうっかり涙が流れそうな気がしたのだ。

今の自分は、夫にちゃんとしなければと思わせられるほど、ちゃんとした妻なのだろうか。

叫びたくなるほど嬉しい。

「用が済んだら少し市をぶらつくか」

商魂たくましいタウリスの商人たちが城内のあちこちに絨毯《じゅうたん》を敷いて簡単な店舗をつくり闇市を形成している。今ユングヴィが履いている靴もその市の中のエルナーズに紹介された店で作ってもらったものだ。

「お前の体調が良ければの話だが」

「何か欲しいものでもあるの？」

「いや、お前を見せびらかすだけ」

たまらなくなって抱きついた。サヴァシュは無言でユングヴィを受け止めた。それから、おそらく髪形が崩れないよう気を遣っているのだろう、首の後ろあたりを撫《な》でた。

だが、そんなことばかりをしていられるわけでもない。

タウリス城の庭園、テントを張って作った即席の赤軍の詰め所の前にたどりついた時、ユングヴィは緊張で息を呑《の》んだ。

これから赤軍兵士たちの前に出るというのに、こんな恰好をしていて大丈夫だろうか。

また、将軍らしい将軍とは何だろう、という壁にぶち当たった。

赤将軍という存在が女物の服を着るのはおかしいだろうか。

彼らは国で一番ユングヴィを馬鹿にしてきた連中だ。お姫様呼ばわりをしている。

何もできない女の子であると思われているらしい。

けれど実際のところ腹に赤子がいるユングヴィは現時点では何もできない女性であるわけで、見栄や意地で今までどおりとはいかない。

戦争を放り出したいわけではない。でも、この子を守ると決めた。腹の中にいる子供を守れるのは腹に抱えているユングヴィだけだ。あれもこれも全部できる体ではないのだ。

赤軍の連中にそれをわかってもらいたい。

わかってもらえるだろうか。

怖い。

やっぱりお前みたいな女の子なんか、と言われてしまったらどうしよう。

立ち往生したユングヴィの手首を、サヴァシュがつかんだ。そして引いた。

ユングヴィは足に力を込めて抵抗した。

サヴァシュのほうが力が強いので、少しだけ引きずられて地面に靴の跡を残した。

「じゃあ俺がひとりで行ってくるか」

「待って。だめ。めんどくさいことになるから。うちの連中ほんとどうしようもない絡み方してくるから、絶対喧嘩《けんか》になるから」

「ならどうするつもりだ」

「うっ、ごめんなさい。私今めんどくさい女だね」

「本当に、まさしく、自覚があって助かるくらいには」

真顔で言われてしまった。

「お前がひとりで説明できるか不安だと言うからついてきてやったんだぞ。代わりに俺が説明してやる」

「私にはサヴァシュがみんなと喧嘩になる未来が見えるんだよ」

「安心しろ、お前がいようがいまいが喧嘩になる時は喧嘩になる」

「なんで穏便に済ませるって言えないわけ？」

「サヴァシュ将軍？」

声を掛けられてサヴァシュがユングヴィの後ろのほうを見やった。ユングヴィも振り向いた。そこに赤軍の青年が二人立っていた。いずれも年齢はユングヴィより少し上程度だが、入れ替わりの早い赤軍では彼らも立派な古参兵士で小隊長級の人材だ。最初のうち、彼らは愛想のよさそうな笑みを浮かべていた。片方など小指を立てて「将軍のこれスか」などと笑っていた。

二人とも、ユングヴィの顔を見て笑みを消した。

「あれ？　うちのじゃないスか」

サヴァシュが顔をしかめた。

「何だ、その言い方。お前らのものじゃねーだろ」

兵士二人がサヴァシュをにらんで黙った。もう不穏な空気だ。

「副長はいるか？　話がある」

「サヴァシュ将軍が、っスかね」

「そうだ」

「何の用スか。うちの副長ヒマじゃないんスけど」

「遊びに来たように見えるのか？」

ユングヴィは思い切ってテントの戸の部分を開けた。右手でサヴァシュの手首をつかんで引きつつ、中に向かって「副長いる？」と大きな声を出した。

テントの中は広かった。下は剝《む》き出しの土だが、敷き物があれば二、三十人は寝られそうな気がした。

真ん中に脚の長い卓を置き、その周囲を十人ほどの男が囲んでいる。どいつもこいつも洗ってなさそうな服に伸び放題の髪とひげの男たちだが、一応みんな赤軍の幹部である。

奥から白髪交じりの頭の大男が出てきた。副長のマフセンだ。怪我をしたらしく左手を首から下げた布で吊《つ》るしているが、眼光は鋭く、威圧感を放っている。

彼はユングヴィの頭の先から足の先まで舐《な》めるように見た。

「なんだお前、女みたいな恰好《かっこう》しやがってよ」

予想どおりの反応だ。

ユングヴィの後ろから、サヴァシュも中へと入ってきた。

サヴァシュの姿を見た途端、副長の表情が険しくなった。

副長が手を伸ばした。ユングヴィの右肩をつかんだ。そして、ユングヴィをサヴァシュから引き離し、自分の背後に押しやるかのようにテントの真ん中へ移動させようとした。

サヴァシュと副長が向き合った。

「何か用ですかい」

直接そうとは言わないが、ユングヴィには、彼がサヴァシュに帰れと言っているように聞こえる。

「お前ら、本当にこいつのこと自分らの所有物だと思ってるんだな」

よせばいいのにサヴァシュもこういう物言いだ。

「あ？　こいつ、って、何ですかね。こいつ、って。これ、うちの将軍なんですがね」

「お前だってお前と言ったくせに」

「ああ？　ンだとコラ」

赤軍兵士たちが一斉に寄ってきた。誰も彼もがサヴァシュをにらみ始めていた。いつもの赤軍だった。ユングヴィは彼らを叱れない自分を不甲斐《ふがい》なく思った。自分が強い将軍だったらこんなことにはならなかったに違いない。

「ちょっと、みんな、話聞いてよ」

おそるおそる副長の腕をつかむ。副長がユングヴィを振り向く。

「お前、体調はどうした。うろうろしてていいのか」

「その件なんだけど――落ち着いてきたんだけど、落ち着いてきてケツに火がついたっていうか――」

「何だよ、はっきり言えよ」

急に、副長の手をつかんでいるのとは反対の手をつかまれた。つかんだ手の主を見る前に引きずられた。サヴァシュのしわざだ。そのうち腕がサヴァシュの胸にぶつかった。サヴァシュがユングヴィの肩を抱いた。

「こいつは俺のものだ」

冷や汗をかいた。

「こいつは俺が引き取る。お前らもあわせて黒軍で面倒を見る。これから赤軍の一切を俺が仕切る」

「はあ？」

誰かが怒鳴った。

「テメエ、ユングヴィに何するんだ！」

それを皮切りにテントの中が非難の声でいっぱいになった。みんな声が大きい。頭にがんがんと響く。聞きたくないが逃げるわけにもいかない。

どうしてこんなに怒るのだろう。お姫様だからか。

つまり、こいつらは、ユングヴィという赤軍にとって一番近くにいる女の子に向けた独占欲や支配欲の発露で、こんな乱暴なことを言っているのではないか。

「きたねえ手で触んじゃねーぞ馬糞《ばふん》野郎！」

想像していなかった罵《ののし》り言葉だった

「この国じゃどんな身分かまだわかってねえようだな！」

「ちょっと強いからってナメてんじゃねーのか⁉　よそもんのくせによ！」

こういう言い方をするということは、彼らも自分たちよりチュルカ人であるサヴァシュを格下に見ているということだ。

そう言えば、赤軍にはチュルカ人がいない。街でチュルカ人に遭遇することはあったが、彼らがひとに乱暴な口を利くのなど当たり前のことだったので、具体的にどんな罵声《ばせい》を浴びせているのかにまで注目したことはなかった。

「赤軍、想像以上に柄が悪いな」

サヴァシュが呟《つぶや》いた。ユングヴィはいたたまれなくなって縮こまった。

「ごめん」

「お前が謝ることじゃない」

「私がちゃんとしてたらもうちょっとうまく回ったんじゃないかと思うんだけど、なんだかナメられっぱなしで」

「むしろこんなところでよく五年も耐えたな。アルヤ人の十代の女の子がいるところじゃねえ」

それでもそれをこなすのが選ばれて赤将軍になった自分の務めだと思っていた。サヴァシュは馬鹿にしないでくれるが、結局のところ力不足なのに変わりはない。

副長が一歩前に出る。

「こんなところとはよく言ってくれる」

サヴァシュと至近距離でにらみ合う。

「うちの将軍をどうしたいんだ、黒《くろ》将軍殿。しかも女の子の恰好をさせてお人形遊びのつもりか」

「お人形遊びはそっちじゃないのか？　掃除係からお姫様まで自分らの都合のいい時に都合のいい扱いをしやがって」

「とにかく返してもらおうか。俺らにとっちゃあこの世で唯一の紅蓮《ぐれん》の神剣の主で、うちの女神様でいてもらわなきゃ困る」

どうしよう。このままでは本当に喧嘩《けんか》だ。

けれど今口を開いたらユングヴィは泣いてしまうかもしれない。ただでさえ妊娠中で神経が過敏になっているのに、副長たちの真意を知るたび混乱が深まって情緒が掻《か》き乱される。

とにかく、赤軍兵士の前で弱い姿を見せたくない。

サヴァシュもサヴァシュで火に油を注ぐ。

「できない相談だ」

「何だと？」

「どうやらこいつは俺の子を身ごもっているようでな」

場が静まり返った。

赤軍兵士の面々の表情が、みんな同じように凍りついている。

「貴様の？」

副長の声が震えていた。

「おい、今、何て言った。ユングヴィが、何だって？」

サヴァシュが繰り返した。

「俺の子を妊娠しているらしい」

愕然《がくぜん》とした。歯に衣着《きぬき》せぬ、などという話ではない。無遠慮な単刀直入だ。ユングヴィや赤軍兵士たちの心情を丸無視だ。

副長が腕を伸ばした。ユングヴィの腕をつかみ、むりやりサヴァシュから引き剝《は》がした。

「ユン、お前、本当なのか」

声は出なかった。けれど否定することもできなくて頷《うなず》いた。

次の瞬間、突き飛ばされた。後ろで立っていた二人の兵士が受け止めてくれたので
なんともなかったが、副長からここまで乱暴な扱いを受けたのは初めてで、ユングヴィは頭が真っ白になった。

顔を上げると、副長がサヴァシュの胸倉をつかんでいた。さらに一歩分間合いを詰める。

「殺してやる」

低い、唸《うな》るような声が捻《ひね》り出される。ユングヴィの腹にも響く。

「貴様だけは許さない。肉団子にしてサータムの狗《いぬ》どもに食わせてやる」

副長のもう片方の手が彼自身の腰に動いた。そこに短刀がさげられていた。

このままでは血を見る。

歯を食いしばった。拳《こぶし》を握り締めた。

うまい解決策が何も浮かばない。

また何もできないのか。

どうにかしなければ、なんとかしなければ、自分は将軍なのだから、赤軍のみんなの上に立つべき人間なのだから――

突然横から腕を叩《たた》かれた。

そちらを見ると、隣に立っていた青年兵士が、悲しげな顔でユングヴィを見下ろしていた。

「泣くなよ」

言われてから、自分が泣いていることに気づいた。こらえていたはずなのに、熱くなった目頭から涙があふれて頰を伝っていた。ほろほろと、ぼろぼろと、ぼたぼたと、次から次へと出てきては流れていった。

こんなはずではなかった。自分は我慢できているはずだった。

悔しいのに止まらない。

これでまた馬鹿にされる。

消えてしまいたい。

「副長」

誰かが穏やかに、それでいてたしなめるように副長を呼んだ。副長が振り向いた。

そしてユングヴィの顔を見た。最終的に、短刀から手を離した。

副長がこちらへ近づいてきた。

彼だけではない。サヴァシュも、だった。サヴァシュも、ユングヴィが泣いているのを見て、こちらへ歩み寄ってきた。

サヴァシュが手を伸ばした。ユングヴィの頭の布に触れた。

このままだと、みんなの前で、頭を撫《な》でられる。

そう認識した瞬間だ。

ユングヴィの中で、何かが、ぶつりと、切れた。

「触るんじゃねーよ！」

ユングヴィは思い切りサヴァシュの手を叩いて振り払った。

もう我慢できない。

「何が、こいつは俺のものだ、だ⁉　何度か寝てやっただけで旦那《だんな》ヅラしてんじゃねえよ！」

「ちょっと――」

「あれだけ喧嘩すんなって言ったのにクソみたいな態度取りやがって、調子くれてるんじゃねーぞ！」

「待――」

「そんな態度ならもう赤軍の面倒も私の面倒も見てくれなくていい！　喧嘩する奴は私の視界から消えろ！」

そこで一呼吸置いて、「ああ」とか「クソ」とか意味のない言葉をいくつか叫んだ。

「私があんたに望んでいるのは結婚するんでも養育費の誓約書に署名するんでもなくソウェイルに子供の作り方説明することだけだからな、私は将軍五年やったから金は持ってんだよ、揉《も》め事《ごと》起こして尻拭《しりぬぐ》いしなきゃいけなくなる旦那ならいらねーよ！」

サヴァシュが啞然《あぜん》とした。

副長がいつになく優しい猫撫で声で「ユン」とささやいた。気持ちが悪くて発作的に「うるせえ！」と怒鳴った。

「テメエ何様だ！　いったい私の何なんだ！　さんざんバカにしてきやがったくせに今までずっと可愛がってきてやったみたいなツラするな！」

「落ち着け」

「どいつもこいつもクズのくせに一丁前にアルヤ人代表みたいな顔しやがって！　今までちゃんとした連中にさんざんちゃんとしてねえってバカにされてるっつってたテメエらがチュルカ人をバカにすんのかよ、だからいつまで経っても底辺なんだよ！」

「ユング――」

「チュルカ人だとか女だとか事あるごとに自分より格下に見える相手を探してやがる！　テメエらみたいな掃いて捨てるほどいるカス、私が他の将軍の顔色を窺《うかが》って立ち回ってやらなきゃみんなとっくに最前線で囮《おとり》にされて犬死にしてるんだぞ！　つまりテメエらは私のおかげで生きてるんだ、さんざんバカにしてきた女の子にかばわれてどんな気分だ、クソ野郎ども！」

「落ち着――」

「だいじょ――」

「ごめ――」

「ナメたりナメられたりして楽しいか！　私は楽しくない！　もうみんな嫌い！　大嫌いだ！」

喉《のど》が痛くなった。息苦しいし頭もくらくらする。

怒鳴るのをやめて息を吸おうとした。しゃくり上げてしまってうまくいかない。

とてつもなく疲れた。

その場に膝《ひざ》をついた。勢いよく崩れたので膝が痛んだが、それ以上に休みたかった。

地面に突っ伏した。せっかくのお洒落着《しゃれぎ》だったがもう気にしないことにした。とにかく泣きたかった。

そのまま声を上げて泣けるだけ泣いた。

「…………」

土を踏む足音がした。誰かが近づいてきたのだろう。ユングヴィはそのままの体勢で「来るんじゃねえ」と怒鳴った。足音が止まった。

しばらくの間、誰も何も言わなかった。

しゃくり上げるのが収まってきて、息が整い始めた頃、目が腫《は》れて痛いのを感じながら、ユングヴィは小声で「みんなきらい」と繰り返した。

「だから戦争に負けるんだよ……今回だって絶対勝てないよ、みんなが喧嘩《けんか》するから……。ウマルはアルヤ王国が強かったのはみんな太陽の下で一致団結してるからとか言ってたけど絶対嘘、あんたたちソウェイルの言うことだって絶対聞かないんだ……」

誰かが「ごめんな」と言った。続いてみんなが次々と「すまなかった」「悪かった」という謝罪の言葉を口にした。

「やだ」

ユングヴィはすぐには顔を上げなかった。

「どうせみんな口ばっかりだ。私のことをバカにしてる。私なんかうまく言えばどうにかなるちょろい生き物だと思ってるんだ」

「そんなことはない、今お前が本気で怒ってるっていうのがわかったから」

「じゃあ、今度から私に逆らった奴殺す。将軍がやることに文句つける奴みんな殺すけど、それでもいい？」

副長の声で「そうしよう」と言われた。

「とうとう、赤軍にも、軍紀ってやつを作る日が、来たようだ」

「え……それ何？　ぐんき？　聞いたことない。他の部隊にはあるもの？」

「ごめんな、本当にごめんな。作ろうな、軍紀」

顔を上げた。
一、二歩分距離を置いた正面に副長がしゃがみ込んでいて、いつにない困った顔でユングヴィを見つめていた。
「ほら、立て。地べたは冷えるぞ、子供がいるんだろ」

「そうだ……赤ちゃん」

子供のことを言われると素直に従わざるを得ない。立ち上がる。

副長も立ち上がりつつ、周りにいた兵士たちに「何か羽織るもの」と命じた。奥から若い兵士がマントを持ってきてユングヴィの肩にかけた。

「すっきりしたか」

マントの端を握り締め、頷《うなず》く。

「でも決めた。生まれてもここにいる誰にも抱かせてやらねえ」

「いや、本当にすまなかった。どうしたら機嫌を直してくれるんだ、何でもするから勘弁してくれ」

「今度から揉め事は全部相撲で解決するって約束して」

「わかった、相撲をとる。それでいいか」

「あと、赤ちゃんが生まれるまでの間でいいからサヴァシュの言うこと聞いて。あれこれ言ったけどサヴァシュはすごい強いんだよ、ここにいる全員が束になってかかっても倒せないくらい強いんだから、言うこと聞いて」

「わかった。そうする。お前の旦那様だもんな」

「は？　それとこれとは別問題。赤軍は黒軍と合流する、それ以外のことは何も決まっていません」

みんなの視線がサヴァシュに集中した。今度の目つきはどことなく優しく、サヴァシュに同情的だ。しかしサヴァシュは呆然《ぼうぜん》とした顔で突っ立っているだけで何も言わない。その姿からは哀愁のようなものを感じたが、ユングヴィは無視した。

「なんかすごい疲れた。部屋帰る。帰って寝たい」

赤軍兵士たちが「そうしたほうがいい」「早く戻ってゆっくりしてくれ」と言うので、ユングヴィは踵《きびす》を返して出入り口のほうに向かった。

サヴァシュがついてきて、ユングヴィに向かって腕を伸ばした。

「わかった、ソウェイルに子供の作り方を説明するから、その、捨てないでくれ」

それでも赤軍の兵士たちを憎み切れなかったので、翌日もユングヴィは赤軍の詰め所になっているテントに来た。

兵士たちも反省したらしい。いったいどこで仕入れてきたのか、お詫《わ》びにと言って大量のナッツが詰まった瓶を差し出してきた。

「妊婦にはこれが一番いいんだ。食ってくれ」

ユングヴィは当然のような顔をして勇ましくふたを開けた。

兵士たちが運んできた椅子に座り、ふんぞり返ってナッツをむさぼり食う。お姫様というより王様の気分だ、と思ったが、ソウェイルにはこんなふうにはなってほしくないし、きっとならないと思う。

「昨日は本当に悪かった。売り言葉に買い言葉みたいなもんで、普段から本気であんなふうに思ってるわけじゃない。それに今はみんな反省してる」

「あっそう。私の心の傷はそんな口先のことじゃ癒《い》えないけどね」

赤軍の一同は揃ってユングヴィの足元にひざまずき、首《こうべ》を垂れた。

「すまなかった」

こうなると怒りに任せて怒鳴り散らした自分のほうが恥ずかしくなる。かといってこの五年間、特にエスファーナ陥落以後の三年間にしなくてもいい葛藤《かっとう》をしてきた記憶は消せない。

さて、どんな態度を取るべきか。もっと堂々としているほうがいいのだろうか。しかしいまさら偉ぶるのはどうも性に合わない。椅子に座ってひとりでものを食べている今でさえ胸が痛む。

「今朝黒軍の副長を筆頭にした幹部たちとも話をした。赤軍は全員サヴァシュ将軍の指揮下に入る。お前は部屋にいてもいいし、ここにいてもいいが、戦闘や訓練には参加しない。それじゃだめか」

「だめじゃないけど」

あとはユングヴィの気持ちの問題だ。

「軍紀作ってよ、軍紀。私すっごく軍紀欲しい」

「わかった。でもこの戦争が終わってからだ。エスファーナに帰って専門家や他の部隊の幹部の話を聞きながら作る」

それを聞いてユングヴィは感動した。赤軍兵士の口から、他人の、それも司法制度というユングヴィからしたら御大層なものに携わる偉い人たちの意見を乞《こ》う、という意見が出てきたのだ。とんでもない成長だった。ここまで従順になるとは、よほどつらかったようだ。

「俺たちゃバカだから一から作るのは無理だ」

「まあ、私もだけど。正直、軍紀とかいうご立派なものができたところで、私がそれを使ってどうこうってのはいまいち想像できないけど――」

いつもだったら、そこで、私もバカだから、と付け足したかもしれない。

今度ばかりは少し考えた。

バカとはいったい何だろう。どういうことを指してバカと言うのだろうか。

バカという言葉は、ナメたりナメられたりする時に出てくる罵《のの》り言葉だ。ここでまたそれを使うのか。

赤軍はアルヤ軍で一番火薬の扱いに長《た》けている。銃の整備も引き受けている。あらゆる都市の地理を調べることができ、地図も読めないのに記憶し情報を共有することができる。土壁を、ある時は登り、ある時は爆破して、市街地に迷い込んだ敵を奇襲し翻弄《ほんろう》する。平時も仕事がある。都に巣くう密輸業者や暗殺集団と戦い、表舞台の美しく清潔なところで戦う白軍に代わって暗部を掃除してきた。

それを見下す言葉が、バカなのではないか。

せいいっぱい考えてから、ユングヴィは続きを話した。

「そりゃあ、みんな、紙に書かれてることを読むのは苦手なんじゃないかと思う。でも、他に、できること、いっぱいあるでしょ。あのラームだって、赤軍は専門家集団だから、アルヤ軍の本隊がつくまでタウリスをもたせることができる、って言って、私たちをここに呼んだんだよ。だからそんな、自分を悪く言わなくていいよ」

すすり泣く声が聞こえてきた。見ると、奥のほうにいた少年兵が泣き出していた。

「お袋も俺のことバカって言ったのに。ユングヴィは、それでも、俺たちにできることがあるって言う」

「どうした」

周囲の兵士が訊《たず》ねる。少年兵が「だって」と泣き崩れる。

涙は伝染した。周囲の若い兵士たちが鼻をすすり始めた。

赤軍にいる人間は、ここに来るまで誰にも認められずに生きてきたのだ。ユングヴィも一緒だ。誰かに認められたくて走り続けてきた。

それが、赤将軍になる、ということなのかもしれない。他のどの部隊でもなく、赤軍兵士たちを理解できるのはユングヴィだから、ということなのかもしれない。

今のユングヴィに神剣の声は聞こえない。だがソウェイルには聞こえる。ソウェイルを通じて、それが正解ですかと、恐れずに訊ねればいいのではないか。

思えば自分はずっと他人と正面から向き合うことを恐れてきた。赤軍兵士しかり、紅蓮《ぐれん》の神剣しかりだ。かろうじてソウェイルとは信頼し合っていると思うぐらいだが、彼のすべてを理解しているわけではない。

生まれてくる赤ん坊の手本になれるよう、人間として、成長したい。

「もう、悪く言うの、やめようよ。ひとのことも、自分のことも。ひとに言われたら嫌なこと、言っちゃだめだよ」

また別の兵士が口を開いた。

「ユングヴィの言うとおりだ」

そしてうつむいた。

「俺はアルヤ人だってことの他に何にもない。学校も出てないし頼れる実家もない。正直、両親ともアルヤ人のアルヤ生まれアルヤ育ち、ってこと以外に、ひとに話せるものがねえんだ。だからアルヤ人じゃない連中より何かがよくできてるって思わなきゃならねえ。特別チュルカ人ができないって思ってるわけじゃねえんだ」

ユングヴィは苦笑した。

「ひとよりよくできてる必要なんかないからね。私はみんながここで元気で働いてくれるだけで嬉《うれ》しい。みんながウルミーヤでどうにかなっちゃわなくてほんと安心してるんだ」

言いながら、自分を振り返った。

自分も、誰かにそんなふうに思われているだろうか。

もしもそうだとしたら、自分をもっと大事にしないといけない。心配するのは本当につらいことだ。

自分の腹を撫《な》でた。

この子には、何かできないことがあっても、自分には何ができないか、より、自分には何ができるか、を考えて生きてほしい。そしてそれで誰かと自分を比べない子になってほしい。できることをひととわかち合える子であれたらきっと生きやすい。

同じ過ちを繰り返したくない。

自分をバカだと言う人間は、他人が自分よりバカかどうかを考える人間になるのだ。

自分をバカだと言うのはやめよう。

「アルヤ人のみんながチュルカ人よりよくできてる必要もないし、チュルカ人のみんながアルヤ人よりよくできてる必要もありません。きっと、それぞれ、得意なこと、不得意なこと、あると思う。お互い得意なことを出し合ってなんとか生き抜こう」

ユングヴィは念を押すように言った。

「生きるために意地汚くなろう。変な意地は捨てて、ひとに頭下げて、苦手なことをひとにやってもらって生きるんだよ。誰が何ができるのかわかんない以上は仲良くしようね。それが、生きるために意地汚くなるってことだよ」

そして、ちょっと笑った。

「たまにそれでも助けてくれない奴とか利用するだけ利用しておいてお返ししてくれない奴とかもいるけど、そういう奴らはそのうち自滅して寂しく死んでいくから無視してだいじょーぶ。仲良くできるひとと仲良くしていこう」

兵士たちの間から、「そうだな」「そのとおりだ」という声が上がった。

「ここで確認しておくけど。黒軍は馬が得意です。弓もできます。サヴァシュはここにいるみんなと比べて誰よりも戦争がうまいです。野原で合戦になった時、みんなが黒軍兵士よりうまく活動できるってことはないです。だからもう、いさぎよーく諦《あきら》めて、任せましょう。黒軍と仲良くしましょう」

「はーい」

「私たちがやることは、街中や城の中に帝国軍が入ってきた時に返り討ちにすること。それならみんな、できるよね？　得意だよね？　誰かに言われなくてもちゃんとできるよね？」

「はーい！」

「よーし、いいお返事だ」

そこで、外から声がした。

「ユングヴィ！　お客さんだ！」

ユングヴィはすぐ「はいはーい」と答えた。

「どうぞ、中に入れて」

入ってきたのはラームティンだ。

兵士たちが「おっ天使だ」「今日も可愛い」と騒ぎ立てる。中には指笛を吹く者もある。美少年が好きなのは下層階級出身の彼らも一緒らしい。腐ってもアルヤ紳士なのだ。それにしても下品なもてはやし方だが、ユングヴィは微笑ましく思った。

ラームテインは一瞬だけ彼らに向かって微笑んでみせた。感情のない、冷めた笑顔だった。営業用だろう。最初は愛想のよい少年だと――さすが酒姫《サーキイ》だと思って惚《ほ》れ惚《ぼ》れしていたものだが、だんだん本当に機嫌がいい時とそうでない時とがわかるようになってきた。兵士たちは喜んでいる様子なのできっと気がついていないのだろうが、ユングヴィからするとラームテインはエルナーズの百倍はわかりやすい。

「どうかした？」

「体調はどうですか？」

「だいぶいいよ、昨日今日でぜんぜん吐かなくなった。つわり終わったのかな」

「そうですか、では僕と来てくださいますか。今すぐ」

ラームテインに呼ばれるとは、非常事態に違いない。

ユングヴィは瓶のふたを閉めた。

「いいよ、行くよ。でも、どこに？」

「司令室です」

「誰か他にひとはいないの？」

「逆です。ユングヴィ以外の全員がいます」

顔をしかめた。

「僕は決戦の日に赤軍を欠くことに反対です。なのでユングヴィを呼びに来ました」

「ありがとう」

すぐに立ち上がった。

「仲間はずれにしやがって。ちゃんと自己主張してこなくちゃ」

兵士たちが次々に「いってらっしゃい」と叫んだ。


「結局連れてきたのか」

円卓に地図を広げて何やら話をしていたナーヒドが唸《うな》る。やはり彼が取り仕切っているらしい。ユングヴィをはずして話を始めると言い出したのも彼に違いない。

「繰り返しますが、僕は今回の作戦からユングヴィをはずすことに反対です。赤軍はユングヴィを中心に出来上がっています。直接戦場で陣頭指揮に立てずとも、ユングヴィの存在は大きい。最大限利用すべきです」

ラームテインは毅然《きぜん》とした態度だ。言うことも、ユングヴィには、理路整然として聞こえる。これが頭のいい人間なのだと思う。自分にはできないことだ。

正直なところ、ユングヴィにはナーヒドに何かを訴えられる自信はなかった。ここまで張り切って来たが、考えがあるわけではない。ラームテインの存在が頼もしく思えた。

とりあえず、二人の会話に黙って耳を傾けた。

「いえ、赤軍が戦場に立つことはありませんね、赤軍は歩兵とは違いますから。市街地や城内に配備して万が一の時に備えるべきです。避難した住民たちの警護も必要です。赤軍兵士に巡回をさせましょう」

「それは当然の、大前提の話で、話し合う余地もない。だが、お前も赤軍がどんな人間で構成されているのか見ているだろう、赤軍だけでは規律正しい生活は送れないのだ。目付け役が必要だ」

胸が痛む。ようは赤軍がならず者集団だからみんなの留守中に悪さをすると思われているのだろう。そんなことはない。赤軍兵士も遊んでいられる状況ではないことぐらいわかっている。けれどユングヴィにはそれを説明できない。

「そしてそれにユングヴィはふさわしくないと言っている」

「なるほど。僕も外部の監視は必要だと思います。ただしそれは赤軍だからではなく、ある程度の規模の組織ならどんな団体でもと言わせてください。蒼軍だって例外ではありません」

「蒼軍は神の軍隊だ。風紀を乱す愚か者は一兵たりともいない。皆己が使命を悟って国に殉じる覚悟ができている」

「僕が見たところ赤軍兵士にも軍神に殉じる覚悟があるように思われますが」

「それはお前の主観だ。俺はそうは思わない」

「確かに。では切り口を変えましょうか」

「いや、せっかくだから掘り下げる」

ナーヒドがこちらを向いた。ユングヴィはナーヒドの顔をまっすぐ見つつも、緊張で肩を縮こまらせた。

「赤軍の風紀を乱しているのは貴様ではないのか。女であることを使ってむやみやたらに煽《あお》っているのではあるまいな」

胸の奥がひやっとした。

そんなことはないと思いたいが、赤軍兵士たちがユングヴィを女として意識しているのは確かだ。ユングヴィが女でなかったら、みんなどういう態度を取ったのだろう。

「倫理道徳に反した、統率者として規範を見せることのできない人間ははずす。堕落した人間を十神剣として活動させることはできない」

ナーヒドの声に揺らぎはない。彼の意志の固さが表れている。

「未婚の身で子を孕《はら》むような愚かでふしだらな女を頭に据えるわけにはいかんのだ」

背筋が凍りついた。

「赤い神剣を抜けるのは貴様が死ぬまでこの世に貴様ひとりだけだから生かしてやっている。だが、忘れるな。貴様は女としてもっとも守るべき貞節という道徳に背いた。

本来は死をもって贖《あがな》わねばならぬ恥ずかしい女だという自覚を持て」

それは妊娠を自覚した直後のユングヴィが一番恐れていた指摘だ。自分は本来なら油を注がれて火をつけられていてもおかしくないことをしたのだ。

視界の端でサヴァシュが動いたのを見た。壁にもたれて床に座り込んでいたサヴァシュが、ゆっくり立ち上がろうとしている。機嫌が悪そうだ。

ユングヴィは慌てた。

サヴァシュはきっとユングヴィをかばってくれる気だ。しかしつまりまたナーヒドと喧嘩《けんか》になるということだ。

動いたのはサヴァシュだけではなかった。円卓についていたベルカナも立ち上がってナーヒドとユングヴィの間に入ろうとしていた。

だが、最初に口を開いたのは、円卓に座ってのんびり自分の爪を磨いていたエルナーズだ。

「ほな、俺もはずれてええな。風紀を乱すのは得意中の得意やし」

ナーヒドがエルナーズをにらんだ。

「そのとおりだと言ってやりたいが、貴様は男だからな。軍神として働け。具体的には何もせずに黙って翠軍の将として椅子に座っていろ。いいか、くれぐれも、余計なことをするんじゃない。だがどこにも行くな、おとなしく俺の指示に従え」

「俺を男として数えるんか」

「言っておくが貴様のことも認めたわけではないからな。しかし神剣を抜ける以上は十神剣としてそれなりのことをしてもらわねばならん。男なのだから戦場に来い」

ベルカナが「いい加減になさい」とたしなめる。けれどナーヒドは黙らない。

「女が口出しをするな」

サヴァシュが「おい」と投げ掛けた。

「お前、何様だ？」

ナーヒドはまっすぐサヴァシュを見据えて答えた。

「白《しろ》将軍がいない今は蒼《そう》将軍である俺が十神剣代表として貴様らを統率すべきだ。チュルカ人の貴様は黙っていろ」

一触即発、という言葉はきっとこういう時に使うものなのだ。

ユングヴィは急いでサヴァシュの手首をつかんだ。彼をこれ以上ナーヒドに近づけてはならない。

「いいよ、やめよう」

なんとか何かを言わなければと思った。必死だ。

「ナーヒドは正しいよ。ナーヒドの言うことは、少なくとも私のことなら間違ってないと思う。私がちゃんとしてないのは本当。今の私は十神剣としてちゃんと仕事ができる状態じゃない。だから今回は私は引くね」

誰にも争ってほしくない。

「やっとわかったか」

ただ、強い母親になりたい。

「でもナーヒド」

こんなことでめげていては、子供を産み育てることはできないのだ。

「ふたつだけ言わせて」

「何だ」

「正しいことがいいことなんだと思わないでね。みんながみんな正しく生きたいと思ってるって思わないで。いつか絶対跳ね返ってくるからね。覚悟しときなよ」

ナーヒドが眉間《みけん》にしわを寄せる。

「あと、私のことはいくら言ってもいいけど、同じことを私の子供に言ったらあんたを殺す」

吐き捨てると、ユングヴィはサヴァシュに「じゃあ、よろしくね」と言って微笑んだ。サヴァシュが「ああ」と頷《うなず》いてユングヴィの頭を撫《な》でた。

それまで黙って聞いていたバハルが立ち上がり、部屋を出ようとするユングヴィに歩み寄った。

「緑《みどり》軍が動かせないらしいんだわ」

突然軍の内情の話になったので、驚いて立ち止まった。

「なんで？」

「ロジーナがきな臭い。アルヤとサータムが揉《も》めている間にチュルカ平原をかすめ取ろうとしてるのかもしれない」

「ロジーナ？　って、何？」

ラームティンが説明する。

「ノーヴァヤ・ロジーナ帝国です。北方の大帝国の。西洋系の皇帝を頂点にした、ことは比べ物にならないほど寒い、雪原の帝国です。港も凍る不毛の地なので、大陸の南に土地を求めて軍隊を動かしています。これを南下政策と言います」

「チュルカ人からしたら最大の脅威だ」

サヴァシュも補足する。

「北方チュルカ人はロジーナ人と何度も戦争をしてる」

「それ、平原の北の話なの？　平原挟んで南がアルヤ高原じゃない？　来られたらヤバくない？」

「だから、北の守護隊の緑軍は来れない」

ぞっとして自分の腕を撫でたユングヴィに、「橙《だいだい》軍もね」とベルカナが言う。

「サータム帝国が海からも攻め込んできた場合、南の守護隊が阻止しなきゃならないからね。万が一に備えて、南部に留め置く、って話になってるのよ」

「つまり、今ここにいる部隊だけでなんとかしなきゃなんないっていう状況だ」

そこまで説明してから、バハルは苦笑した。

「今は、そこまでは、教えてやれる。何か新しいことが決まったら、また今度説明してやれる。で、ユンちゃんはいいよな」

ユングヴィも苦笑した。

「バハルも、私はここにいないほうがいい？」

彼は、頷いた。

「俺はアルヤ人の女の子が危ない目に遭うのが一番嫌いなんだ」

ラームテインはまだ納得していないらしい。

「僕は出ていってほしくありません。僕はここで出ていかれるのは無責任だと感じるのですが」

その声はとげとげしい。

ラームテインのほうを振り向いた。

しかしそこでナーヒドが口を挟んだ。

「ラーム」

「はい」

「お前は偉いな。十神剣の人間として責任ある行動とは何たるかを考えている。物怖《ものお》じせずに考えを説明するところも俺は好感が持てると思っている。お前の意見を採用するとは限らないが、お前はそれでいい」

途端、ラームテインの顔に笑みが燈《とも》った。先ほど赤軍の駐屯所で見せたものとは違う、素直な笑顔だった。美しいというより可愛らしい。

きっと心底嬉《うれ》しいのだ。彼は美貌《びぼう》ではなく能力や性格を評価されたいのだ。

ラームテインをナーヒドにとられた気分だ。ラームテインは感情的な対立でものを言う人間ではないと思いたいが、ユングヴィの味方をしてくれる気もしなくなってしまった。

「じゃね」

ユングヴィは部屋を出た。結局誰も追い掛けてこなかったが、今は仕方がない。腹を撫でながら自室を目指した。

秤《はかり》で分量を測って配合した火薬を、油紙で包む。

ユングヴィにとってはとうに慣れた作業だ。何年もやってきたことなので何も考えなくても流れを繰り返せる。

しかし、新米兵士の少年たちは魔術を見ているかのような顔でユングヴィの指先を眺めている。

新鮮な様子だ。微笑ましい。

普段の彼らは勉強ができない。ある者は路上で、またある者は奴隷同然の生活をしてきたので、勉強する機会や意欲を奪われてきたからだ。喧嘩《けんか》慣れした者はあっても、真剣に兵術を学ぶ気がある者はいない。

だが、学ぶ能力のすべてが失われている者も少ない。

自分の興味のあることには素直だ。蹴《け》ること、殴ること、斬ること、撃つこと――自分の攻撃力を表現することに対して、彼らは真面目で貪欲《どんよく》な態度を見せる。

ユングヴィはそういう子たちに銃を持たせる。これは確実に人間を殺すことのできる道具だと言って撃ち方を教える。だいたいの子は喜んで受け取る――そして後から諸刃《もろは》の剣であることを知り、使い方を勉強しようとする。

少年たちの顔はまだあどけない。さすがにソウェイルよりは大きいが、ラームティンより幼い子はいる。

こんな子供にもユングヴィは銃を持たせる。

自分自身が十四歳で初めて銃を持った時は、自分の年について考えたことはなかった。だが、母親になろうとしている今は気になってしまう。

世の中にはこんなやり方でしか生きていけない子供がたくさんいる。

「火薬の量が足りないと弾が出ないから気をつけてね。あとそれから、何かある？」

ひとりの少年が手を挙げた。

「火薬が足りなくて弾が出なかったらどうなるんだ？」

「詰まって銃が使い物にならなくなる。解体して弾取り出すのその場では無理でしょ。強引に次を突っ込むと暴発するのでやめてください」

拳《こぶし》を握って上下に振った。

「もし銃が使えなくなった時、至近距離に敵兵がいるなら、銃床で敵を殴りな」

「げえ。壊れない？」

「わりとイケる、だいじょーぶ、どうせ掃除しなきゃ使えないんだから鈍器と一緒だよ。そんなことよりみんなが怪我するほうがたいへん」

少年たちが神妙な顔をして頷いた。

「いい？　怪我をするのが一番だめ。薬とか布とか、手当てできるところまで運ぶための時間と人手とか、治るまでにかかる日数とか、もうほんと、すごい膨大な損になるから。何より周りがビビるの、これほんとに厄介。隣にいる子が、俺も怪我したらどうしよう、なんて動けなくなっちゃった時には、その小隊は全滅する」

誰かは素直に「はい」と返事をしたが、また誰かはこんなことを言い出した。

「怪我する奴が悪いんだろ。ほっといて、死なせれば？」

「絶対にだめ」

ユングヴィは言い切った。

「死体の片づけはたいへん。ものすごく、たいへん。重いし臭いし汚いし、誰もしたくない。けど、邪魔だからしなきゃいけない。最悪。だから死ぬのはほんとにやめて。逃げるほうが百倍マシ」

真剣な顔で続ける。

「動けなくならないこと、周りの仕事を増やさないこと。ぶっちゃけ役に立たなくてもいいから、足手まといにはならないようにしな」

今度こそみんなが頷いた。

「まあ、そんな乱戦の中で銃を撃つことなんてそうそうないと思うけど。そんなことになったら弾込めする時間もないと思うから、剣を抜いて斬りかかったほうが早いよ。もしくは逃げる。逃げるのすごくオススメ。お給料が出なくなるだけだから」

「何を教えているんだ、貴様は」

慌てて振り向いた。

テントの出入り口の布を持ち上げて、ナーヒドとバハルが中に入ってこようとしていた。

ユングヴィは体ごと振り向いて、机の上に広げた鉛や火薬を隠すように立った。けして見られてはいけないものではない。砲術部隊は蒼軍のような大隊にもあるので、むしろ見せて知識を共有すべきだ。けれど、なんとなく、ナーヒドに仕事を見られると怒られる気がする、という根拠のない緊張がある。

ナーヒドが近づいてきた。

彼は、床に膝立《ひざだ》ちになって様子を窺《うかが》っている少年たちを見下ろしつつ、吐き捨てるように言った。

「逃げるな。潔く戦って死ね。アルヤ民族の栄光のために死んだ者には死後の楽園での安寧が約束される」

少年たちの顔を見た。ある者は何を言われたのかわからないという顔できょとんとしており、またある者は不愉快そうに顔をしかめていた。

ユングヴィは、いけない、と思った。彼ら同様貧しい家庭に生まれ育ち路上で生活していたユングヴィにはわかる。彼らにナーヒドの論理は通用しない。要らぬ反発を招くだけだ。

「うちの子たちのことはほっといてよ」

「そういうわけにはいかん」

ナーヒドが答える。

「栄《は》えある太陽の軍隊の軍人であることを理解した上で行動を選択できるようにならねば、規律ある軍隊とは言えないからな。統一感があり指揮命令系統の明瞭《めいりょう》である軍隊こそ窮地にその本領を発揮するのだ」

「んん、ごめん、私にもわかる言葉で説明して。何言ってんのかわかんない」

少年たちのうち誰かが笑った。ユングヴィは無教養ぶりを笑われた気がして恥ずかしくなった。

ナーヒドが唸《うな》るように言った。

「今笑ったのは誰だ」

胸の奥が冷えた。ここで赤軍兵士がナーヒドに吊《つ》るし上げられるとどんなおおごとに発展するかわからない。

「い……今の、誰。ちょっと、謝りなさい」

口先ではそう言ったが、誰も名乗り出ないであろうことはわかっていた。むしろ、本音を言えば、誰にも何も言わないでほしかった。ユングヴィが笑われただけで済むならいいのだ。

「これだから赤軍は」

ナーヒドが腕組みをする。

「再教育が必要だ。徹底的にしごき上げて一人前にせねばならん。アルヤの軍人としてどこに出しても恥ずかしくない人間に矯正しなければな」

ユングヴィは首を横に振った。

「いいよ、うちのことはほんと、ナーヒドの仕事を増やすわけにはいかないし、うちにはうちのやり方でちょっとずつ育てていくから、気にしないで」

「そういうわけにはいかん。これからは俺の下について動いてもらわねばならんからな」

思わず「は？」と言ってしまった。

バハルが貼り付けたような笑顔で間に入ってきた。

「体のことを一番に考えて赤軍とは距離を置いたほうがいいんじゃねえかな、ユンちゃんの代わりは俺とナーヒドでやるから戦争が終わるまで城の奥でゆっくり待機しててくれねえかな、っていう話」

バハルの言い方は柔らかいが、ようはユングヴィから赤軍を取り上げてナーヒドとバハルでどうにかしようという話になっているらしい。ユングヴィは「ほう」と呟《つぶや》き、眉間《みけん》にしわを寄せてナーヒドと同じように腕組みをした。

「ちなみに、体のこと、とかぼかさなくても大丈夫だよ。赤軍はみんな知ってるから。みんな平気ででかい腹ーとかサヴァシュ将軍の女のくせにーとか言ってくる。私にはもう知られたくないことなんて何もないよ」

「おいおい、そんな――」

苦笑して何かを言い掛けたバハルを遮り、ナーヒドが怒る。

「無礼な。将軍を何だと思っている？　将軍と一般兵士の距離が近すぎる。そのへんがだらしないから足並みが揃わんのだろう。徹底的な指導が必要であると見たな」

何を言っても同じな気がして少し恐ろしいが、だからと言って負けてはいられない。

ここでユングヴィが折れたら赤軍がナーヒドに潰《つぶ》されてしまいかねない。

「うちは、これで、いいの。私がいいって言ってる、私をネタにして冗談言ってられるうちはいい。赤軍は赤軍のやり方でやっていくから、ナーヒドは気にしないで」

ナーヒドがその程度の言葉で折れてくれるはずがない。

「冒瀆《ぼうとく》だ。粛正を行う」

ユングヴィにはその言葉の意味するところもよくわからない。自分が無教養だからいけない気がしてきてしまう。けれどとにかく何か恐ろしいことを言われているのはわかる。

「いいって、言ってるでしょ」

声が震える。

ナーヒドは止まらない。

「お前が女だから馬鹿にされているのではないか」

胸に突き刺さる。長年抱えてきた問題を明るいところに引きずり出される。

「だから俺は反対したのだ」

「何に？」

「貴様が将軍を名乗って赤軍に近づくことに、だ。赤軍のように無秩序なところに女の将軍を置くわけにはいかん。だが神剣を抜いてしまったことは変えられない。したがって赤軍のほうの仕組みを変える必要がある。将軍がいなくても秩序が保たれるよう抜本的に改革すべきだ。女の将軍は寺にやったほうがいい。そう陛下に奏上した」

「陛下に直接言ったの？」

ユングヴィは蒼《あお》ざめた。ナーヒドはそれだけ王族に近い存在なのだ。先祖代々武門の誉れとして栄えてきた忠臣の直系の子孫だからできるのである。国王にただ拝謁することすら畏《おそ》れ多くて震えていたユングヴィではありえない。

「だが陛下は、神剣が抜ける以上は軍の上に立たねばならぬ、『蒼《あお》き太陽』のおそばにお控えするよう仕向けねばならぬ、とおおせになって貴様をお手元に置かれたのだ」

先王の思いやりを思い出して心を緩ませたのも束の間、続いた「案の定問題を起こす」と言う声が鋭く刺さる。

「テイムルは陛下のお気持ちを尊重しろと言って貴様を擁護してきたが、俺は我慢ならん。女は女だ。嫁に行くなら行け、そうしてとっとと軍から出ていけ。貴様がいると風紀が乱れる」

また痛いところを突かれた。

「出ていくつもりだったのだろう。俺は出ていってくれて一向に構わん。あとは俺が全部やってやる」

不意に後ろから声を掛けられた。

「ユングヴィ」

振り向くと、少年たちが、不安なのか、それとも心配なのか、なんとも言えない複雑な表情をしてユングヴィを見つめていた。

「俺たち、こいつの下につくことになるのか」

とっさに首を横に振った。

「だいじょうぶ」

しかし何が大丈夫なのだろう。何も大丈夫ではない。

確かに、ユングヴィは一度は出ていくと決めた。彼らを——赤軍を——アルヤ軍を——アルヤ国を、それから、ソウェイルを捨てて子供と二人きりになろうとした。

自分では彼らを守ってあげられないかもしれない。

「こいつとは何だ」

ナーヒドが歩み寄ってくる。ユングヴィを通り過ぎて、後ろに立っていた少年の胸倉をつかむ。

「将軍の名を呼び捨てにするとは、しつけがなっていないようだな」

拳《こぶし》を振り上げた。

「歯を食いしばれ」

このままではあの少年が殴られる。

「やめて！」

ナーヒドの腕にしがみついた。

すぐに振り払われた。

体勢を崩した。後ろに倒れそうになった。

転んでしまう。

いつものように受け身を取ればいいのか。だが今の自分は身重の体だ。

判断が遅れたユングヴィの体を、誰かが横から抱き締めた。

バハルだった。

「そのへんにしとけ」

ユングヴィが地面に崩れ落ちないようしっかりと支えた状態のまま、バハルがナーヒドに向かって言った。

「痛めつけてもついてこないと思うぜ。長い間ユングヴィが甘やかしてきたんだろ、今のこの状態で叱っても反発されるぞ。それこそアルヤ軍が分裂するわ」

ユングヴィを抱く腕に力を込めた。

「ましてお前、妊婦さんに手を上げるのはアルヤ紳士のすること？」

ナーヒドが拳を収めた。顔を背ける。

「こういうことになるから女は嫌なんだ。女がいなければこんなことにならなかった」

「でも今考えとかなきゃたぶん十年くらい後にカノちゃんで同じ壁にぶち当たる。ちったあ頭を使ってやれよ。お前、女の子よりは賢いんだろ」

一度唇を引き結び、少し間を開けてから、ナーヒドは言った。

「俺の母親は俺を生んですぐに死んだ」

突然の語りにユングヴィは驚いたが、口を挟んだら何を言われるかわからないので、黙って続きを待った。

「難産で、長い間苦しんで、ようやく俺が生まれたところで、力尽きて死んだらしい。俺は母親に抱いてもらったことがない」

先ほどより少し小さな声で続ける。

「女は弱い。子供を産むのならばなおさら命が危ないかもしれん。……だから、表の仕事は男に任せて、家に引っ込んで自分を守るべきだ」

　ユングヴィは何を言われたのかわからず首を傾げたが、ババルは穏やかな声で言った。

「最初からそう言ってやれよ。本当は、お前もユングヴィが心配なんだろ」

　ナーヒドは答えなかった。無言で踵《きびす》を返し、テントの外を目指した。

　その姿が完全に出ていくのを見送ってから、ユングヴィは口を開いた。

「ナーヒドが私を心配？　まさか！」

　ババルが体を離しつつ「まあまあ」と苦笑する。

「お産で死ぬかもしれないとかなに？　なんで今そんな縁起でもないこと言うの？　私が不安がるとか思わないのかな。サイテー」

「あーそうそう、ほんとそう、いいぜもう好きなだけ吐き出して。俺にぶつけてすっきりするならそうして」

　そう言われると毒気が抜けてしまう。ユングヴィは一度口を閉ざした。

「ユンちゃんには悪いけど、俺も今はナーヒドに賛成なの。あくまで、今は、な。普段だったらいいぜ、ユンちゃんががんばって戦ってるのを知ってるから、女の子だからできないなんて俺は言わねえよ。でも今は赤ちゃん最優先だろ、ひとりの体じゃないんだから、引っ込んでてほしい」

　同じことを言っているのに言い方ひとつでここまで変わるのだから不思議なものだ。

そう言われると、そうしたほうがいい気がしてくる。

「俺ら、あのひとの下につかなきゃいけないんスか」

おそるおそる問い掛けてきた少年たちのほうを向き、バハルが告げる。

「そうなると思う、ごめんな」

「でも俺ら、ユングヴィ将軍がいない時はサヴァシュ将軍の言うことを聞けって教わりました」

「確かにサヴァシュ本人もそんなようなこと言ってたな。赤軍の中ではそれでもう通ってるのか」

ユングヴィは頷《うなず》いた。

「私が直々に、副長とサヴァシュで話をしてもらうよう段取りつけて、それで決めちゃったんだ。私が、サヴァシュのほうが安心だから、と思って……勝手にごめん」

うつむいたユングヴィに、バハルがわざと明るい声で「しょうがねーな」と言う。

「ま、なんとかするわ。サヴァシュに任せるにしても西部戦線の総司令官はナーヒドだから、サヴァシュとナーヒドの間に入る人間が絶対必要だろ。俺がやるわ」

バハルの言葉に、ユングヴィはまた泣きそうになってしまった。最近涙腺《るいせん》が弱いようだ。

「サヴァシュの面子《メンツ》を潰《つぶ》さないようにしつつ、ナーヒドの指示をはいはいと聞きつつ、赤軍のみんなにも協力してもらいつつ——なんかすげー忙しくなりそうだけど、今ならエルがわりとがんばって翠軍幹部と対話しようとしてて手がかからないし、ベルカナも手を出してくれるからどうにかなる」

「ありがとう」

バハルが少年たちのほうに向かう。

「悪いけど、お前らも手伝ってくれる？」

少年たちが顔を見合わせる。

「ユングヴィとお前らのつながりをぶち切るつもりはねえよ。でも、ユングヴィや赤ん坊に何かあったらお前らも嫌だろ。ナーヒドにいちゃもんをつけられないよう俺ががんばる。だから俺の顔を立てると思って、俺の指示に従ってくれ。ここはひとつ、よろしく頼むわ」

少年たちは首を縦に振った。

「まあ、そこまで言うなら……」

「ありがとな。本当に助かる。頼りにしてる」

そして、ユングヴィを見る。

「男はユンちゃんの思っているより百倍鈍感だから、こうやって何をしてほしいか言葉にして直接言おうな。ナーヒドにも、サヴァシュにも、もちろん俺にもだ」

ユングヴィも笑って頷いた。

その、次の時だ。

バハルの手が伸びた。

思いの外強い力で抱き締められた。

「ば……バハル？」

戸惑っていると、後頭部を撫《な》でられた。

「俺、ほんと、だめだわ」

耳元でささやく。

「妊婦さんが戦場で銃弾いじってるんだと思うとマジつらい。なんとかして守ってやらなきゃって思う」

サヴァシュ以外の男性と触れ合っていることに対する抵抗感と、相手はバハルなのだから心配はいらないのではと思う気持ちが、心の中でせめぎ合う。不快ではない。けれど喜ばしくもない。またふしだらな女と言われたらどうしよう。

「なんとかするからな」

その声は切羽詰まっているようで、どこか懇願するようでもあって、なんとなく、拒むことは許されないような気がした。

「ユングヴィだけでも。助けられるように」

「バハル、どうかしたの？」

ユングヴィには答えず、彼は体を離した。

正面から向かい合った。

いつもと変わらぬ笑顔だった。

「とりあえず、建物の中、入ろうぜ。テントの中、ちょっと寒くない？」

少年たちのほうを見て問い掛ける。

「お前ら、それ、ユングヴィじゃなきゃだめなやつ？」

少年たちが首を横に振って口々に「他の先輩でもいいやつです」「ユングヴィの体のほうが大事だと思います」と答える。

「じゃ、行こうぜ」

まだ少し納得のいかないところもあったが、ユングヴィはバハルに連れられてテントを出た。


城の屋上に出た途端、強い風が顔に吹きつけてきた。寒い。厚着をしてきてよかった。

ラームテインがひとりで手すり壁につかまってウルミーヤのほうを見下ろしている。

ユングヴィは黙ってその左隣に立った。

すぐそばに来るまでユングヴィに気がつかなかったらしい。振り向いたラームティンはその大きなあんず形の目を丸く見開いていた。こんな表情でも可憐《かれん》だ。しかしまだあどけない。声変わりも済んでいなければ背もユングヴィより一回り低い。彼が戦場に連れていかれなくてよかった。

「隙だらけだぞ！　そんなんじゃすぐ背後を取られちゃう。誘拐されちゃうよ」

言いながら笑って肩を寄せた。ラームティンは柳眉《りゅうび》を寄せ、薄紅色の唇を尖《とが》らせた。ユングヴィから体を離そうと右に一歩ずれる。

「すみません、夢中になると他のことが見えなくなってしまうたちでして」

機嫌が悪そうだ。謝罪はきっと口先だけの社交辞令なのだ。ユングヴィはそんな彼を可愛いと思った。少し生意気に感じるくらいがちょうどいい。十神剣の身内という時まで美しいだけの人形でいる必要はない。

「ここから見える？」

ラームティンは頷きながら正面を向いた。目線が遠く前方へ動いた。

「ユングヴィも見に来たんですか」

「うん。なんだかじっとしていられなくて」

「そうですか？　僕にはあなたがとても落ち着いているように見えますが。あまりにもいつもどおりなのでこれが戦争に慣れた人の態度なんだと思いましたよ」

ユングヴィは少し考えた。確かに、いつもどおりに振る舞っているかもしれない。落ち着かないが、うろたえてもいない。なぜだろう。年下のラームテインの前ではしっかりしていなければと思うからだろうか。赤軍がどんな仕事をするのか把握できたからだろうか。それとも——

「なんとかなる気がするから、かな」

自然と唇の端が持ち上がった。

「サヴァシュがなんとかしてくれるって、信じていられるからかもしれない」

「のろけですか」

吐き捨てるかのように言われた。だいぶとげとげしい。

「心配はしないんですか。してあげたらどうです？　旦那《だんな》様でしょう」

「おもしろいことを言うなあ、生意気な奴だ」

ユングヴィは手を振った。

「心配する必要はない。だってサヴァシュは大陸最強だもん。絶対無傷で帰ってくる」

草がまばらに生えた平地に蒼軍と翠軍が展開しているのを、ユングヴィも目視で確認した。遠くに帝国軍の紅《あか》い軍旗が並んではためいているのもわかった。

「強いて言えばエルが心配かな。ナーヒドは何にもさせないって言ってたけど、戦場は何が起こるかわかんないところだからね。本陣で座ってるだけで済めばいいな」

「余裕ですね」

「なんだかんだ言ってみんなもう大人だからいいんだよ。ラームが連れていかれなくてほんとによかった」

「僕は行きたかったです」

唇を引き結ぶ。

「僕は、戦争を間近で見たいです」

何と声を掛ければいいのかわからなかった。好き好んで戦場に行きたがる気持ちが理解できない。この美しく賢い少年は時々ユングヴィには理解しがたいことを言う。その小さな頭の中に何が詰まっているのだろう。

「ラーム、あのね――」

戦場には殺人以外の何もないのだとか、殺人はするのもされるのも恐ろしいことだとか、そういうことを口頭で説明して伝わるのだろうか。ユングヴィの少ない語彙《ごい》で事足りるだろうか。

経験しないとわからないことかもしれない、とも、思う。知識としては、どんなことなのかなどもう知っているだろう。だが、世の中にはやってみないと実感できないことがたくさんある。でも、そんなことを言ったら拗《す》ねてしまうだろうか。

途中まで言い掛けたユングヴィを、ラームティンは無視した。

「なんとかならないかもしれませんよ」

その言葉を、ユングヴィは初めての戦争だからこその不安だと解釈した。恐れてくれるのを嬉《うれ》しく思った。

ラームティンのほうを向いた。

どうも想像と様子が違う。冷静な、それでいてどこかユングヴィをなじるような目でこちらを見つめている。

「えーっと……、なんでそう思うの？」

ラームティンが口元をゆがませながら言った。

「とても大事なことを皆さんに説明できないまま今日に至ってしまったので」

途端ユングヴィの胸に不安が込み上げてきた。

「僕がもう少し利口な人間だったら円滑に事を運べたのかもしれませんが、子供のお前は黙っていろと言われてしまうと何も言えませんよね」

「どういうこと？　何かあったの？」

扉が開く音がした。振り向くと、出てきたのはベルカナだった。防寒のためか、それとも今日という日を意識しているのか、黒一色の布をかぶって、顔と膝《ひざ》から下以外のすべてを覆っている。膝から下も濃緋《こきひ》のパンタロンにブーツで、肌は一切露出していない。

「あんたたちもここにいたの」

「ベルカナ」

「嫌ね、何にも言ってないのに、ここで集合しちゃうだなんて。このまま三人で観戦かしら」

肩をすくめたベルカナに、ユングヴィは笑みを送った。

「杏軍《あんず》のほうはどう？」

「いつでも男たちが帰ってこられるよう段取りはつけたわよ。あとは気持ちの持久戦。女の子たちの神経が参る前に帰ってきてもらわなくちゃだわ」

ベルカナがユングヴィとラームティンの間に入ってきた。手すり壁に手を置いて、遠くウルミーヤのほうを眺めた。

「今のあたしたちにできることは、もう、待つことだけなのよね。男どもがちゃんとしてくれるのをここで祈るばかりよ」

ユングヴィは頷《うなず》いた。

「待とう」

手すり壁をつかむ。その指先に力がこもる。

「大丈夫。ナーヒドもバハルもエルも――サヴァシュも、全部をちゃんとやって、すぐに帰ってくるよ」

ベルカナでもラームテインでもなく、自分自身にそう言い聞かせた。

先ほどの意味ありげなラームテインの言葉が不安だった。けれど、彼自身がそれ以上語らずに遠くへ視線をやってしまったのでそれきりだ。

彼の考えすぎだと思うことにする。この子はいつも頭が回転しすぎている。見なくてもいいものを見ている。

そうであってほしい。

何の問題もなくすべてがあっさりと終わってほしい。

終わる、はずだ。

サヴァシュが終わらせてくるはずだ。

ユングヴィは、ただ、待つ。

銅鑼《どら》の音が鳴り響いた。帝国軍の軍楽隊のラッパが聞こえた。馬のいななきとひづめの音が轟《とどろ》いた。

勝ち鬨《どき》が上がった。

人馬の声に、大地が共鳴する。

始まる。

ウルミーヤの会戦の火蓋《ひぶた》が、切って落とされた。

春の近づく薄ら蒼《あお》い空に二種の軍旗がはためく。

ウルミーヤ湖を背に南北へ陣取るのは四万の大軍、蒼地に黄金の太陽の輝くアルヤ軍である。歩兵は三万に騎兵が一万。北では蒼色の三角旗が、南では同じく翡翠《ひすい》色の三角旗が、太陽の紋章を守るがごとく囲んでいる。中央には荒ぶる異民族の騎馬武者が五千、揃いの黒衣に身を包んで待機していた。

対するは紅《あか》地に銀白の三日月の輝くサータム帝国軍、斥候の見立てによればその数は三万に及ばない。雪山を越えられぬ帝国軍は援軍も見込めず、長きにわたるタウリスの包囲に倦《う》み、飢えと寒さに斃《たお》れた兵の屍《しかばね》は野に晒《さら》されていた。

アルヤ人兵士たちは今回の衝突を勝ち戦であるとふんでいる。特にナーヒドはエルナーズの初陣を勝利で飾れると語った。

だが、中央で待機する黒軍だけは冷めた雰囲気だ。

数本に分けて編まれた三つ編みを垂らし、耳に大きな銀細工の飾りをつけている女が、兵士たちの間から歩み出てくる。女ながらに胸甲と手甲をつけた戦装束だ。簡便な装備だが、軽騎兵共通のものである。

『全小隊、突撃準備完了』

チュルカ語の言葉が周囲の人間を刺すように響く。切れ長の目の眼光は鋭い。

『あとはただ隊長の号令を待つのみ』

『ご苦労』

報告を受ける側のサヴァシュは、黒革に黒塗りの鉄の胴をつけ、黒い房のついた兜《かぶと》をかぶっている。携える手綱につながれているのはひときわ美しい毛並みの黒馬だ。

『隊長』

彼は女の顔を見なかった。まっすぐ正面、風になびく紅《くれない》の月を見つめていた。

『次のご指示を頂戴《ちょうだい》したく』

一拍間が空いた。

大きく息を吸い、吐いた。

『俺が出撃しても、お前は出てくるな』

女がわずかに顔をしかめた。

『何ゆえに？』

『お前直属の小隊は後ろから戦況を見ていろ。万が一の時は俺の指示を仰がずに独断で兵を動かせ』

『この期に及んで保険をかけるとおおせか』

『帝国は動ける秋のうちにもっと大規模な兵力を投じていてもよかったはずだ。それがこの寡兵で臨《ご》んだ。少ない人数でも確実にアルヤ軍を倒せると思えるような策があるのだと思う』

素直に頷き、『承知』と答えた。

『いざとなったら俺を切り捨てろ。俺は好き好んで先陣を切る、俺を囮《おとり》に使え』

『将軍をぞんざいに扱って死なせでもしたらお咎《とが》めを受けるのは副長の私なのだが』

『俺は死なない。俺が死んだら恋女房が泣く。何が何でも生きて帰るぞ』

『隊長が戦死したらこの私が責任をもってそれを黒将軍サヴァシュ最期の言葉としてユングヴィ殿にお伝えしよう』

『俺はまた余計なことを言ったらしい、ますます死ねなくなったな』

サヴァシュが黒馬に飛び乗った。それを皮切りに周囲で控えていた兵士たちもそれぞれの愛馬にまたがった。

『俺たちだけが勝利してもアルヤ軍全体が負ければ敗戦であることを忘れるな。三年前の西部戦線やエスファーナ陥落を思い出せ』

『我々はまたもやお荷物を抱えて戦をせねばならぬということか』

『やむを得ない。それがアルヤ王国の誇るチュルカ人騎馬隊だ』

副長が三歩下がった。そこで控えさせていた自分の馬に乗った。

そして、言った。

『ご武運を』

サヴァシュが片手を挙げた。

後ろで待機していたチュルカ騎兵たちが矢を弓につがえた。

矢じりが、蒼穹《そうきゅう》を向いた。

『放て！』

一斉に解き放たれた矢が蒼穹を埋め尽くした。

敵軍の頭上に雨のごとく降り注いだ。

『突撃!!』

矢を追うかのように馬たちが駆け出す。砂塵《さじん》が舞い、ひづめの音が轟く。大地が揺れる。

味方の声とも敵の声ともつかぬ叫びが大気を震わせる。

正面最前線の敵兵はことごとく矢に射貫《いぬ》かれて地に倒れた。しかし軍勢が崩れることはない。盾となり死した味方の骸《むくろ》を踏みつけ軍馬の一団が迫りくる。

サヴァシュは両手を手綱から離した。左右それぞれの手を腰元にやり、一本ずつ別々に刀を抜いて構えた。

馬の駆ける速度は落ちない。

そのまま突っ込む。

両軍の騎馬隊が衝突する。

手応《てごた》えでわかる。相手もチュルカの戦士だ。

アルヤ人もサータム人も考えることは同じだ。チュルカ騎兵にはチュルカ騎兵を当てる。

だがこれぞまさしく最善の策だ。

チュルカの戦士は別の部族の戦士を同胞とはみなさない。敵は、敵だ。利と意地を賭《か》けてただただひたすら相手を倒すのみ。

両隣から雄叫《おたけ》びが聞こえる。帝国軍への報復の時が来たことを喜ぶ若い戦士の声だった。

サヴァシュは冷静だ。

サヴァシュにとって戦とはそういうものではない。

しかし、やはり、振り向きもしない。若い彼らと同じく、ただ、前だけを見る。

目指すは帝国軍の騎馬隊の主将だ。

雑兵を次々と薙《な》ぎ倒す。向こうも軽騎兵で装備は薄い。刀を横にしたまま駆けると、相手の胸や腹に刃《やいば》が食い込む。右と左とで二人の兵が同時に馬上から地へと落ちる。

馬だけが勢いを殺《そ》がれることなく前に進む。

矢の飛ぶ音がする。刀を体の正面で宙を切るように薙ぐ。叩《たた》き折られた矢が二本、途中で真っ二つになって視界から消えた。

ひときわ甲高いいなきが聞こえてきた。続いてまっすぐこちらへ向かってくるひづめの音、その勢いには迷いがない。しかとサヴァシュを目指している。

戦士たちが自ら身を引いて花道を作った。

姿を現したのは栗毛の馬に乗った青年だ。年の頃はサヴァシュと同じくらいで、やはり長い黒髪を編み込んだ上に房のついた兜をかぶっている。しかしその背に負われた軍旗は紅《あか》き月だ。

『貴殿の首をいただきに参った！』

張りのある声、威勢の良い言葉を聞き、サヴァシュは一度馬の歩みを止めた。

向こうもまたサヴァシュと向き合って止まった。

『貴殿を存じ上げている、大陸最強』

『恐悦至極に存ずる』

『貴殿の首を獲《と》れば某《それがし》こそ最強、我が剣の脂となっていただきとうござる』

彼は、左手で手綱をつかんだまま、右手に持っていた槍《やり》を投げ捨てた。そして腰の剣を抜いた。切っ先の湾曲した剣だ。

『太陽に呪われた忌まわしい闇色の剣を抜かれよ』

血に濡《ぬ》れた二刀を腰の鞘《さや》に納めた。そして背に負っていた黒い神剣の柄《つか》に手を伸ばした。

『名は』

『我こそはサータム帝国軍アルヤ討伐部隊騎馬隊将軍、キズィファ族の戦士が一、イスメトの息子のケナンの三男のハシムだ』

不敵に笑って『そちらは』と訊《たず》ねてきた。

『貴殿が何と名乗られるのか興味がある。某はアルヤ王国軍の将軍としての貴殿しか存ぜぬのだ。どちらの部族の戦士か、名乗りを上げられよ』

サヴァシュは答えた。

『かつては、イゼカ族の戦士が一、スィヤヴシュの息子のジュベイルの息子のオズカンの次男サヴァシュと名乗っていた』

『ほう、今は？』

『アルヤ王国軍チュルカ人騎馬隊隊長、黒将軍サヴァシュ。当面の間その他に名乗る名をもたぬと決めた』

『哀れな！』

青年が嘲笑《あざわら》う。

『いにしえの暮らしを引き継いできたイゼカの戦士でありながら草原の狼の魂を捨てアルヤの豚の手先になり下がったか』

『どのような人生を選ぼうと俺の自由だ』

『戦士の情けだ、アルヤ人の奴隷として生きる日々に終止符を打ってやろう』

叫んで突進してきた。

『いざ！』

剣がまっすぐ胸を狙ってくる。

サヴァシュはかわした。左へ抜け、背後をとらんと回り込んだ。

当然相手も後ろは見せない。位置が反転しただけだ。

青年がふたたび向かってくる。

今度は刃を重ね合わせる。

あたりに金属の音が鳴り響く。

力が拮抗《きっこう》する。

互いに引く。

斜め上から斬り下ろすと相手も斜め下から斬り上げた。

速度はほぼ互角だ。

だが押す力はサヴァシュのほうがやや上だ。青年の刃がわずかにぶれた。

青年が馬にまたがったままもう片方の手で短剣を抜いた。その短剣を盾に使い、サヴァシュの神剣の刃を受け止めようとした。

サヴァシュはあえて両手で上から押さえつけるように剣を振るった。

青年はとっさに湾曲剣と短剣を重ね合わせた。その交差地点で神剣を受けた。

刃と刃が嚙《か》み合ったまま動かない。

けれど青年の腕は震えている。

あともう少し押せば斬れる。

その、次の瞬間だ。

突如空気を粉々に打ち砕くような音が轟《とどろ》いた。

サヴァシュは目を丸く見開いた。

左の肩当てが吹っ飛んだ。皮膚が裂け、血が噴いた。

サヴァシュの周囲を固めていたアルヤ軍側のチュルカ騎兵たちが数人崩れ落ちた。

軍馬が暴れ出した。

音源のほうを振り向いた。

帝国軍のサータム人兵士たちが銃を構えていた。

サータム語の叫び声が上がった。歓声だ。銃弾がサヴァシュにかすったことを喜んでいる。

サヴァシュはとっさに左手で手綱を引いた。サヴァシュの馬は落ち着いてそれに従った。

そうこうしているうちに、隙を狙っていたらしい青年の剣がサヴァシュの神剣を押し退けた。

『最強の名が欲しかったのでは？』

距離を空け、間合いを取ってから投げ掛ける。青年が余裕のない笑みを見せる。

『貴様だったら勝ち目のない戦をしたいと思うか？　俺はどんな手段を使ってでも勝ちたい』

この男は最初から自分が窮地に陥った時はサータム人の手を借りるつもりでサヴァシュに挑んだのだ。

だが悪いことではない。必ず勝ちに行くために策を使うのもチュルカの戦士の美徳だ。ましてたくさんの部下を率いている身で死ぬことは許されない。

まことの戦士とはすべての命を背負って立ち続ける者のことをいうのだ。

『光栄だ』

サヴァシュは笑った。

『つまり貴様は、自分ひとりでは俺を倒せないとふんで支度をしていたわけだな』

青年が『生き残ったほうが最強だ』と叫んだ。サヴァシュは『その心意気は買った』と叫び返した。

『とはいえ』

馬の鼻を取って返す。

『俺も命が惜しい』

神剣を鞘に納めた。青年から顔を背けて、並ぶ銃口のほうをにらみながらアルヤ軍の本陣のほうに体を向けた。

『逃げる気か』

『最強の名など欲しければくれてやる。俺にはもっと大事なものがある』

腰に下げていた革袋から弓をとった。矢筒から矢を取り出してつがえた。この作業の速度にサータム兵の銃の支度は間に合わない。サヴァシュが放った矢は正確にある兵士の眉間《みけん》を射貫《いぬ》いた。

追いすがる青年に背を向けた。

次の一矢を用意して立ちふさがっている兵を射た。サヴァシュの強弓から放たれた矢は兵の首を吹っ飛ばした。

斜め前からも別の矢が飛んできた。

『隊長！』

駆けてくる兵士がある。黒衣は黒軍兵士の証《あかし》だ。

『副長から火急の知らせが！』

『どうした』

馬の鼻先を並べながら走る。兵士も次々と矢を放ちながら訴えるように叫ぶ。

『翠軍が総崩れとのよし！』

彼は悲痛な声を上げた。

『やられました！　隊長が出ていった直後の話です』

帝国軍はおそらく黒軍を、ひいてはサヴァシュをここに引きつけておくのが目的だったのだろう。それを察してサヴァシュも眉間にしわを寄せた。副長を置いてきたのは正解だった。

『副長が向かっています』

『立て直せそうか』

『無理そうです。翠軍の士気が下がっていてどうにもなりません』

『どうしてまたこんな急激に』

『エルナーズ将軍が行方不明で』

顔をしかめる。

『最悪だな』

『どうします？』

『どうもこうもない』

溜息《ためいき》をついた。

『俺はエルナーズを捜す。翠軍に、諦《あきら》めるな、黒軍が最後まで補佐する、と伝えてやれ』

チュルカ人の兵士が苦笑した。

『うちはまたアルヤ人どもの尻拭《しりぬぐ》いですか』

サヴァシュは頷《うなず》いた。

『ごめんな』

エルナーズは何もしなくていいと聞かされていた。むしろ余計なことはするなと、軍神として黙って見守っているようにと言われていた。それだけですべて片がつくなら一度くらいはいいと了承した。何もしなくてもいるだけで喜んでくれるというのなら、たまには役に立ってもいいか、と思ったのだ。

戦場でもっとも安全な場所に座っていればすべて終わるはずだった。

ナーヒドを含む蒼軍の将校たちが出ていったあとの本陣を、敵兵が急襲した。

なぜここを本陣と見破ったのか。

なぜナーヒドが出ていく時機を把握していたのか。

なぜエルナーズがいることを知っていたのか。

アルヤ軍の特定の層しか知らないはずのことだ。

わからなかった。

しかし考えている暇はない。

翠軍の将校たちはエルナーズを連れ出そうとした。タウリス城に引き返して避難させようとした。

ある兵士がエルナーズたちを先導した。

その兵士がタウリス城に向かっていないことに気づいたのは、戦場の真ん中に放り出されてからのことだ。

伴ってきた幹部たちは、銃弾の雨を浴びて斃《たお》れた。

混乱した馬がエルナーズを振り落とした。地面に叩《たた》きつけられ、痛みと目眩《めまい》に顔をしかめた。

体を起こそうとする。土に手を置く。

そのすぐそばには先ほどまで護衛をしていた翠軍幹部の男の亡骸《なきがら》が転がっている。

血と土と硝煙の臭いがする。

突如視界が暗くなった。何かと思えば、騎手を失い胴を傷つけられた馬が荒れ狂い突進してきている。下から見上げる馬は巨大で、神話に出てくる怪物を思わせられた。

潰《つぶ》される。

体を伏せた。死体のすぐそばに突っ伏した。

何も起こらなかった。いななきとひづめの音はエルナーズの上を通過して去っていった。エルナーズを跳び越え、どこかあらぬ方角へ駆け抜けていったのだ。

踏みつけられずに済んだ。助かった。

否、助かってなどいない。同時に移動手段も失ってしまった。

顔を起こす。

サータム兵士たちが剣を抜いて突撃してくる。

頭に浮かんだのは、ただ、死、だけだった。

何も考えられない。体が動かない。声も出ない。

これで終わりだ。

目を閉じることもできない。

あと数歩で切っ先が届く——というところで、空気を裂く音が聞こえてきた。

エルナーズには最初何の音かわからなかった。

走って向かってきていたはずのサータム兵がひとり、またひとりと前に倒れていった。

その背に矢が生えている。

矢だ。誰かが矢を放った。

次の瞬間、十数本の矢が一斉に兵士たちの背中に降り注いだ。サータム兵たちがことごとく転がった。

黒い軍馬に乗った数名がサータム兵たちの骸《むくろ》を踏みつけた。

先頭を来た黒い甲冑《かっちゅう》の男が叫んだ。

「エル！　立て！」

混乱した頭の中にもその命令は響いた。ただ立てばいいだけなら今のエルナーズにもできる。

立ち上がったちょうどその時、エルナーズにたどりついた男が腕を伸ばした。

脇の下に腕が突っ込まれて片腕で抱え上げられた。

体が宙に浮いた。

直後男の胸に抱き寄せられる形で馬の背に引き上げられた。

「重い！」

サヴァシュだ。

助かった。

サヴァシュの胸にすがりついた。こらえきれなくて声を上げて泣いた。

彼はそんなエルナーズには何も言わなかった。後方についてくる部下たちにチュルカ語で何か指示を出した。エルナーズにはチュルカ語がわからないが、とにかく全員前進を続けている。止まって戦闘を展開する気はないらしい。

少ししてから話し掛けられた。

「脚を開いてまたがって座れ」

耳元でそう告げる声は落ち着いている。

「このまま城まで一気に帰る。ケツが痛くなるだろうが我慢しろ」

無言で頷いた。

走り続ける馬の背のことなので多少動きにくいものの、サヴァシュの右手がしっかりと腹を押さえてくれているので振り落とされる不安はない。サヴァシュの左肩をつかみ、力の入れ加減を調整しながら座り直した。

正面を向き、馬のたてがみに触れようとしたところで、ようやく気づいた。

サヴァシュの左肩をつかんだ手が、血液でべったりと濡《ぬ》れている。

「あんた怪我したはるの」

サヴァシュは答えなかった。

「いいから前向いてじっとしてろ。今度落ちたらもう拾わないからな。全速力で突っ切るぞ」

そう言う声はなおも平常心のように聞こえたが――

「いけるん？」

あたりを見回した。

いつの間にか、銃を構えたサータム兵が前方にずらりと並んでいた。

「あー」

サヴァシュは肯定とも否定ともつかない曖昧《あいまい》な返事をした。エルナーズは背に冷たいものが流れるのを感じた。

「まあ、想定の範囲内だ」

待ち構えられている。

「ど……っ、どうし――」

「どうしようもない。黙って俺に任せろ。なんとかなる」

彼の声は冷静だ。

「ほんま？」

「そうだな、さすがにこの状況はな、生きて帰れたらご褒美にお礼の接吻《キス》ぐらい欲しいが、お前は俺のお姫様じゃないからな」

馬の腹を蹴《け》る。さらに速度が上がる。

兵士たちが引き金に指をかける。

風に紛れて火薬の臭いがする。

「絶対に生きて帰す」

風の音に掻《か》き消されぬ距離でささやく。

「お前が死んだらあいつが泣く」

エルナーズは少しだけ笑った。


ユングヴィは、深く、大きく息を吸った。

奥底からすべて出すつもりで、吐いた。

視線を下に落とした。

ユングヴィの腿《もも》を枕にして、そっぽを向く形で、サヴァシュがふて寝をしている。

どこから手をつけよう。

とりあえず、サヴァシュの頭を撫《な》でた。

そんなユングヴィの手に反応したつもりか、サヴァシュの手がユングヴィの膝《ひざ》をつかんだ。

それだけだ。何も言わない。こちらも向かない。

もうどれくらいこうして過ごしていることだろう。

ユングヴィは、また、溜息《ためいき》をついた。

「……痛む？」

「別に」

傷がつらいわけではないらしい。ということは単に気分の問題か。

サヴァシュの機嫌が悪い。

もともと口数の多い男ではない。話し掛けると減らず口を利くが、本来は率先してしゃべる人間ではないのだ。したがってサヴァシュが沈黙していることはユングヴィにとってさほど厄介なことではない。

彼は気分が激しく上下する人間ではない。特別大はしゃぎをするということもなければ、泣いたり怒ったりすることもない。いつも落ち着いていて、ユングヴィの前で感情の揺れ動きを見せることはなかった。

サヴァシュがユングヴィに負の感情をぶつけてきたことなど、いまだかつてなかったのだ。

それが、今は、このとおりである。

怒鳴ったり手を上げたりするわけでもない。だが、機嫌が悪いということはそれだけで周囲の人間への暴力になりうる。

ユングヴィも、落ち着かない。

「体調悪いなら、言ってね」

帰ってきた時のサヴァシュは血みどろだった。特にこめかみからの出血が激しく、顔が血まみれで、出迎えたユングヴィは震え上がった。

医者の見立てでは大した傷ではないらしい。こめかみと左肩の傷は多少深かったようだが、あとは全部かすり傷だ。

聞いた時は一度胸を撫で下ろした。あの乱戦の中よくこの程度で帰ってきたものだと喜んだ。

しかし、あのサヴァシュが怪我をして帰ってきた。

当人は何も語らない。武勇伝どころか、事務的な連絡事項でさえ話してくれない。戦場で何があったのか、一切、教えてくれない。

「この程度でどうこうなるかよ。怪我の範疇《はんちゅう》にも入らねえ」

普段から口の悪い男だが、今日はいつもよりとげがある気がする。

それでも、ユングヴィはあえて笑顔を作って明るい声を出した。

「そうだね、サヴァシュはうんと強いからこの程度じゃどうってことないね。元気、元気ー！」

あやしてやったつもりだったが、サヴァシュは「は？」と不愉快そうな声を出した。

「めちゃくちゃ痛い。我慢できない。もうだめだ、俺はもうまったくがんばれない」

「え、つい数秒前に言ったことと違うんですけど」

「あーもう無理、無理無理無理。もっといたわれ、もっとお前に優しくされないと元気にならない。そうだ、舐《な》めろ。お前、俺の傷、舐めろ」

「どうこうなれ」

サヴァシュの頭をはたいた。

だが、こういう憎まれ口を叩《たた》くということは、不機嫌の頂点は超えているということだろう。ユングヴィはほっとした。

「俺のこと心配しろよ……」

そのぼやきが真剣なように聞こえて、ついつい笑ってしまう。

「サヴァシュのことは心配しないよ」

「さすがに冷たすぎないか？」

「だって、サヴァシュなら絶対大丈夫って、信じてるから。ソウェイルだったらどこでどうなっちゃうかわかんないからすごい心配するけど、サヴァシュだったら、今回みたいに、ちゃんと帰ってきてくれるでしょ。わかってるから安心なんだよ」

サヴァシュの手が、ユングヴィの膝を撫でる。少しは機嫌を良くしてくれたのだろうか。

「でも、俺はちゅーぐらいしてもらってもいいんじゃないのか……」

「あんた実はめちゃくちゃ元気なんじゃない？　起きたら？」

そう言いつつ、それくらいはしてやってもいいような気もしてくるから、悩む。

エルナーズの様子を思い出した。血まみれの砂まみれで、顔面蒼白《そうはく》だった。一言も発しなかった。彼はいったいどんな地獄を見てきたのだろう。

その地獄から、サヴァシュは、エルナーズを救い出してきた。

「ありがとう」

サヴァシュの頰に、手の平を押し付けた。

「今回もまた、サヴァシュが戦ってくれたおかげで助かった命、たくさんあったね」

アルヤ軍は敗北した。翠軍も黒軍もぼろぼろだ。ウルミーヤ湖は奪われ、戦線はタウリスの街を包む外側の城壁まで後退した。

それでも、サヴァシュは五体満足で、エルナーズまで連れて帰ってきてくれた。

もういい、と言いたかった。もうがんばらなくていい。もっと言えば、もう最強でなくていい。勝てなくてもいいのだ。たとえ負けてもこうして生きて帰ってきてくれるならユングヴィはそれでいい。

サヴァシュにとっては違うのだろう。本質的には負けず嫌いで、誇りや意地といった言葉が好きだ。

彼がナーヒド以外の人間とはあまり衝突しないのは、圧倒的な強さから生まれる余裕をもって譲歩しているからだ。それを奪われたらきっと悔しいだろう。そういう気持ちをユングヴィが軽々しく肯定するのは違うと思った。

彼を傷つけたくなかった。そう簡単に傷つく男ではないが、彼の気持ちを汲《く》める、空気の読める女でありたいと思った。

今度は、左の二の腕を撫でる。肩に触れたら傷に障るかもしれない。優しく、優しく、壊れ物を扱うように腕を撫で続けた。

戸を叩く音がした。ユングヴィは顔を上げ、「誰？」と問い掛けた。

「ラームテインです」

ユングヴィが次の言葉を発する前に、サヴァシュがそのままの体勢で「入れ」と言った。

「えっ、ちょっと待――」

戸が開けられる。ラームテインの大きな目がこぼれ落ちそうなほど丸くなる。

「お取り込み中すみませんが、僕も多少急ぎの用事なのであまり遠慮をしたくはないんですよね……」

「わーっ、わっ、わーっ！　そうだねちょっと待ってね、ほらサヴァシュ、起きて、しっかりして」

「別に取り込んでない。遠慮するな」

「私が遠慮するわバカっ」

サヴァシュがようやく起き上がった。けれど彼はなぜかユングヴィの背後に回った。

ユングヴィのすぐ後ろに膝をつき、ユングヴィの鎖骨のあたりに腕を回す。体が密着する。

ラームテインがその秀麗な顔をゆがめて露骨に嫌悪感を示した。ユングヴィには何もできず、「ごめんね、ごめんね……」と呟《つぶや》きながらラームテインの次の反応を待った。

後ろ手に戸を閉め、ユングヴィとサヴァシュの正面にやってきて座る。

「戦闘が始まる前に少し無理をしてでもお話しするべきでした。これ以上先延ばしにできません。真剣に聞いてくださいますか」

戦闘が始まる直前、城の屋上で戦線を見ながらラームテインと話をしたことを思い出した。あの時彼は、大事なことをみんなに説明できなかった、と言っていた。その件について今から話す気だ。

ユングヴィは姿勢を正した。

「最初にお願いしておきます。僕がこの話をしたことについて、他の誰とも話さないでください。副長とも、他の将軍とも、です。ナーヒドとベルカナ、それからエルにはすでに話をしているので、知っています。それでも外では誰が聞いているかわからないものとして、この件についておおっぴらに話さないでください」

サヴァシュも話を聞く気にはなったらしく、ユングヴィから上半身を離した。

ラームテインの瞳《ひとみ》が、まっすぐこちらを見ている。その目には嘘偽りがあるようではない。彼は彼なりの信念をもって今ここにいるというのが伝わってくる。

拳《こぶし》を握り締めた。

「バハルに注意してください」

予想外の人物の名前が出てきた。思わず眉《まゆ》をひそめた。

「バハルに？　どういうこと？」

「彼はおそらくサータム帝国の間者です。アルヤ軍の情報を帝国軍に流しています」

ユングヴィは、目を、丸くした。

「エルが戦場にいることも、黒軍が単独で動くことも、帝国軍は知っていました。これはアルヤ軍の中枢にいる人間でなければ知り得ないことです。また、この戦いの中で赤軍は動かなかった。バハルがナーヒドやサヴァシュと赤軍の副長との間で指示を握り潰《つぶ》したからだと思います」

ラームテインの言うことには不自然なところがない。

「もっと言えば、赤軍がウルミーヤに火をつけたことを知っていたのもバハルが密告したからでしょうし、エルが爆弾で吹っ飛ばされたのもバハルがすぐそばで仕掛けたからでしょうし、もしかしたらウマル総督を殺したのもバハルかもしれません」

すべての事件のつじつまが合う。

だが——首を横に振った。

「バハルはそんな奴じゃないよ」

誰よりも朗らかで、誰よりも優しい人だ。

「バハルは味方を敵に売る奴じゃない」

「ナーヒドとベルカナの証言ですが」

ラームティンは顔色ひとつ変えずに続ける。

「バハルの実家の正確な場所、誰も知らないんだそうです。バハルが定期的に実家の親御さんへ宛てて書いているという手紙、行き着く先を誰も知らないんですよ」

「クロだな」

サヴァシュが言った。彼も、いつもどおりの冷静な顔だった。

「どいつもこいつもバハルを信用して何でもしゃべっていた。軍議でも、宴会でも。十神剣のことでバハルが知らないことなんかない」

混乱して泣きそうなユングヴィを挟んで、ラームティンとサヴァシュが会話を続ける。

「なんとかしてバハルを騙《だま》し返しましょう。僕ら他の十神剣で口裏を合わせて、バハルの裏をかいて帝国軍を攪乱《かくらん》しましょう。そのために何も気づいていないふりをしていただきたい」

「策はあるのか」

「今考えているところです。僕ではバハルとの付き合いが短いのでどうしたら欺ける か思いつきません、皆さんに少しずつ情報をいただいてなんとか知恵を絞っていると ころなんです」

サヴァシュが突然立ち上がった。

「俺に一個だけ案がある」

ユングヴィもラームテインも、きょとんとした目でサヴァシュを見上げた。

サヴァシュは無表情だった。いつものサヴァシュだ。いつもの、ひょうひょうとし た、何事にも動じない、サヴァシュだった。

彼は目的地を告げずに歩き出した。扉を開けて出ていってしまった。ユングヴィと ラームテインは慌てて追い掛けた。

「確実にバハルの裏をかける方法。俺にはひとつだけ、ある」

サヴァシュの足取りに迷いはなかった。まっすぐだった。まるでラームテインが来 る前からこうすることを決めていたかのようだ。少し速足で大股《おおまた》だった。行き先の予 測ができない分追い掛けるのが大変だった。

どこへ向かっているのだろう。何をするつもりなのだろう。

一切言わない。

サヴァシュはけしてユングヴィが不利になることはしない。ユングヴィが不安がる必要はない。

そうとわかっていても、ユングヴィは、十神剣同士で喧嘩《けんか》をするのは嫌なのだ。

バハルを騙して陥れる真似はしたくない。

それなのに、よりによってサヴァシュが、バハルに対抗しようとしている。

サヴァシュの背中に手を伸ばした。サヴァシュを引き留めようとした。これで何度目だろう。

だが、ユングヴィも心のどこかでわかっている。

バハルがサータム帝国の間者だったら、ここ半年どころか、数年前から続くアルヤ軍の逆境が説明できる。

やがて城の中でも政務に使用されていた区画についた。今はアルヤ軍の本部として使っているあたりだ。

サヴァシュは何もためらわなかった。無言で軍の司令室になっている部屋の戸を開いた。

部屋の中にいたのは、蒼軍の幹部たち、そして、ナーヒドだ。

ナーヒドは機嫌が悪そうだった。機嫌のいいナーヒドなどユングヴィは見たことがないが、今日はとびきり不機嫌そうだ。

それもそのはず、彼はアルヤ軍が負けたのは黒軍と翠軍のせいだと思っている。実際蒼軍は士気が高く、当初は帝国軍を押していた。それが、翠軍の崩壊を機に、撤退せざるをえなくなった。

ナーヒド自身も無傷だ。剣を抜いたのは、蒼軍のみんなを奮い立たせるため、突撃直前に一回わざと抜いて見せた時だけだったらしく、一度も敵兵とぶつかっていない。

城に戻ってきた当初、サヴァシュが傷の手当てを受けていると聞いた直後は、「将たるもの全体を俯瞰《ふかん》して指揮すべきで最前線で敵と直接干戈《かんか》を交えるとは」と怒っていたが――そしてユングヴィにはいまだに干戈を交えるという言葉の意味がわからないが――ベルカナが「サヴァシュがばりばり戦ってるってのに自分は何もせずに見てましたじゃかっこつかないから怒ってるんじゃないの」と言っていた。ユングヴィもそう思う。

蒼軍の幹部は白《しろ》軍の次に行儀がいい。ナーヒド以外の面子《メンツ》は、サヴァシュ、ユングヴィ、ラームテインの三人の顔を見てすぐにひざまずいた。首《こう》を垂《べ》れ、直接視線がぶつからないよう配慮している。ユングヴィのほうが緊張する。

ナーヒドは部屋の真ん中で腕組みをしてこちらをにらんでいた。

「何の用だ」

言葉がとげとげしい。

「大事な作戦会議中だ。チュルカ人や女の相手をしている暇はない」

「ではアルヤ人で男の僕ならいてもいいんですか」

ラームティンも少しとげのある言い方だ。ユングヴィは彼が怒鳴られるのではないかと心配した。

ナーヒドは少し語調をやわらげて答えた。

「そうだな、おとなしく話を聞いていられるならの話だが、お前は受け入れる」

反応に困ったらしく、ラームティンがなんとも言えない顔でサヴァシュとユングヴィを交互に見た。ユングヴィも困って、ただ苦笑してラームティンを見下ろした。

サヴァシュが一歩前に進んだ。

ユングヴィは慌てて視線をサヴァシュのほうに向けた。

何をしでかすかわからない。

きっとまたナーヒドと喧嘩になる。

止めなければならない。

そう思ったのに——

「その作戦会議、俺も交ぜてくれないか」

言い方が、少し下手《したて》に出ているような気がした。

さすがのナーヒドも察したのだろう、いつものような大声は上げなかった。比較的落ち着いた声音で問い掛けてきた。

「貴様を入れて何の益がある？」

嫌味だろうが、どことなく、単純な疑問も含まれているように聞こえた。

「なくはないと思う。少なくとも俺は――というかたぶん黒軍は、助かる」

「ほう。具体的には？」

「お前に頼みがある」

次の時だ。

ユングヴィは驚愕《きょうがく》した。目の前で起こっていることが信じられなかった。自分は夢を見ているのではないかと思った。

サヴァシュがその場に膝《ひざ》をついた。

ナーヒドに対してひざまずくかのように、その場で腰を落とした。

「俺をお前の下に入れてくれ」

ナーヒドも驚いていた。目を丸くして、口をうっすらと開けていた。

部屋の中の空気が、時間が、一瞬、止まった。

サヴァシュだけが、冷静な、いつもと変わらぬ声と顔で話を続けている。

「黒軍を蒼軍の騎兵隊の一部として扱ってほしい。俺はお前の指示に従う、基本的にはお前の立てた作戦どおりに動く。俺が目の前の戦闘にかかりきりになったらお前が俺の代わりに状況判断をしてくれ。それで、黒軍が危なくなったら、蒼軍で助けてくれ」

ユングヴィは思わず「どうして」と言った。その声が裏返ってしまった。

サヴァシュが、ナーヒドに、頼みごとをしている。それも、サヴァシュが、ナーヒドの部下になると言う。

サヴァシュがナーヒドに対して膝を折った。

サヴァシュがナーヒドに屈した。

信じられなかった。

受け入れられなかった。

夢だと思いたかった。

「なんでそんなこと言うの」

ユングヴィの顔を見ることもなく、サヴァシュは静かに答えた。

「十神剣の身内だったら、まず、俺とこいつとじゃ連携取れない、って思うだろ。間違いなく、蒼軍と黒軍はばらばらに動く、ってことを前提にものを考えるだろ。ましてしょっちゅう仲裁に入ってる奴ならなおさらな」

ユングヴィもサヴァシュとナーヒドが手を組むなど考えられない。

「だから協力する。俺とこいつとで手を組む。それなら、アルヤ軍の身内は誰も損をしないし、帝国の裏をかける。それで――」

続く声も普段どおりだ。

「どうしてもって言うなら俺が折れる。俺は何が何でもこの戦争に勝ちたい。だからナーヒドに頭を下げてもいい。何を言われても、何をさせられてもいい。戦争を終わらせるためだったら、俺は何でもする」

ユングヴィは歯を食いしばった。

それでも涙は次から次へとあふれてこぼれ落ちた。

ユングヴィが、戦争が不安だと言ったせいだ。彼はユングヴィに戦争ぐらい終わらせてやると宣言した責任を果たそうとしているのだ。

悔しかった。

「やめて」

ユングヴィも膝をついた。サヴァシュのすぐ隣に座って、サヴァシュの手首をつかんだ。

「私のためならやめてね」

サヴァシュの腕に額を寄せた。頰を伝って顎《あご》から滴った涙がサヴァシュの手の甲に落ちた。

「私、そんな、サヴァシュに窮屈な思いしてほしくない。サヴァシュに不自由な生き方をしてほしくなくて、ひとりで産んで育てるって思ったくらいなのに」

「お前は一個勘違いをしている」

ユングヴィは、つらくて、苦しくて、悔しくて、叫び出したいくらいなのに──

「自由ってのは好き勝手生きることじゃない。自分で自分の生き方を決めることだ」

サヴァシュの声は、力強く、安定していて、頼もしいくらいで──

「俺は自分の意思でお前を選んだ。俺自身が決めたことだ。お前のためになるなら何かを制限されてもそれを不自由だとは思わない」

一生、一緒に生きていこうと思った。

ユングヴィも、自分の意思でサヴァシュを選んで生きていこうと思った。

正面を向いた。

ナーヒドが、唖然《あぜん》とした顔で、焦点があっていないかのように見える目でこちらを見つめていた。

サヴァシュから離れて、床に両手をついた。

「私からもお願いします。蒼軍の作戦に黒軍を加えてください。サヴァシュに協力してください」

床の絨毯《じゅうたん》に涙が染み込む。

「赤軍も何でもするから……！　副長に言って聞かせるから、ナーヒドの指示に従って、って。だからナーヒド、お願い」

「おい、やめろ」

ナーヒドの声が震えている。

「待て。顔を上げろ」

ナーヒドの言うとおり顔を上げて彼を見た。

彼はひどく傷ついた顔をしているように見えた。

「それでは、俺が狭量みたいではないか」

ユングヴィは首を横に振った。正直なところ狭量という言葉の意味がわからなかったが、とにかくナーヒドにとって喜ばしい状態ではないのだろうと判断した。彼を責めたくて、追い詰めたくてやっているのではない。

「この、俺が。将軍である貴様らを、ひざまずかせて。そうやって、むりやり押さえつけてアルヤ軍を支配しているみたいではないか」

すぐにサヴァシュが否定した。

「お前が上に立つんじゃなくて俺が下につくんだ。俺の意思であって、お前がむりやりやっているんじゃない」

ナーヒドが拳《こぶし》を握り締めた。けれどその拳はただ意味もなく少しだけ持ち上げられただけで、どこにも振り下ろされなかった。そういう理由のない動作をするほど混乱していることだ。

ナーヒドに何か掛ける言葉をと悩んだユングヴィの一歩後ろで、ラームテインが言った。

「僕からも頼みます。これは、金も時間もかからない、策です。サヴァシュとナーヒドさえ納得できたら、最善の策です」

ナーヒドが唇を引き結んだ。眉根《まゆね》を寄せ、一度まぶたを下ろして、顔をくしゃくしゃにした。

「承知した」

ユングヴィは安堵《あんど》のあまり「うう」と声を上げて泣いてしまった。

「だが二度とこのような真似はするな。他の幹部や、女子供の見ている前で。二度と、このような情けない真似をするな」

「わかった」

サヴァシュも、なんとなく、力が抜けたように見えた。

「悪かったな、ナーヒド。すごく、助かる」

ナーヒドが踵《きびす》を返して後ろを向いた。こちらに背中を見せた。

「とにかく、その女をここから連れ出して、泣き止ませろ。続きは夕飯のあとにする。夕飯が終わったらまたここに来い」

「了解。ありがとな」

サヴァシュが立ち上がった。

ナーヒドは顔を見せなかった。


夢を見ているかのようだった。

サヴァシュとナーヒドが並んで立って、普通に会話をしている。

ユングヴィは、卓を挟んで二人とは反対側の床、座布団の上に座って、膝掛《ひざか》けで腹まで覆った状態でその様子を眺めていた。ただただ微笑んで二人を見守っていた。

嬉《うれ》しくてたまらない。

みんなに仲良くしてほしいというユングヴィの心の奥底から出た祈りが、太陽に聞き届けられたのだ。

ナーヒドが丸めて筒状にした大きな紙を持ってきた。

卓の上に広げる。ナーヒドとサヴァシュが二人で覗《のぞ》き込む。

これで戦争は勝ったも同然だ。ユングヴィはもう何にも心配しなくてよくなった。

もう、何にも、怖くない。

「――何だこれは」

サヴァシュもナーヒドも眉間《みけん》にしわを寄せた。ユングヴィも腰を浮かせて紙面を見てみた。

絵図が描かれている。おそらくタウリスの地図だろう。ユングヴィから見て右端にある四角形で表現されたものがタウリス城で、真ん中から左側に広がっている部分が市街地だ。

朱墨の線があちこちに引かれている。その線に沿って文字も細かく書き込まれている。

「ラームの字だ。いつ書き込んだのだろう」

「先回りしやがったのか、あのガキ」

「ふむ、話し合うべきことはもうほぼすべて書いてあるように見受けられるな」

「道理でおとなしく引き下がったわけだ」

夕食のあと、エルナーズが心配だと言ってしおらしい顔で自ら離れていったラームティンの姿を思い出した。あの時すでにこの図は完成していたとみた。

「他にこの版の地図はない」

代わりのない紙に消せない墨で直接書き込むとは、あの美しい少年は時として手段を選ばない。

「ここまでされては無視できんな」

「とっ捕まえてお尻《しり》ぺんぺんだろ」

「しかし俺もこの作戦は有用であるように思う」

ナーヒドがサヴァシュの顔を見る。

「黒軍が、ここから、こうだ。こうして――」

ナーヒドの長い指の先が朱墨の線をなぞった。

「蒼軍と翠軍がこことここで、黒軍がここに来た時に、こう、と動かしたいらしい」

「まあ、タウリスの地理を考えたら、アリだな」

「先月までに赤軍が工作したことやタウリスの一般市民がすでにほとんど避難していることを考えても、実行可能な、すでにほぼ準備ができている作戦であると言える」

村を焼いて回った日々を思い出す。ラームティンはあの頃にはもうこの作戦を考えていたのだろうか。末恐ろしい少年だ。

ナーヒドが地図を裏返す。そこにも朱墨で伝言が書かれている。

「『黒将軍サヴァシュ殿。心より信頼し申し上げます。紫《し》将軍ラームティン』。……なぜサヴァシュであって俺ではない？」

「くそったれ。おぼえてろよ。あのガキいつか絶対泣かせてやるからな」

ユングヴィは思わず笑ってしまった。

その時ふと、何か違和感のようなものを覚えた。

両手で腹部を押さえる。

また、だ。

ここ数日、腹の中で、何かが跳ねている。ぷくぷくと、ぽこぽこと、泡が立っては割れるような何かを感じる。

ひょっとして、もしかしたら、いやおそらく、きっと――

「今お腹の中で赤ちゃん動いた」

サヴァシュもナーヒドも「えっ」と言って動きを止めた。

サヴァシュが小走りで卓を回って歩み寄ってくる。ユングヴィの目の前にしゃがみ込む。ユングヴィの腹を押さえるように撫《な》でる。

「いやまだ私にもわかるかわからないかくらいだから」

ユングヴィは苦笑した。

「おい、こちらを放り出すな、仕事をしろ」

「すまん、今何もかもが吹っ飛んだ。今日はもう終わりにする、今日のこれからの時間は子供の名前を考えるために使うことにする」

「貴様いい加減にしろ、何もかも俺が決めて後から命令するぞ」

「それでいい、ラームの図で大雑把なことはもうわかった、異存なし、あとの細かいところは決まったら教えてくれ」

「ふざけるな、これだから貴様は嫌なんだ」

ユングヴィは呆《あき》れながらサヴァシュの耳元でささやいた。

「ちょっと、サヴァシュ、仕事して」

ナーヒドが怒鳴った。

「貴様のせいだぞユングヴィ、貴様が赤子がどうとか言い出すから！　邪魔をするなら出ていけ！」

「すみません！　失礼しました、退出します」

「いや待て行くな、赤軍への指示も書いてある、貴様にも作戦を把握させておかねばならん」

「どっちよ、私どうしたらいいの」

サヴァシュが地図に戻る。

「赤軍を動かすのにこいつを使うのか」

ナーヒドがサヴァシュを見つめる。

「このまま奴に預けておくわけにはいかんだろう。表向きは奴の指示に従うよう言っておいて、いざという時の号令をユングヴィにやらせる。そうすれば俺と貴様は戦場でのことに専念できる」

「こいつを長時間外に立たせておけない」

「そこはラームも考慮しているようだな。赤軍は、基本的には、ここで、こうで、こういう仕事だ。ユングヴィが城から動く必要はない。赤軍の幹部にだけ命令が伝わるようあらかじめ秘密の合図を決めておけばよかろう」

ユングヴィも立ち上がった。地図を覗き込み、ナーヒドの指先を見た。

「おお、読める、私にも読めるぞ。本当に赤軍に関係がある、赤軍で普段使ってる用語が書かれている」

「まあ、そういうことだ。できるか？」

ナーヒドが少し声の調子を落とす。

「身体に負担がかかる行動をとることはなかろうが、作戦に直接影響の及ぶことであるからして、緊張は強いられるだろう。それでも貴様が自分でやるか？　ベルカナやラーム、あるいはエルでもいい、誰かに代理をさせることも可能だぞ」

ユングヴィは自信をもって大きく頷《うなず》いた。

「こういうことならだいじょうぶ、ばっちりだよ！　赤軍のことは私に任せて」

戸を開けると、卓に突っ伏している肩が見えた。卓の上にいくつもの酒瓶が転がっている。

ベルカナは苦笑した。

自分の肩掛けをとって、無言で彼の肩に掛けた。

肩掛けが体に触れてからようやくベルカナに気がついたらしく、やっとバハルが顔を上げた。

「ちょっと飲み過ぎなんでないの。体を壊すわよ」

バハルは「はは」とわざとらしく笑った。

「エルは？」

「ちょっとずつ口数が増えてきたからきっと大丈夫。それにあの子はひとりの時間も必要な子だから。念のために続きの間にラームを置いてきたけど、ラームは空気の読める子だからあえて話し掛けることはしないでしょうね」

「そっか」

大きく伸びをする。

その隣に、ベルカナが腰を下ろす。

「あんたもいろいろ溜《た》め込んでそうね。おねーさんでよければ何でも聞いてあげるわよ」

目を細めて、厚くて官能的な唇を尖《とが》らせる。

「今なら二人きり。ナイショ話にしてあげる」

バハルは首を横に振った。

「まーでも、俺もわかってんのよ」

「何がよ」

「十神剣ってやつはさ、なんだかんだ言ってみんなお人よしなんだわ。ベルカナとユングヴィはもちろん、エルやサヴァシュも、あのナーヒドやラームだって、みんなの反応を見て動いてる。すれ違ったり言い合ったり、まあ過去には殴り合ったりなんかもしたけど、みんなみんな、誰かを傷つけてやりたくて行動することはないんだよなあ」

「そーね」

ベルカナは頷いた。

「こんなでさあ、誰を恨めってんだよ。誰を切り捨てて、誰をやっつけて、誰を懲らしめろ、っていうんだ。とか、俺は思っちゃうわけ」

そして、遠くを見る。

「俺、そういう自分の感覚、間違ってないんじゃないか、って思う。それでもって、間違ってるって思えたら、きっともっと楽だったんだろうな」

ベルカナの白い手が伸びた。

「そのとおりよ。あんたの言うとおり。十神剣はみんないい子よ、あたしが保証する。でも――」

バハルの乱れた髪を撫でた。

「一番の気ぃ遣いはあんたよ。一番気が優しくて、一番自分をすり減らして四方八方の顔色窺《うかが》ってるのはあんた。だからあたしは今一番あんたの心配をしてるの」

バハルはまた、首を横に振った。

「あんた、いい女だな」

「ありがと」

細く長い腕を伸ばして、バハルの肩を抱いた。

「楽になっちゃいなさい。今ならあたしが受け止めてあげるわ」

けれどバハルは苦笑するだけでそれ以上何も言わなかった。

決戦前夜のことだ。

ユングヴィはナーヒドの部屋を訪ねることにした。

くれぐれもサヴァシュを頼むと言い含めようと思ったからだ。

サヴァシュは簡単に前言を撤回する男ではない。一度ナーヒドと協力すると決めた以上は戦争が終わるまで貫き通すはずだ。彼のほうは、ユングヴィがそこまでしなくても大丈夫だと思う。

しかし、ナーヒドのほうはどうだろう。彼はチュルカ人であるサヴァシュや黒軍兵士たちを心底見下している。しかも、ちょっとしたことで怒り出して相手を拒絶する。

ユングヴィにはどうしてもナーヒドを信じ切ることができない。

アルヤ人はソウェイルという太陽の下で一致団結している、というのはユングヴィの甘い妄想だった。現実では、ナーヒドはフェイフューを推して引かない。

それでも、明日《あした》だけはひとつにならなければならない。

王子たちが戦う前に、国を滅亡させるわけにはいかない。

ナーヒドが使っている部屋の戸を叩《たた》いた。

すぐに反応が返ってきた。

「誰だ」

髪を覆う布を直し、唇の端を持ち上げ、背筋を正してから、「ユングヴィです」と答えた。たとえ拒まれても引き下がらず、愛想はいいがたくましい、肝の据わったアルヤ人女性の姿勢を保つのだ。

意外な言葉が飛び出した。

「ちょうどいい」

ユングヴィは瞬《またた》いた。

「入れ」

ナーヒドのほうもユングヴィに何か用事があったのだろうか。最近は特に邪険にされがちなので驚いた。

おそるおそる戸を開けた。

複数のランプで明るい部屋に、ナーヒドとラームティンがいた。

二人とも窓のほうを向き、ユングヴィのほうには背中を向けている。

絨毯《じゅうたん》に座っているナーヒドの隣で、ラームティンがぴったりと寄り添うように膝立《ひざだ》ちをしていた。

ユングヴィは一瞬身構えた。

夜、ランプの炎が揺らめく部屋に、美しい酒姫《サーキィ》と二人きり――いかがわしい。あのナーヒドがラームティンを連れ込んで慰み者にしているのではないか。

二人が振り向いた。

ナーヒドは右手に葦筆《カラム》を持っていた。ラームティンは両手で紙を広げている。

窓の下には文机《ふづくえ》が備え付けられていた。どうやら書き物をしていたようだ。文武両道のナーヒドと知恵のかたまりであるラームティンらしい。

ユングヴィは自分が恥ずかしくなった。

「何があった。先に貴様の用件を言え」

「用ってことのほどでもないんだけど……、明日、サヴァシュのこと、よろしくね、って」

特に意味なく手を振ったユングヴィに対して、ナーヒドが顔をしかめる。

「貴様、この期《ご》に及んで俺があいつと揉《も》めるとでも思っているのか？　この俺が武人の意地を曲げてまでわざわざ頭を下げてきた者に無体を強いるような男に見えるのか」

見える、とはさすがに言えなかった。

「そんな勘繰らないでよう……明日が当日、って思ったら、なんだか落ち着かなくて、何か、何でもいいから言っておきたかっただけなんだ。ごめん」

「それだけの用でわざわざこんな時間に出歩いているのか」

「そうだよ、それだけだよ。だってこんな時間に女が男の部屋に入るなんておかしいでしょ、ちょっと立ち話で済ますつもりだったんだよ」

「なんだ、貴様、わかっているではないか。多少は成長したようだな」

どうやら褒めてもらえたようだ。ユングヴィは複雑な気持ちで適当に「はあ、どうも」と頷《うなず》いた。

「ナーヒドこそ、私に何か用事あった？」

次の言葉を聞いた時、ユングヴィは目を真ん丸にした。

「もうすぐ正月《ノウルーズ》だろう」

アルヤ暦の最初の日、昼と夜が等しくなり太陽が夏に向けて動き出す春分の日のことだ。

今の代のアルヤ人にとっては、正月《ノウルーズ》はただの新年の始まりではない。この世で唯一の『蒼《あお》き太陽』の誕生日でもある。

「貴様はソウェイル殿下のお祝いをどうするのかと思ってな」

胸の奥がぎゅっと締めつけられた。

忘れていたわけではない。けれど──

「今のところ、何にも……」

罪悪感で小声になったユングヴィに、ナーヒドが「無礼な」と投げ掛けた。

「御年十の記念すべき年だぞ。本当にまったく何もご用意していないのか」

突き刺さる。痛い。

今までは、家でご馳走《ちそう》を作って祝っていた。正月《ノウルーズ》は軍隊も休みだ。一日じゅうくっついて甘やかしていた。

今は戦時中だ。片やエスファーナ、片やタウリスで遠く離れている。ユングヴィの手はソウェイルに触れられないし、ユングヴィの声はソウェイルに聞こえない。

ソウェイルはどう思うだろう。自分が生まれたことをユングヴィに祝ってもらえないとは思っていないだろうか。悲しくないだろうか。寂しくないだろうか。

先日の、ひとりで子供を産もうと強がってしまった日々のことが、思い起こされた。

あの時、ユングヴィはソウェイルを捨てて我が子を選んでしまった。それを知ったらソウェイルはどれだけ傷つくことだろう。自分がいらなくなったと思い込みはしないだろうか。

今すぐ抱き締めたかった。もう誰にも引き離せないと思えるくらいにくっついて、自分が愛されていることを実感してほしかった。そして謝りたかった。一瞬でもソウェイルの存在を思考の外に追いやったことを心から詫《わ》びたかった。

「私、ソウェイルのお母さん失格だね」

ナーヒドとラームテインが顔を見合わせた。

「というか貴様、ソウェイル殿下の母親役を務めているつもりだったのか。畏《おそ》れ多い。ずいぶんと図々《ずうずう》しい女だな」

「えっ？　むしろナーヒドはフェイフュー殿下のお父さんをやってるとは思ってなかったの？」

言ってから思い出した。

「あっ、ソウェイルが誕生日ってことはフェイフュー殿下もお誕生日ってこと？」

「当たり前だ」

どうやら機嫌がいいらしい、ラームテインがランプの炎に照らされて白く滑らかな頬に笑みを浮かべている。

「今、フェイフュー殿下に手紙を書いているんです。お祝いの言葉と、エスファーナに戻った時のお誕生日祝い兼お土産のタウリス製品の目録と」

ラームテインは筆まめで、何事も紙に書きつけてはフェイフューに送っているらしい。ナーヒドもよくテイムルに報告の文を送るついでにフェイフューにも何か書いているようだ。

ユングヴィはうつむいた。

自分もソウェイルに何か送ってあげたい、とは、思う。だが、できない。

「私……あんまり、言葉知らない……からなあ……」

読み書きが満足にできない自分が恥ずかしく、悔しくて、ユングヴィは視界がにじむのを感じた。妊娠してからというものどうも涙腺《るいせん》が弱い。

「何か……ソウェイルにも、書いてあげれたら、いい、のかもしれないけど……。ちゃんと書ける自信がないや……」

情けなかった。こんな親ではソウェイルも恥ずかしくないだろうか。

珍しく、ラームテインが表情を曇らせて素直な優しい声を出した。

「僕が代筆しましょうか」

飛びつきそうになった。ラームテインなら賢いから、正しく美しい言葉を選んでくれるに違いないと思ったのだ。

ナーヒドが「やめろ」と遮った。

ユングヴィは一瞬、どうしてそんな意地悪を言うのかと食ってかかりそうになったが――

「たとえ誤字脱字だらけであったとしても、受け取る相手は本人から手紙が来たと思えるほうが喜ぶものだろう」

ナーヒドの言うとおりだ。ナーヒドは本当にいつも正しいのだ。

「これに反省して貴様もよくよく勉強することだ。戦争が終わったら子が生まれるまで時間があるだろう、何せ軍の仕事を放棄して休むのだからな」

「はあい。勉強します」

ナーヒドとラームティンの間に入り、「紙ちょうだい」と言った。二人はそれぞれ左右に身を引いてユングヴィから距離をとった。

「何て書こうかな。お誕生日おめでとう、と、おうち帰ったらまたおやつ作るからね、と」

「まずは、もうすぐ赤ちゃんが生まれてソウェイル殿下もお兄ちゃんですよ、では？」

「おい、ラーム、無礼だぞ。ソウェイル殿下はフェイフュー殿下がお生まれになって以来すでに十年弱お兄ちゃんだ」

ユングヴィは笑った。

「ちなみにナーヒドはフェイフュー殿下に何て書いた？」

ナーヒドはユングヴィの顔を見ることもなく手元の書面を見つめながら答えた。

「俺に万が一のことがあった場合は後のことをすべてラームに託すのでラームを頼るように、と」

ユングヴィは唖然《あぜん》とした。まじまじとナーヒドの顔を眺めてしまった。

ナーヒドの表情は真剣そのものだ。

ランプの炎が頬に睫毛《まつげ》の影を落としている。ナーヒドは睫毛が長い。横顔は端整でどこか女性的でもある。彼も幼い頃は美少年としてもてはやされていたそうだ。

「万が一のことって何」

「戦場に立つ以上はいつでも死を覚悟しているべきだ。まして国運がかかっているとなればなおさらだ」

語る声に迷いはない。

「たとえ俺自身が死すともアルヤ王国さえ成《な》ればフェイフュー殿下にご活躍の場を遺《のこ》せる。殿下の御為を思うならば命を懸けるべきだ」

ユングヴィは無意識のうちに首を横に振っていた。

「生きて帰らなきゃだめだよ。だって会いたいに決まってるんだから。一緒にいてこその幸せなんだからさ」

「貴様は甘い。そんな軟弱な考え方で国が守れるか。将来のことを考えて、未来を見据えて、優先順位を考えるべきだ。俺の命が殿下の未来より重いということがあってはいかん」

「たとえアルヤ軍が負けても生きて帰ってきて。みっともなくても、かっこ悪くてもいいから、生きて帰ってきてよ。生きて次の機会のことを考えて」

「次のことをラームに任せると言っているんだ」

「何を言って、ラームだってまだ十四歳なのに——」

「やめましょう」

ユングヴィの目の前に、紙と葦筆《カラム》が叩《たた》きつけられるように置かれた。

「時間の無駄ですよ。絶対にわかり合えません」

ラームテインを見た。彼は何でもない顔をしてユングヴィを見ていた。

「ラームはそれでいいの？」

「戦場に立たない理由ができました。僕はナーヒドの志を継いで必ずフェイフュー殿下のおそばに帰る。これは僕にとって名誉なことです」

ラームテインからも顔を背けて、ユングヴィはうつむいた。

「やだよ……みんなで帰ろうよ。お願いだよ」

声が震える。

「ナーヒドも、フェイフュー殿下の未来にいなきゃいけない人だよ。だから、絶対、命を粗末にしないでね」

ナーヒドはそれ以上何も言わなかった。ただ手紙の続きを書いていた。ユングヴィも何も言えなくなってしまった。

明日《あした》、決戦の日が来る。


荒廃した街に太陽の光が差す。

打ち捨てられた住宅の二階、窓からはみ出た布が山へ吹き上げる風と戯れながら蒼《あお》い空を舞い踊る。

タウリスは三重の城壁で守られている。第一の城壁はタウリス城の周囲を、第二の城壁はタウリスの古い市街地を、第三の城壁は農耕地を含めたタウリスという行政区画の外側を覆っている。

タウリス城の正門、第一の城壁と第二の城壁をつなぐ城下最大の通りに立つ。

平時は大陸の東西から来た商人たちが埋め尽くしている通りだ。

今はアルヤ軍の兵士たちが埋め尽くしている。

揃いの黒い革鎧《かわよろい》をまとったチュルカ人騎兵たちが、城から見て向こう側に並んでいる。

手前側には、腕に揃いの赤い布を巻いた青年たちが並んでいる。

赤軍兵士側にいるのは、赤軍の指揮官として残るバハル、非戦闘員として留守番をするエルナーズ、ラームテイン、ベルカナ、そしてユングヴィだ。

対する黒軍兵士側では、これから旅立つサヴァシュとナーヒドが見送りを受けている。

荒れ果てた城下町の通りを眺めて、エルナーズが、呟《つぶや》いた。

「この都はあと何回こういう目に遭《お》うたらええんやろうな」

彼はこの前ウルミーヤで放り出されて以来何事に対しても悲観的だ。

「また、灰になる」

隣にいたベルカナが、「大丈夫、大丈夫よ」と苦笑しながら彼の腰を抱いた。

「今度こそナーヒドとサヴァシュが守ってくれるわよ。ねえ、そうでしょう？」

「当たり前だ」

そう答えたのはナーヒドだ。

「タウリスが陥落すれば次はエスファーナだ。もう二度とエスファーナを蹂躙《じゅうりん》させない」

エルナーズが顔をしかめる。普段は何を言われても涼しげに振る舞う彼には似つかわしくない。今は負の感情を素直に出してしまうほど余裕がないらしい。

「あんたがエスファーナ生まれエスファーナ育ちなのと同じように、タウリス生まれタウリス育ちの人間もいるんですけど」

「何を言いたいのかわからん。はっきり言え」

「あんたがエスファーナを焼かれたくあらへんのと同じくらい俺もタウリスを焼かれたくあらへん」

「馬鹿が」

ナーヒドも顔をしかめた。少し大袈裟《おおげさ》なくらい大きく息を吐いた。

「タウリスはいにしえのアルヤ帝国の都だ。由緒正しき、歴史と伝統のある、エスファーナよりも古い街だぞ。タウリスの歴史はアルヤ民族の誇りだ。その街を焼いたり焼かれたりして本当に平気だと思っているのか」

エルナーズが顔をくしゃくしゃにした。すぐさま隠すようにうつむいた。その頭を、ベルカナが撫《な》でた。

「肉を切らせて骨を断つ。――これが、最後だ」

そこで、ユングヴィは一歩前に出た。

見送られるひとびとが後方を心配しないように、何の憂いもなく戦えるように、笑顔を作った。今のユングヴィにできる最大限のことだ。

「待ってるね」

視線が集中した。けれど、ユングヴィはもう恐ろしいとは思わなかった。注目されることを恐れ、縮こまり、うつむいていた日々は遠い過去になった。今のユングヴィは、赤軍兵士たちの女神で、黒将軍サヴァシュの妻で、十神剣のひとりなのだ。

「こっちのことは任せて。タウリス城は、大丈夫。私たちが守る」

「たち、って言ったわね」

ベルカナが笑った。

「そう、あたしたちが守るわ。タウリス城に残るみんなで、お互いにかばい合う——みんながみんなを守るから。だからあんたたちは、現時点でやるって決まってることだけに専念なさい」

サヴァシュとナーヒドが頷《うなず》いた。

「待ってろ」

サヴァシュの言葉に、ユングヴィも頷いた。

恐れることは、何もない。笑って、胸を張っていればいい。

「行くぞ」

ナーヒドが踵《きびす》を返した。サヴァシュもそんなナーヒドを目で追って、一度は後ろを向いた。

すぐまたこちらを向き直った。

「おい、ちょっとこっち来い」

具体的に誰とは言わなかったが、ユングヴィと目が合った。

「私？」

呟きながらさらに一歩前に出た。

二の腕をつかまれた。

強引にサヴァシュのほうへ引かれた。

顔と顔とが近づいた。

唇と唇が、重なった。

場が静まり返った。誰もが黙ってこちらを見つめていた。

ユングヴィは何もしなかった。抵抗せずに応じた。ただし頭が真っ白になって抵抗するということが思いつかないだけだ。受け入れようと思って受け入れているわけではない。

みんなが、見ている。

考えたくない。

だがサヴァシュは遠慮なくユングヴィの唇をむさぼって、下唇を軽くひと舐《な》めして、ふと笑いに伴って吐き出された息を吹きかけた。

「エスファーナに帰ったら、子供が生まれるまでの間に俺とやること、の一覧表でも作っておけ」

「――ん、ん？」

「いろいろとあるだろ、引っ越しするとか、寺に誓約書出しに行くとか。この国ではどうやるんだ？」

誰かが指笛を吹いた。

それを皮切りに歓声が上がった。

ユングヴィは頬が熱くなるのを感じた。

アルヤ軍のみんなが見ている前なのだ。

突き飛ばしてやろうかと思った。だが、彼はこれから戦争に行くのである。万全の状態で臨んでもらわないとならない。おだてて、調子に乗らせて、うまく働かせるのが妻の役目だ。そう自分に言い聞かせて、ユングヴィはなんとか文句を呑《の》み込んだ。

むしろ、みんなの前で口づけをしたことが、何かの儀式のようにも思われた。

「縁起でもないことしないでよ。これじゃあお別れの挨拶《あいさつ》みたいじゃないか」

なじると、彼は平然とした顔で答えた。

「俺の留守中に誰か他の奴がちょっかい出さないようにみんなに見せつけてやったんだろ。こいつに何かしたら、帰ってきてから酷《ひど》い目に遭わせてやる、の意」

耳まで熱くなった。

なるほど、と思った。全員が揃っている今こそ、みんなに自分たちの関係を知らしめなければならないのだ。

それに、前回の戦闘のあと、怪我をして帰ってきたサヴァシュが、口づけを欲しがっていたのを思い出した。

勇気を振り絞った。

今度はユングヴィがサヴァシュの腕をつかんだ。

サヴァシュの唇に、唇を押しつけた。

あまりにも照れ臭かったので、本当にわずかな間だけの、触れるだけの口づけだったが――

「めちゃくちゃやる気出た」

サヴァシュがそう言ったので、ユングヴィは心の中で自分を褒めた。

「よし、いってらっしゃい」

「おう、いってきます」

手が、離れる。

けれど怖くはない。

「帰ってきたら、続きをす――」

突然サヴァシュが「いってえな」と呟《つぶや》いてうつむいた。見るとナーヒドが後ろからサヴァシュの後頭部をはたいていた。

「馬鹿が」

「相変わらず人情のわからない奴だな」

「引っ越しや婚姻誓約書の前に結婚式、が常識だ」

それだけ言い捨てて馬にまたがったナーヒドを、サヴァシュは笑いながら「そうだ、それだ」と言って追い掛けた。

「じゃ、またあとでな」

ユングヴィも笑って手を振った。

「うん、またあとで！」


タウリス城を攻めるため用意された野戦用の大砲が野原に並んでいる。砲手たちはその砲口に慌てて砲弾を詰めている。

城壁が突如開門した。

これから砲撃で打ち破り突き崩すはずだった門だ。アルヤ軍が自ら開けるとは誰も予想していなかった。

黒い騎兵の軍団が突撃してくる。蒼《あお》い軍旗が蒼い空にはためく。

『砲撃用意！』

だが間に合わない。速すぎる。弾道を計算する時間を与えてくれない。

誰かが先走った。一門大きな音を轟《とどろ》かせながら砲弾を吐き出した。

軍馬の一団はその下を潜り抜けて迫ってくる。

大砲は一門、また一門と弾を吐き出してゆく。しかしただの一騎も捉《とら》えられない。

将校の鉄砲を求める声が聞こえてきた。だが伝令の速度も間に合わない。

奥に控えていた帝国の鉄砲隊が最前に並ぼうとする。

そこを黒い騎馬隊の先陣が矢を射かけてくる。

帝国の射手たちが次々と射殺されていく。隣に立っていた兵士が倒れると、恐れをなした別の兵士が鉄砲を抱いたまま後方へ逃げ出した。

『どけこののろまども』

控えていたハシムが手綱を引いた。猛《たけ》る軍馬のいななきが蒼い空に響いた。

『突撃！』

ハシムのその号令が届く前に、黒い騎馬軍団が槍《やり》で砲兵たちを刺し貫いた。

紅《あか》い軍旗をはためかせた軍馬の一団がようやく駆け出す。やっとの思いで蒼い軍旗の騎馬軍団と衝突する。

刀と刀、剣と剣、槍と槍とがぶつかり合う。

金属音で人の声が掻《か》き消される。

先頭を率いてきた黒い甲冑《かっちゅう》の男と目が合った。

男は笑っていた。

槍に突き刺さっていたサータム兵の死体を投げ捨て、ハシムを真正面から見据える。

その唇の動きが、来い、と言っているように見えた。

『望むところだ』

ハシムは刀を抜いた。

『決着をつけるぞ黒将軍サヴァシュ！』

帝国の鉄砲隊が並んだ。けれど今撃てば帝国の騎馬隊をも一緒に撃ち殺すことになる。怯《ひる》む。

サータム砲兵たちの声はハシムたちチュルカ騎兵に届かない。

一拍間があった。

サヴァシュが片腕を上げ、槍を振り回しながら何事かを号令した。

黒軍兵士たちは次々と同じ言葉を叫んでその号令を末端まで届けようとした。

その号令を聞き取れたハシムは目を丸くした。

『退却！』

『退却！』

『退却！』

次々と後ろを向いた。そのうち全員が背中を見せて走り出した。

一気に攻め込み、一気に引く、これは騎馬遊牧民の間では一般的な戦法だ。

だが、帝国の兵士たちはまだ鉄砲隊を残している。アルヤ軍の騎馬隊はその鉄砲隊を殲滅《せんめつ》することもできそうな勢いだったはずだ。

中途半端だ。奴らは途中で引き揚げようとしている。

なぜだ。

『罠《わな》だ！』

誰かが叫んだ。言われなくてもわかっていた——つもりではあった。

殿《しんがり》を務めるあの男が、片手を振っている。

ハシムはそれを自分への合図だと確信した。

呼んでいる。

決着をつけなければならない。

帝国軍本隊はなおも前進を続け、アルヤ騎馬隊に追いすがるチュルカ人部隊を見捨てた。

背後から銃声が轟《とどろ》いた。

味方の帝国側の騎兵が幾人も倒れたが誰も振り向かなかった。

『前進！　前進！』

黒い騎馬部隊が城壁に向かって突き進んだ。

城壁の上で待機していたアルヤ兵たちが矢を射かけてきた。これは想定の範囲内だ。帝国軍の兵士を引きつけ待ち伏せする形で狙い撃ちをする。

だがこの程度ですべてを射殺すことはできない。

城壁の守りが甘い。

ハシムは城門を突破した。タウリス市への突入を果たした。

黒衣の騎馬隊はなおも後ろに向かって走り続けている。

その行く先を見る。

第二の城壁の内側にある市街地を見下ろすように、山裾《やますそ》の高いところに巨大な城が鎮座している。あれがかつては難攻不落と謳《うた》われていた、今や裸になりつつあるタウリス城だ。

タウリス城は三重の城壁に囲まれている。

目の前に第二の城壁が見えてきた。その城門は開いていた。

黒い軍馬は猛烈な勢いのまま城壁の中へ吸い込まれていった。タウリス城に戻ろうとしているのだ。タウリス城まで追い詰めればいいのか。

無茶だ。そんな簡単に攻城できるわけがない。相手は数百年間難攻不落だったのだ。三年前自分たちがタウリスを攻略できたのは黒軍がいなかったからだ。今は、いる。

何かを企《たくら》んでいる。
彼らはまだ余力を残している。
ハシムはその場で止まった。
その両脇を仲間の騎兵たちが駆け抜けていった。
『止まれ！』
だが一度動き出した軍団はそう簡単には止まれない。
『よせ！　やめろ！』
振り向いた。
城門から次々と帝国軍の兵士たちが突っ込んでくる。
『タウリスだ！　タウリスに入ったぞ！』
サータム語の喜びの声がそこかしこから響く。
何かある。このままではアルヤ軍の策略にはまる。
しかしもう戻ることはできない。このまま進むしかないのだ。
ひとけのない閑静な農地をゆく。道を外れて畑を踏み荒らしながら走る。
この勢いのままタウリス城を攻め落とすしかない。
第二の城壁の門が見える。
門の向こう側に市街地が見えた。

タウリス城はすぐそこだ。

突然重い音が響いた。

音の源は後ろの城門だった。

門が閉ざされた。アルヤ兵が扉を落とす要領で閉めたのだ。数人の兵士が扉と地面の間で押し潰《つぶ》されて肉塊になった。

城壁の外と内とで分断された。

それを認識するか否かのところでまた別の大きな音が聞こえてきた。

波のような音だった。何かたくさんのものがこちらに押し寄せてくる音だ。

音は左右から同じくらいの大きさで聞こえてくる。

嫌な予感がした。

右を見た。

蒼地に黄金の太陽が輝くアルヤ王国の紋章と、それを守るように掲げられた蒼い三角の旗が翻る。中央軍管区守護隊――アルヤ軍最大の部隊だ。選び抜かれた精鋭のアルヤ人騎士たちと太陽を守るためなら死をも恐れぬ歩兵軍団がこちらに向かってきている。

左を見た。

同じように、蒼い三角の旗がはためいていた。

「突撃!!」

若い男の声が──アルヤ語の号令が響いた。

帝国軍の兵士たちは第二の城壁と第三の城壁の間で細く長くつながっていて展開できそうにない。

挟撃された。

ハシムがそうと認識する前に蒼軍は両側から帝国軍の兵士たちをすりつぶした。

タウリス城の屋上でバハルはその様子を眺めていた。

まるっきり予想外の展開だった。

これではまるで黒軍が帝国兵を引きつけて誘い込んだかのようだ。そしてその手柄を蒼軍に譲ったかのようだ。

そんなはずはない。サヴァシュがナーヒドの都合のいいように戦士たちを動かすはずがないのだ。誇りを踏みにじるアルヤ人たちに対してチュルカの戦士たちは必ず背を向ける。こんなことがありえるはずがない。

このままでは帝国の騎兵たちがタウリスの城壁の中で殲滅される。

どうにかしなければならない。

タウリス城を出るしかない。

そう思って空に背を向けた、その時だ。

「撃ち方用意！」

女の声が響いた。

背筋に冷たいものが流れるのを感じながら振り向いた。

待機を命じていたはずの赤軍兵士たちが、一糸乱れぬ動きで城の屋上の砲台に取り付けられた大砲に弾を詰めている。

確かに赤軍は火薬の扱いに長《た》けている。鉄砲などは蒼軍や地方四部隊も用意しているが、基本的には市街地で敵を待ち伏せして狙い撃つことの多い赤軍の十八番《おはこ》だ。だが、大砲となれば話は別のはずだった。高度な数学的判断を要する大砲を学のない赤軍兵士たちに扱えるわけがない。

蒼《あお》い空に、山へ吹き抜ける風に、ユングヴィの長く伸びた赤毛がなびいている。

彼女はただ城の中でおとなしく男たちの帰りを待つだけのはずだった。なぜここにいるのだろう。

左手で最近出っ張ってきた腹をさすりつつ、右手を挙げた。

笑顔だった。

まるで何の恐れもないかのような――

「もう少し！　もう少しだよ！」

バハルは目を丸くした。

第二の城壁を突破した黒軍兵士たちが、そしてその後ろを追い掛けてきている帝国の騎兵たちが、第一の城壁を目指して、市街地を駆け抜けようとしている。

「あとちょっと」

赤軍兵士たちが、砲口を、市街地に向けた。

「みっつ数えろ！」

「――おい、ユングヴィ」

「三！」

「お前何し――」

「二！」

黒軍兵士たちの前半部分が第一の城壁の門を潜り抜けた。

同じく後半部分が、突如反転して第二の城壁の門へ向かって走り出した。

大通りの真ん中で帝国兵たちが立ち往生した。

「一！」

残った黒軍兵士たちも、左右の細い通りに、消えた。

大通りに帝国軍の兵士たちだけが残された。

「今だ！」

「待て！」

ユングヴィの右手が、真正面へ勢いよく振られた。

「撃つな！」

「撃て！」

赤軍兵士たちはバハルの声を無視してユングヴィの号令に従った。

砲弾が一斉に吐き出された。

地面を抉《えぐ》る音がした。

手すり壁に駆け寄って下を見た。

建物にも地面にも無数の穴が開いていた。

その穴の中で、帝国の紅《あか》い月の旗が、ことごとく砲弾に押し潰された状態で土を飾っていた。


第二の城壁を潜り抜けた帝国軍の兵士たちのうち半分は、降り注ぐ砲弾から逃れた。

彼らは黒い騎兵たちが逃れていった先に安全な場所があるのではないかと考えた。藁《わら》にもすがる思いで大通りから外れて、脇道、路地と路地の隙間を縫うように巡らされた小路《こみち》に足を踏み出した。

城塞《じょうさい》都市タウリスの路地は狭く暗い。馬で駆けることには向いていない。三叉路《さんさろ》や五叉路も多い。敵兵を迷い込ませるために造られた街並みだ。
自分たちが今どこにいるのかわからない。
いつの間にか袋小路に入り込んでいた。行き止まりだ。どこにも行けない。
『引き返すぞ』
先頭を行く兵士がそう言った。
次の瞬間だ。
液体の音がした。何か液状のものが空から降ってくる。
路地に油の臭いが広がった。
悲鳴が上がった。
『熱い！　熱い！』
頭上を見上げた。
三階建ての住居の最上階、窓を開け、桶《おけ》を持った美しいアルヤ娘たちが笑っている。
桶を持っている。
彼女たちはおそらく熱した油を撒《ま》いたのだ。
「そおれ、たーんとおあがりよ」
このままだと焼き殺される。
『早く行け！』

『押すな！　やめろ！』

なんとか狭い路地を出て大通りに戻った。

ふたたび砲弾が降ってきた。タウリス城から狙い撃たれている。タウリス城にいる砲兵たちはタウリスの市街地を穴だらけにする気なのだ。

『壁伝いに進め！　第二の門まで戻れ！』

兵士たちが壁にしがみつくような形で動き始めた。

だが彼らは誰ひとりとして城門にたどりつけなかった。

タウリスの家々の窓が開いている。

アルヤ人の少年たちが、銃を構えている。

銃弾の雨が降り注いだ。

「ユングヴィの命令だ」

手前にいる少年たちはすぐ窓の奥に引っ込んだ。

次の少年たちと交代した。

間を置かず新たな銃口を向けてきた。

「武装している人間はひとり残らず撃ち殺すこと」

「了解《バレ》」

帝国兵がアルヤ語で「やめてくれ」と叫ぶと、ある少年が答えた。

「ちゃんとできたらユングヴィが褒めてくれるんだ！」

銃声はその後も断続的に響き続けた。

第三の城壁の門にすがりつく男たちを、太陽の紋章を彫り込んだ蒼い甲冑《かっちゅう》の騎士たちがことごとく槍《やり》で突き刺していく。

城門は開かない。帝国兵たちがどれだけ外に焦がれても城壁の外には逃げられない。

大地は紅く濡《ぬ》れ、鉄錆《てつさび》の臭いが充満した。

城壁の上には先ほどは見当たらなかった翡翠色の三角旗がなびいている。そしてどこからともなく現れたアルヤ人の兵士たちが城壁の外に向けて大砲を放っている。これでは外に残っている味方の部隊が助けに来てくれる見込みもない。

殲滅《せんめつ》だ。アルヤ人たちはタウリスの城壁の内側で帝国兵を虐殺することにしたのだ。

タウリスは血溜《ちだ》まりの都市と化した。

ハシムはそれでもなんとかアルヤの歩兵を斬った。やっとの思いで門まで進んだ。

閉ざされた門を前に馬の歩みを止めた。

さて、どうするか。

こうして悩んでいる間にもアルヤ軍の兵士たちは迫り来ている。

『ハシムとやら』

名前を呼ばれて顔を上げた。

いつの間に戻ってきたのだろう。すぐそこに、黒い甲冑に黒い軍馬の男が現れた。

『確か最強の座が欲しいとのことでござったな。今ならお相手仕《つかまつ》るぞ』

言いながら男は闇色の剣を抜いた。

黒将軍サヴァシュだ。

目が合うだけで手が震えた。

周囲から人が引いた。二人のためだけの空間が用意された。

サヴァシュの後ろからひとりの騎士が進み出てきた。アルヤ王国の王族を象徴する蒼《あお》い色のマントに黄金の太陽の彫り込まれた甲冑をまとっている。兜《かぶと》の隙間から覗《のぞ》く端整な顔立ちはいかにもアルヤ人らしい美男だ。

「一騎討ちならばこの蒼将軍ナーヒドがしかと見届けよう。チュルカの戦士の心意気とやら、この目に焼き付けさせていただく」

蒼将軍ナーヒド――アルヤの武家の名門の出という話の、この大軍の総大将だ。

逃げられない。

震える手で、腰の刀の柄《つか》を握った。

ただで殺されてやるわけにはいかない。サヴァシュは先の会戦で傷を負っているはずだから、うまくいけば相討ちくらいには持ち込めるかもしれない。それが叶《かな》わなくとも、一太刀でも浴びせて後続の者たちにつながなければならない。
馬の腹を蹴《け》った。
咆哮《ほうこう》。
まっすぐ突進した。
刀を振りかぶった。
斜め上から振り下ろした。
サヴァシュは斜め一歩前に出た。
ハシムの刀は宙を斬った。
馬と馬とが横に並んだ。
闇色の剣が大地と水平になるように構えられた。
ハシムの兜と鎧《よろい》の隙間、首を横から正確に斬った。
首が飛んだ。血が噴き上がった。
一瞬のことだった。
馬からおり、首を拾い上げた。
「持って帰るか？」
ナーヒドに向かって突き出す。ナーヒドがその黒い目を瞬《またた》かせる。

「お前の采配《さいはい》がここまで追い詰めたんだろう、総大将。将軍級の戦士の首だ、お前の言うところの武門の誉れに足る手柄じゃないのか？」

「何ゆえ俺が？」

ナーヒドは眉根《まゆね》を寄せ、不機嫌そうに息を吐いた。

「俺の手柄は俺が獲る。貴様に譲ってもらってまで為《な》さずとも俺は俺ひとりで成《な》るのだ。それに個々の武将の首など小さいこと。この戦のすべてが俺の采配となれば無用だ」

「ああそうかよ、たまには狩った獲物を献上して感謝の気持ちを表現してやろうと思ったのにな」

「貴様もすでに俺を認めているのだろう。それで充分だ」

「たまには可愛いことを言うじゃねーか」

サヴァシュが笑った。

「貴様が持って帰れ。よい土産になるだろう」

ナーヒドが馬の首を取って返す。

「そこまで言うのならばその手柄は俺からの結婚祝いということにする」

「なれば有難く頂戴《ちょうだい》致す」

「早くしろ。一刻も早く帰らねばならぬ」

サヴァシュも馬に戻った。

「城で最後の決着をつけねば。かたをつけねばなるまい」

「ああ。急ぐぞ」

すぐ隣で、ラームテインが拳《こぶし》を握り締めたのが見えた。

ユングヴィは苦笑しながら彼のほうを向いた。

ラームテインが、遠く第二の城壁の門を見やったまま、少年らしい無邪気な笑みを浮かべている。おとなびていていつも澄ました顔をしている彼にしては珍しい。

それだけ嬉《うれ》しいのだろう。

なにせ、すべて彼の作戦のとおりになったのだ。

たとえ戦場に立てなくても、彼は彼なりの形で勝利を得た。

ユングヴィは腕を伸ばして彼の頭を撫《な》でた。彼は案の定嫌がって手を払い除《の》けたが、顔はユングヴィのほうに向けた。

「喜ぶのはまだちょっと早いよ」

ここも、今は、戦場なのだ。自分たちは今戦場に立っている。

ラームテインの策がうまくいったということは、すなわち――

「言ったよな」

後ろから暗い声がした。

ユングヴィは、大きく、深呼吸をした。

覚悟を決めなければならない。

「出てくるな、って」

ゆっくり、振り向いた。ラームテインも後ろに振り返った。

バハルが、腰に携えた黄金《こがね》の神剣の柄《つか》に手をかけていた。

平時は陽気で朗らかな笑顔が、今は、硬く冷たい。

その表情がすべてを物語っている。

「ごめん」

そう言いながら、ユングヴィもまた背に負った紅蓮《ぐれん》の神剣の柄に手を伸ばした。

身重の体でうまく立ち振る舞えるとは思わなかった。できてもすべきではないこともわかっている。

形だけだ。

ナーヒドが、戦場では神剣を抜いてその蒼い光を一般兵士たちに見せてやるのだ、と言っていた。刃《やいば》の輝きは、軍神の威光そのものであり、アルヤ民族の神秘の象徴だ。見ればアルヤ人の士気は上がる。

神剣を、抜いた。

ユングヴィの神剣の刃が、ルビーのように赤く輝いた。

その輝きを見た兵士たちは、彼女が臨戦態勢に入ったことを察した。ここに敵がいることを悟った。

その場にいたラームティン以外のアルヤ人全員が、剣を抜いてバハルのほうに構えた。

「でも、私は、この国の未来のために戦わなきゃいけない」

バハルが唇をゆがめた。

「俺が何者かわかっちゃったわけだ」

その一言が決定打だ。とどめを刺された気分だ。

手が震えた。

ユングヴィが将軍になった時、バハルはすでに黄《き》将軍だった。十神剣が揃う時はいつもバハルが声を掛けてくれた。ユングヴィは明るく陽気な彼が大好きだった。どんな時でも楽しい気分にしてくれるバハルを信用していた。でも、ここで彼を見逃したら、サータム帝国の脅威に晒《さら》されるのはソウェイルやお腹の子だ。

「よくも言ってくれたものです」

ラームティンが冷ややかな声を出す。

「僕たちが十代だから、何でしたっけ。エルを二度も殺そうとしておきながらよくもいけしゃあしゃあと」

「そうだな、最初にお前を殺しておけばよかった。一番おちびちゃんだからってナメてた俺がバカだった」

ユングヴィは「投降して」と言った。

「無駄な戦いはしたくない」

周りを赤軍兵士たちが囲んでいる。バハルには万にひとつも勝ち目はない。

最低限で済ませたいという気持ちがある。争わずに済むならそうしたいと思っている。まだ傷つけたくないと思ってしまっている。

バハルは仲間だった。ユングヴィにとっては良き兄だった。

だが、彼はエルナーズを殺そうとした。

自分たちは彼に裏切られている。

心が、冷えていく。

秋のことも思い出した。

蒼宮殿で、ソウェイルは殺されかけた。

奥歯を嚙《か》み締めた。

思い出を捨てなければならない。

ソウェイルの新しい王国に帝国へ通じた裏切り者がいてはならない。

バハルを捕らえて、しかるべき措置をとって、そして、処刑しなければならない。

ソウェイルや我が子や他すべてのアルヤ人の子供たちを守るためだと思えば、ユングヴィは、戦える。

バハルが神剣を抜いた。それでもアルヤ民族の軍神の象徴である神剣は黄金色に輝いていた。

向かってくる。

紅蓮の神剣を構えた。

ほんの一瞬時間を稼げればよかった。あとは周りの兵士たちがどうにかしてくれる。

黄金の神剣と紅蓮の神剣が重なる――

そう思ったのに、黄金の神剣は紅蓮の神剣を無視した。

ユングヴィの左肩あたりの空気を斬った。

ユングヴィは反射的に刃《やいば》を避《よ》けて右に跳んだ。間合いを取ろうとした。体は重く思ったほどうまく下がれなかったが、なんとか切っ先は届かない程度の距離は作れた。

距離ができてからバハルの本当の目的に気がついた。

ユングヴィの左側には、丸腰のラームティンが立っている。

切っ先はユングヴィではなくラームティンの胸に向けられた。

とっさのことでラームティンは動けなかったようだ。

だがむしろ動かなかったことがよかったらしく、バハルの剣の先はラームテインの胸を斬らなかった。

胸ではなく首に向かった。

刃《やいば》がラームテインの華奢《きゃしゃ》な首に触れるか触れないかのところで、バハルは右手を柄から離した。そして、その右手をラームテインに向かって伸ばした。

「動くなよ」

彼はラームテインの体を抱え込んで前からその喉元《のどもと》に刃を突きつけた。

「動いたらこいつを殺すからな」

ユングヴィは舌打ちした。半年前までの自分であればこの程度のことではひるまなかったが、今の自分の体は自分で認識しているよりずっと重い。跳び込めない。

周りの赤軍兵士たちが動こうとした。ユングヴィはそれを「待ちな」と制した。

「あんたの目的は？　この状況で人質まで取ってどうしたいの？」

「帝国軍と合流する。帝国に帰る」

「『帰る』ね」

「紫将軍が死んだら困るだろ？　紫の神剣はなかなか主《あるじ》を選びたがらないんだったな？　こいつが死んだらまた何年も空席になるかもしれない。それは避けたいだろ？」

「どのみち殺す気なんじゃないの」

「帝国で酒姫《サーキイ》をやるっていう生き方もあるぜ」

ラームテインが悔しそうに歯嚙《はが》みした。その首の皮に刃が触れた。白い肌に赤い血が滲《にじ》んだ。

そのラームテインはまだ十四歳の少年だ。

許してはならない。

「動くな」

ラームテインを抱えたまま、一歩、また一歩と下がる。屋上の出入り口となっている扉へ少しずつ近づく。

扉から城内へ入ろうとしている。

それを見た時、ユングヴィは、神剣を下ろした。

どちらにせよ、バハルに逃げ道などないのだ。

バハルの手が、取っ手をつかんだ。

押した。

開いた。

すぐそこに、翡翠の神剣を構えたエルナーズが立っていた。

水よりも青い刃が、バハルの右肩から背中にかけてに食い込んだ。

「やってくれはったな」

バハルの体が硬直した。

強い風が吹いた。

エルナーズの長く伸びた前髪をタウリスの強い風が払った。

赤黒く焼けただれた肉の部分が日のもとに晒された。

「俺の、顔。あんたのこと、恨《うら》むで」

肉を裂かれる苦痛にバハルが呻《うめ》いた。

ラームテインがバハルの腕を抜け出した。こちらに向かって走り始めた。

今だ。

手すり壁に立てかけていた銃を手に取った。万が一城壁近くまで敵兵が迫ってきた時のために用意しておいた銃だ。いつでも発砲できるよう弾はすでに装塡《そうてん》されている。

「エル、離れて！」

エルナーズが剣を引き抜いた。向かって左の壁際に身を寄せた。そして剣を鞘《さや》に納め自分の両耳を押さえた。

銃を構えた。

もうためらわなかった。

子供たちを守るためにはやるしかない。

引き金を引いた。

雷鳴が轟《とどろ》いた。反動でユングヴィは一歩下がった。

バハルの左耳が弾《はじ》け飛んだ。

バハルの絶叫が響いた。

それを合図に赤軍兵士たちが動き出した。

「捕らえろ！」

バハルはそれでも諦《あきら》めなかった。

エルナーズを突き飛ばしたあと、階段を転がるようにして駆け下りた。

兵士たちもまた追い掛けて順番に階段を下りていった。これでは捕縛も時間の問題だろう。まして階段の下には、おそらく、撤収してきた連中が待機している。

さして強い力で突き飛ばされたわけではないらしい。エルナーズはすぐに体勢を整え、まっすぐ歩いて屋上に出てきた。

屋上に、ユングヴィ、エルナーズ、ラームテインの三人だけが残された。

三人は、それぞれの顔を眺めてから、大きく、息を吐いた。

「これで、もう、終わりですね」

「うん、そう。終わりだよ」

「終わりやな。全部」

エルナーズが表情をゆがめた。

「全部が」

ユングヴィもラームテインも、左右からそれぞれにエルナーズを抱き締めた。

空は今日も突き抜けるように蒼《あお》かった。


ベルカナがたどりついた時には、事はもう終幕を迎えようとしていた。

後ろについてきた、これまでタウリスの市街地の廃墟《はいきょ》に潜伏して工作活動を行っていた杏乙女《あんず》たちが、絶句して立ち止まった。戦場で傷ついた者を見るのに慣れているはずの彼女らも、神と仰いできた男のその姿には耐えられなかったようだ。

ベルカナにも、何も言えなかった。目の前で十神剣同士が騒動を起こした時は必ず間に入るようにしている彼女だったが、今度ばかりはどうにもできない。

間に入ってはならないと思った。

これ以上の役者は不要だ。もはやとどめは刺されている。

金属音が鳴り響いた。その音を聞いて、ベルカナは、ぼんやり、神剣も金属なのだ、と思った。

黄金の神剣が地面に転がった。

弾き飛ばしたのは太陽と同じ色の神剣だ。

ナーヒドに剣術で敵《かな》う人間はこの世に存在しない。彼が剣を抜いて眼前に立ちはだかった時点でもうすでにすべて終わったようなものだ。

まして今のバハルは傷つきすぎている。

右肩は裂けて肉が見えている。力が入らないらしく右腕がだらりと垂れ下がっていた。

左耳がない。左側頭部も穴が開いたかのようにえぐれていて、赤黒い中身が見えている。

ここまで自力で移動してきたことすら奇跡だったに違いない。

そしてその奇跡にはおそらく続きはない。

「姐《ねえ》さん」

若い杏乙女が震える手でベルカナの腕をつかんだ。

「たいへん、このままじゃ――」

ベルカナは首を横に振った。

「お黙り」

胸が苦しくて涙すら出てこない。

「黙って見てなさい」

バハルが膝《ひぎ》をついた。その場に座り込んだ。

　ナーヒドはそれ以上剣を振るわなかった。右手でしかと柄を握り締めたまま、切っ先を下ろし、地面のほうへ向けた。その表情は苦しそうで、ベルカナは、ナーヒドは本当に純朴な男なのだと思った。

　しばらく沈黙したあと、彼は言った。

「投降しろ」

　静かな声だった。

「軍法会議にかける。最終的な結論が出るまでは、命は保証される」

「結論が出るまでは、な」

　バハルは笑った。その笑みは自虐的でとても彼らしくない。

　しかしバハルらしいとは結局何だったのだろう。自分たちはいったい彼の何を見てきたのか。

「貴様には聞きたいことが山ほどある。そう簡単に死ねると思うな」

「俺に話せることなんてねえよ。わかるだろ？」

　そして、目を閉じた。

「楽にならせてくれ」

　ナーヒドも一度まぶたを閉ざした。眉根《まゆね》を寄せ、何事かを考えた。

　ゆっくり、目を開いた。その黒い瞳《ひとみ》でまっすぐバハルを見つめた。

「誤解だと言え」

ベルカナは驚いた。それは彼が何よりも愛している正義に反することだと思ったのだ。

「俺たちの早合点だと言え。貴様は何事とも無関係だと、今までもそしてこれからも十神剣の一員として全力を尽くすと言え」

声が、震える。

「太陽の眷属《けんぞく》として。アルヤ王家を守る者として。自分はアルヤの日の神に忠節を捧《さき》げる、と。告白しろ」

確かめるように一音一音区切って、「十神剣は」と、言う。

「十人いて。初めて、十神剣だ」

十神剣が十人であることを守るのも――太陽の眷属として、アルヤ民族の軍神として完璧《かんぺき》でいるのも、彼の正義らしい。

その理屈を通してもいいなら、バハルの罪を見逃すことと彼の正義を守ることは矛盾せずに済む。

たとえ本音はどこにあろうとも、これで建前上はなんとかなる。

「自分はアルヤ人で、アルヤ軍とともに在《あ》る。そう、言え」

ひょっとしたらと、ベルカナはひとり自分の手を握り締めた。もしかしたらやり直せるのではないかと期待した。

ナーヒドの言うとおりだ。十神剣は十人で太陽を守るのだ。やっと十人揃ったところだというのに、ここで欠員を出したくない。その理屈は、きっとアルヤ人みんながわかってくれる。

黄の神剣が転がっている。その刃は確かに黄金色に輝いている。黄の神剣が選んだのは確かにバハルなのだ。バハルの代わりはいないのだ。

ベルカナも念じた。

たった一言、バハルが自分はアルヤ人であると言ってくれたらいい。その一言で、すべてが丸く収まる――

バハルが目を開けた。

そして、言った。

「唯一の神はまことに偉大なり」

サータム帝国の宗教では日常的に唱えられる、信仰告白の決まり文句だった。

終わりだ。

ナーヒドが歯を食いしばった。

両手で蒼い神剣の柄を握り締めた。

振り上げる。

でもその手は震えている。

剣を上段に構えたまま、ナーヒドは固まった。

ともすれば泣き出してしまうのではないかと思った。

そんなナーヒドの肩をつかむ者があった。

サヴァシュだ。

「どけ」

その声は優しい。

「アルヤ人にできないことは全部俺がやってやる」

そう言いながら、黒い神剣を抜いた。闇色の、幾人もの血を吸ってきた禍々《まがまが》しい姿を見せた。

ナーヒドはためらったようだ。少しの間そのまま硬直していた。

ややして、剣を下ろした。

黙って一歩引いた。その顔からは彼が今感じているであろう敗北感が滲《にじ》み出ていた。

かわってサヴァシュが一歩前に出た。

「最期に言い残すことはあるか。俺が聞いてやる」

バハルが穏やかに微笑んだ。

「ありがとな」

　サヴァシュはいつもと変わらぬ無表情だ。愛想のない顔でバハルを見下ろしている。

「お言葉に甘えて。ひとつだけ、頼んでもいいか？」

「何だ」

「息子がいる」

　初めて聞く話だった。

「帝国の東の端、ほぼアルヤ領みたいな山奥の村に、息子がひとりいる。名前はカーヒルだ。顔は俺に似てるから一目見りゃすぐにわかると思う。こいつが大人になったら帝国軍人になってサータム人とアルヤ人の平和のために戦うって言ってる」

「そうか」

「もし将来アルヤ民族の敵になったとしても殺さないでやってくれ。あいつの母親はアルヤ人なんだ」

　繰り返し懇願した。

「殺さないでくれ。半分は、アルヤ人なんだ。せめて、アルヤ人同士でぐらい、殺し合わないでくれ」

　ナーヒドが口元を押さえた。

　サヴァシュが頷《うなず》いた。

「確かに、この黒将軍サヴァシュが承った」

そして、闇色の神剣を持ち上げた。

「もう、限界だ」

それだけ言ってバハルがふたたび目を閉じた。

サヴァシュの神剣が世界を斜めに裂いた。

バハルの首が地に落ちた。胴体は、ゆっくり、倒れた。

「殺したな」

ナーヒドが呟《つぶや》いた。

「訊《き》かなければならないことが山ほどあったのだが――」

「すまん。楽にしてやりたかった」

「いや」

顔を、背ける。

「俺もだ」

いつの間にか黄の神剣が消えていた。どこに行ったのだろう。

あたりを見回して捜した。

バハルの胴体、腰に携えられている黄金の鞘《さや》に納まっていた。

あの神剣は、もう、抜けないのだろう。当分の間、自分たちがあの黄金色の刃《やいば》を見ることはないのだろう。

こうして、十神剣はまた九人に戻った。

ラームテインは心から嬉《うれ》しかった。有頂天だ。高揚感を抑えるのに必死だった。うまくごまかしきれている気がしない。見送った女たちはきっと今頃ラームテインの幼さを笑っていることだろう。

今はそれでもいい。この歴史的瞬間に立ち会えるのなら少しくらい嘲笑《あざわら》われてもいい。

かばんを強く抱き締める。中には、紙と板、葦筆《カラム》と墨汁の小瓶――書き物のための一式が入っている。ナーヒドに書き取ってもいいと言われて用意したのだ。

ナーヒドの小姓のふりをして、書記の真似事をしながら黙っておとなしく控えている――ナーヒドが出した停戦交渉の場への同席を許可する条件だ。

ラームテインは一も二もなく承諾した。連れていってもらえるのなら何をさせられてもいい。歴史の動く瞬間を、この目で見て、この耳で聞くことができるのであれば、自分はどんなことでもするだろう。

ナーヒドはそんなラームティンの覚悟を汲《く》んでくれた。言いつけどおり無言で後ろをついてくるラームティンを、振り向きもしなかったが、けして拒まずにここまで連れてきてくれた。

城の正門が開いて、今回のアルヤ征伐の総責任者だというサータム人の将軍とその供回り四人が入城する。

五人とも武装らしい武装はしていない。一応腰に短剣《ジャンビーヤ》を下げてはいるが、彼らは公的な場ではいつもそうで、防具や他の武器は身につけていなかった。戦闘の意思はないはずだ。

アルヤ軍側も彼らを素直に迎え入れた。城主が謁見するための大広間に招いた。

サータム軍の一同と、アルヤ軍の一同が、相対した。

「座られよ」

ナーヒドが言うと、サータム人の一同が首《こう》を垂《べ》れて絨毯《じゅうたん》の上に腰を下ろした。通訳は必要なさそうだ。アルヤ語は国際語であり、軍の高官になるような教養人はたいがいアルヤ語を解すものだから、当然か。

由緒ある誇り高きアルヤ文化がサータム帝国に認められている。

アルヤ人の一同も向かいに座った。そして同様に首を垂れた。

顔を上げ、互いの顔を見る。

アルヤ人の幹部たちが、抱えていたものふたつを、サータム人たちに向かって差し出した。

布に包まれているそれは両方とも首であった。

サータム人の将軍が、手を伸ばした。

顔を見た。

ハシムとババハルだ。

「まだまだあるが、まずご覧に入れたい大物のふたつのみこちらにご持参した。お納めくだされ」

サータム人の将軍が唸《うな》った。

「此度《こたび》は我らが帝国軍の失策でござった」

流暢《りゅうちょう》なアルヤ語だ。

「正直に申し上げて、将軍が十人揃った時のアルヤ国を見誤り申した。蒼将軍ナーヒド、黒将軍サヴァシュ――そして紫将軍ラームテイン」

名前を呼ばれて、肩を震わせた。

サータム人の将軍と目が合った。

彼はラームテインの正体を知っているのだ。

「話には聞き及んでおり申したが、これほどまで美しくあどけない少年であるとは思わなんだ。かようなことになるならば帝国はもっと早く貴殿を買い取っておくべきでござったな」

慌ててナーヒドの後ろに隠れた。ナーヒドは何も言わなかった。

「いかにしてこれほどまでの軍備を揃えたのかは存ぜぬが――」

アルヤ人たちが知らん顔をする。

実は、東南の隣国ラクータ帝国の差し入れだ。ラクータ帝国はサータム帝国の覇がおもしろくないのだ。ましてラクータ帝国には大勢のアルヤ人貴族が亡命しており、いろんな手を使って故郷を支援してくれている。そしてそれを受け取る手配をしたのは中央で実務を担うテイムルだ。

「我々の側としてはこれ以上の戦闘の続行は不可能であると判断し申した。そちらの側としてもタウリスの住人を抱えての冬越えの籠城《ろうじょう》は難儀でござったろう。ここは平らかであったほうが互いのためでござらぬか」

ナーヒドはその秀麗な顔で表情ひとつ変えずに「否《いな》」と答えた。

「アルヤ兵の下々は未《いま》だその士気衰えず完全勝利に逸《はや》っている。完膚なきまで叩《たた》きのめし和解の糸が見えぬ状況に進むのは我らアルヤ軍幹部の厭《いと》うところゆえ切り上げたが、そちらが応とおおせにならぬのならば下々の者どもの意志を汲んで続行するやもしれぬ」

これははったりだ。見抜かれているとおりで、アルヤ軍もこれ以上続けるのは難しい。タウリス城に詰めている人間は疲弊しており、とうとう飢え死ぬ者も出てきた。山々の雪が解ければ帝国軍は援軍を送り込めるかもしれない。今日ここで決めなければ危ないのはむしろアルヤ軍側なのである。

それでも隙を見せてはならない。あくまで、サータム軍側が和平を求めてきた、という恰好《かっこう》をとらなければならない。足元を見られて気取られてはならないのだ。

ラームテインは息を呑《の》んだ。

斜め後ろからナーヒドの横顔を見つめた。その表情には変化がない。堂々としている。まるで何十年も軍の高官をやっているかのようだ。

どれほど時が経ったことだろうか。

「条件は」

サータム人の将軍が、折れた。

「単刀直入にお訊《たず》ね申す。いかな状況をご用意すればアルヤ軍は武装を解除する?」

ナーヒドが息を吐いたのがわかった。それを見て、ひょっとしたら彼も緊張しているのかもしれない、と思った。だがそれは胸にしまっておく。

「我々は何も帝国からの完全離脱を望んでいるわけではない」

これも本音を言えば嘘になる。アルヤ軍の中はこれを機にと独立の気運が高まっている。十神剣としてもできることならという思いはある。

だが、あくまで、できることなら、の話だ。

悔しいけれど、今ではない。

「最終的にはエスファーナの中央政府と調整していただくことになるが、今ここで我々が事前にお話しできることとして、みっつ、お聞き届けくださらぬか」

「お聞きする」

ナーヒドの声はよく通る。

「ひとつ。議会の招集を認めること。帝国からの要請を審議し採択の可否を論ずる、アルヤ人のみで構成された議会の開会を許可すること」

サータム人の供回りが、真剣な顔でそれを紙に書き取っている。

「ふたつ。アルヤ王国の国号の復活を認めること。アルヤ属州はアルヤ王国に戻る。アルヤ王国の主権はアルヤ王にある。アルヤ王国が帝国に背くことはなく、アルヤ王は皇帝に臣従するが、アルヤ王国はアルヤ王のものであることを認可すること」

そこで、ラームティンは拳《こぶし》を握り締めた。

「みっつ。ウマル総督は、アルヤ王家の二人の王子を争わせ、生き残ったほうをアルヤ王として認める、と約束した。これを撤回して、王子たちが並び立つこともあり得ることを認め、後援していただきたい」

しばらくの間、沈黙で空気が滞った。誰もが硬直し、互いに次の反応を待ち続けた。

やがて、サータム人の将軍が、口を開いた。

「即答はできかね申す」

一瞬緊張はさらに高まったが――

「しかし、神は無益な争いを望まぬであろう」

アルヤ人側に安堵《あんど》が広がった。

「必ずや皇帝陛下に奏上する。それでアルヤ人の皆が平らかになるとおおせならば、きっとむげにはせぬであろう。議会と国号についてはおそらくお認めになる」

「さようか」

「アルヤ王国はかつて大陸に名だたる大国であった。皇帝陛下は何としてでも手放しとうないとおおせだ。それで友誼《ゆうぎ》がなるのであれば致し方ない。皇帝陛下は譲歩なさるであろう」

今の自分たちが収めるべき勝利に手が届いた。

拳を握り締めた。

ところが、「ただ」と続いた。

「王子の件に関しては。アルヤ王国のためにならぬ」

ラームティンは、目を、丸くした。

「皇帝陛下がまことのアルヤの友であればこそ」

アルヤ人たちは何も言えなかった。

「サータム帝国は皇子たちが殺し合うところを見てき申した。幾度も、幾度も。必ず争いの火種になり申す。かつて殺すのは忍びないと言った皇帝もあり申した。その皇帝は皇帝にならぬ者を幽閉し外界と隔絶させることでなんとか争いを収め申した。しかし幽閉された皇子は精神を病み、酒色に溺《おぼ》れ、みじめに死んでいき申した」

唾《つば》を、飲む。

「さように無様な苦しみを味わうくらいであれば、ひと思いに死なせてやるのが優しさである、と今の皇帝陛下はおおせにござる」

ここにいるのはいずれも蒼軍の幹部たちだ。つまりエスファーナ陥落以来三年フェイフューを見守ってきた者たちである。

誰もが頭の中で宮中のいずこかに監禁され自我を失っていくフェイフューを思い描いたことだろう。

そんな空気を察してか、サータム人の将軍はこう続けた。

「強制せぬとお約束することは叶《かな》うと存ずるが、王子たちご本人がたがいかなる将来をご選択なさるか次第だ」

ナーヒドが答えた。

「ご本人がたが決められたとおりになると言っていただくのであれば」

信じるしか、ない。

「王子たちご自身らの、御心《みこころ》のままに、選ばれることを。ただ、見守っていただけるので、あれば。あとは、我々アルヤ人が、自ら、お二人の行く末を考えさせていただくゆえ」

ラームティンは、頷《うなず》いた。

「アルヤ王の未来は、アルヤ王国で決める。――それを、ただ、受け入れていただけるのであれば。恐悦至極に存ずる」

ユングヴィはエスファーナに帰ってきてまずソウェイルと面会することにした。到着して真っ先に、荷物を解体することすらせず、とにかく蒼宮殿本体の玄関の大広間に向かった。あらかじめ先ぶれを出してティムルに連れてきてくれと頼んでおいたので、すぐに会えるはずだ。

とにかくソウェイルに会いたかった。

ソウェイルの顔を見たかった。

エスファーナ陥落以来、ソウェイルとこんなに長く会わずにいたのは初めてだ。

一刻も早く顔を見て、元気であることを確認して、抱き締めたい。

ソウェイルはどんな反応をするだろう。

自分たちはアルヤ王国の体裁を取り戻した。彼がそれをどんなふうに受け止めているのか知りたい。

喜んでほしい。

この国はふたたびアルヤ王の国になった。

ソウェイルのアルヤ王国が復活したのだ。

つらいこと、悲しいこともたくさんあったが、ユングヴィとしては、今回の戦争は大勝利だ。ソウェイル王のアルヤ王国が成立するのを見るのはユングヴィの悲願なのだ。

ところが、大広間で待っていたソウェイルの反応は予想外のものだった。

腕を組み、仁王立ちで、強張《こわば》った顔をしている。眉《まゆ》を吊《つ》り上げ、頬をひきつらせ、怖い顔をしているつもりか。

怒っているのか。

ユングヴィはびっくりした。

おっとりとしていて感情の揺れ動きの小さいソウェイルがこんな顔をしているのを見るのは、ユングヴィは、初めてだった。

「ただいま」

すぐに駆け寄って抱き締めてやるつもりだったのに、他ならぬそのソウェイルが怖い顔をしているので、彼の三歩手前で立ち止まった。

ソウェイルの斜め後ろに立っているティムルが、ソウェイルの肩を後ろから押して、「ほら」と促す。

「会いたがっていたではございませんか。もう大丈夫ですよ」

しかし、ソウェイルは首を横に振った。そして、まだ九歳の少年に出せる一番低い声で言った。

「もう第十二《エスファンド》の月が終わりそうなんだけど」

戦争が終結したのは先月の頭、だいたい一ヵ月半前のことだ。

ユングヴィは一日でも早く帰ってソウェイルの顔を見たかった。しかしその頃タウリスの周りには雪が降っていた。妊婦どころか普通の健康な男性でも山越えをするのは危険とのことで、雪が止むまで足止めを食らってしまった。ようやく出発できても、やはり急いでは体に差し障りがあるとのことで、乗馬ができれば一週間と少しのところを、半月以上かけてのんびり馬車に乗るはめになった。中央軍管区に入った頃には世間はすでに春で、春分の日である正月《ノウルーズ》まであと半月くらい、というところまで迫ってしまっていた。

気持ちは焦る一方だったが、じっとこらえて馬車に乗った。

窓から移り変わる景色を見ながら、ユングヴィは、悲しい気持ちを味わっていた。

ずいぶん長い間自分はソウェイルと二人きりの世界に生きてきた。ついこの間まで、この世で一番大事な人間は誰かと聞かれたら迷わずソウェイルと答えていた。

けれど、これからはそうはいかない。

自分の胎内に、新しい命が宿っている。

この赤子を愛《いと》しいと思う気持ちも、どんどん育っていく。

この子のためには無理な山越えはできない。ソウェイルとの再会が多少遅くなってしまっても、この子の命には代えられない。

万が一誰かにソウェイルとこの子のどちらが大事かと迫られた時、自分はどう答えたらいいのだろう。

タウリス城で妊娠を自覚した時のことを思い出す。

あの時、確かに、自分はソウェイルを置いて赤子とともにどこかに行こうとしていた。

「遅くなってごめんね」

ユングヴィがそう謝罪しても、ソウェイルは納得がいかないようだった。

「もっと早く帰ってきたらよかったね」

そんな言葉に、ソウェイルがいまさらこんなことを言う。

「やっぱり行かないでほしかった」

ずきりと胸に来る。

「何度も説明したでしょ、そういうわけにはいかないって。ソウェイルを守るためだったんだよ。ソウェイルの国を守るためには戦わなきゃいけなかったんだ」

「おれ、失敗した」

「何を?」

「守ることと戦うことは同じことじゃない」

大きな蒼《あお》い瞳《ひとみ》が、ユングヴィをじっと見ている。

「おれ、ユングヴィに、戦わなくてもいいからそばにいて、って言うべきだった」

その瞳に、涙の膜が張っている。

「ユングヴィは自分を大事にしない。ソウェイルのためソウェイルのためって言って危ないことをする。それは、もう、禁止だ」

ユングヴィは苦笑した。

「私には戦うことと料理することぐらいしかできないよ」

「何にもできなくてもいいから、そばにいてほしい」

ほろりと、蒼い瞳から透明な雫《しずく》がこぼれた。

「おれが強かったら、こんなこと、なかったのかな」

ユングヴィは、まず、その場で膝《ひざ》をついた。それから手を伸ばした。ソウェイルの頬に触れ、手の平で涙を拭《ぬぐ》おうとした。そして、ソウェイルの身長がまた伸びているのに気づいた。もう膝立ちでは同じ目線にならない。

大きくなった。

嬉《うれ》しい。

もう少し腕を伸ばして、抱き締めた。

「だいじょうぶ。もうどこにも行かないからね。少なくとも、ソウェイルが立派な王様になるまでは」

条件をつけたのは、タウリス城でのサヴァシュとのやり取りも忘れていなかったからだ。自分はいつかサヴァシュに連れられて遠い草原の国に行くかもしれない。けれどそれはソウェイルが立派な王様になって母親の庇護《ひご》が必要なくなってからの話だ。やはり、ソウェイルの保護者として、ソウェイルのために生きていく。その決心は、曲げたくない。

「ユングヴィ」

彼が腕の中でもぞもぞと動いた。

「お腹」

「なに?」

「おっきくなってる」

抱き締めて、体が触れ合ってから、実感をもって理解したらしい。ソウェイルの手が、ユングヴィの丸く大きくなりつつある腹部に触れた。

「ほんとに赤ちゃんがいるんだ」

ユングヴィは苦笑した。

「嫌かな」

体を離した。お互いに顔を見た。

ソウェイルは大きな目を赤く腫《は》らしていた。

彼は少しの間沈黙してユングヴィの目を見つめていた。ユングヴィも黙って彼の目を見つめていた。彼が何かを言うまで待とうと思った。世界に二人きりだった時のように彼を急《せ》かさず待ってあげたいと思った。

ようやく、ソウェイルが口を開いた。

「おれ、立派な王さまになる前に、立派なお兄ちゃんにならなくちゃ」

たまらなくなってソウェイルをもう一度抱き締めた。今度はユングヴィも涙があふれてきた。

「そうだよ」

声が震える。

「赤ちゃんが生まれても家族だからね。赤ちゃんが生まれても、ソウェイルはずっとずっと、私の家族だからね」

「うん」

ソウェイルの腕が、ユングヴィを抱き締め返す。

「おれ、赤ちゃんのお世話する」

「ありがとう」

蒼い髪に、頰を寄せた。

「ありがとう。だいすきだよ、ソウェイル」

そして、改めて、よかった、と思った。

春分の正月《ノウルーズ》、第一の月《ファルヴァルディーン》の一日は、ソウェイルの誕生日だ。

この子が十歳になる記念の日に、間に合った。

「ただいま」

ソウェイルが細く息を吐いた。

「おかえり」

＊　＊　＊

廟《びょう》の中でひとりぼんやりしていたところに、声を掛けられた。

「アフサリー」

振り向くと、美しい少年が立っていた。日の光に当たっていないのではないかと思うほど白く滑らかな肌、大きな杏形の二重まぶたに納まるサファイヤのような瞳、こぢんまりとしてはいるが通った鼻筋に薄紅色の唇――そして何より、長く伸ばされ緩くひとつに編まれた蒼い髪は至上の太陽のものだ。

アフサリーはその場にひざまずいた。首《こうべ》を垂れる。

「お久しゅうございます、ソウェイル殿下」

ソウェイルは黙ってアフサリーを見下ろした。

その少しの間の沈黙、ティムルやユングヴィは「人見知りをなさる」「照れてるだけだよ」などと説明するが、もとはエスファーナのしがない職人であったアフサリーはどうも太陽に見定められている気持ちになる。善なる太陽の神ははたしてアフサリーを善なる者と見てくれるであろうか。

「顔を、上げてくれ」

言葉がどことなくぎこちないのは、彼がまだひとに命令し慣れていない証拠らしい。顔を上げる。ソウェイルの顔をまっすぐ見る。

こうして見るとずいぶん大きくなった。もうアフサリーの胸くらいまでは育ったのではなかろうか。太陽を大きくなっただの成長しただのというのは不敬なことのように思うが、彼が手足を伸ばして身体を変化させているのは事実だ。それはそれでアルヤ民族にとってはありがたいことだ。

「来ていたのか」

「ご挨拶《あいさつ》が遅くなりまことに申し訳ございません。まずは殿下にご拝謁願うべきところだったのでしょうが」

ソウェイルが首を横に振る。

「俺には、いつでも、会える。――でも。命日は、一年に一度、今日しかない」

そう言われると、彼の健気《けなげ》な気質が見える気がしていじらしくなってくる。テイムルが夢中になってしまうのも頷《うなず》ける。

「俺は、アフサリーが――十神剣のみんなが今日を気にしてくれることがうれしい」

後ろのほうから「ソウェイル？」と呼ぶ声が聞こえてきた。

声のしたほうに目をやると、ユングヴィとサヴァシュがこちらへ歩み寄ってきているところだった。

考えてみれば当然で、ソウェイルがひとりで出歩くことを許されるわけがない。護衛の白軍兵士の代わりにこの二人がソウェイルのそばについている。そして、この二人はアルヤ王国最強の夫婦だ。

サヴァシュが赤子を抱えている。ひとりで座れるようになったくらいの大きさの赤子だ。左手でサヴァシュの上着の襟をつかみ、右手は特に意味なく振っている。柔らかそうな赤毛はユングヴィと一緒だ。

サヴァシュは昔から変わらぬチュルカ人の民族衣装だったが、ユングヴィは赤毛の上に染めの入った布を引っ掛け、丈の長い女性服を着ていた。最近はこちらのほうが基本の服装らしい。アフサリーの中ではユングヴィはまだ男装して王都の地下を駆けずり回っている少女の頃のままなので違和感がある。だが、言わないのがアルヤ紳士だ。女性が女性らしく振る舞おうとしているところに余計なことを言ってはいけない。

「おや、ホスロー」

言いながら腕を伸ばした。

「抱かせてもらえますか」

サヴァシュが赤子を差し出した。

「だいぶ重くなったぞ」

受け取り、しっかりと抱き締める。赤毛に頬を寄せる。

「本当だ。大きくなりましたね」

赤子は泣かずに大きな目でじっとアフサリーの顔を見つめている。まだ人見知りをしないらしい。もしかしたら人見知りをしない子なのかもしれない。なにせユングヴィの子だから、誰にでもなついてしまうのかもしれなかった。顔立ちも母親そっくりだ。

終戦から数ヵ月後、ユングヴィは元気な男の子を出産した。

どうしてもエスファーナで産みたいと言って大きなお腹を抱えてタウリスを出てきた時は誰もが心配して気が気でなかったが、当人はなんのこともなく産み月を迎え、初産のわりにはすんなりと赤子を産み落とした。赤子も五体満足の健康児で、今のところ何事もなく成長している。

今、ユングヴィは、エスファーナの高級住宅街に買った邸宅で、この赤子とサヴァシュと三人で生活している。日中はほぼ毎日手伝いとして雇い入れた寡婦がいて、月に二、三日は泊まりがけでソウェイルが出入りしているそうだが、基本的には赤子を挟んでサヴァシュと二人向き合って暮らしているようだ。サヴァシュが「不動産を持ちたくねえ」と言って家を買うことに難色を示した騒動も今となっては昔の話である。

問題はたくさんあった。けれど今振り返ると、これでよかったのかもしれない。彼女は自宅で赤子と過ごす日々を心から楽しんでいるように思う。同じ年頃の娘を持つ父親のアフサリーとしては、ユングヴィも人並みの女の幸せというものを手に入れられたような気がして、とても嬉《うれ》しく思う。

ちなみにホスローという名はソウェイルがつけたのだそうだ。いにしえのアルヤ帝国の皇帝の名からとったらしい。数々の叙事詩に謳《うた》われる伝説的な名君だ。曰《いわ》く、

「そこまで立派にならなくてもいいけど、みんなにしたわれるひとになってほしい」

とのことだ。誰よりソウェイルが一番真剣に赤子の将来を考えていると見た。

「ぜんぜん泣きませんね。強い子ですねえ」

「まー、サヴァシュの子だからね。どんな怪物に育つのか今から楽しみだよね」

ユングヴィがホスローと同じ顔で笑う。彼女に似てもそれなりの怪物に育つと思うが、アフサリーは紳士としてそこまでは言わなかった。

「君も大きくなったらチュルカの戦士になるのかな？」

「なってもいいようにいろいろ教えてやるつもりではいるが、別にならなくてもいい。半分はアルヤ人だし、王国生まれだからな」

真面目に答えたサヴァシュに、アフサリーはちょっと笑った。彼が真面目に子育てをしているのがなんだかおもしろいのだ。しかしそれも言わない。一生懸命な若者を萎《な》えさせるのは本意ではない。

ユングヴィとサヴァシュが格子のほうを向いた。アフサリーも、ホスローを抱いた

まま、向こう側を見た。

格子の向こう側には、ひとつの棺《ひつぎ》が納められている。

「……バハルにも、抱っこしてほしかったな」

ユングヴィが、呟《つぶや》くように言った。

「あれだけさんざん、心配させて、迷惑かけて。一番、バハルに、無事に生まれて育っていることを知ってほしいなあ」

その棺の中に横たわる骸《むくろ》には首がない。ナーヒドがサータム帝国に返してしまったからだ。胴体だけを回収して、エスファーナの代々の黄将軍が眠る廟に収容した。

バハルが帝国軍の人間であったことを知っているのは、十神剣とアルヤ軍のほんの一握りだけだ。彼はタウリスでアルヤ軍の人間として戦死したことになっている。一般民衆は本当はどういう経緯で死んだのか知らないはずだ。人の口には戸は立てられないので、もしかしたら、知っている人間もいるかもしれない。だがとりあえず、今のところは話題になっていない。知っていてもアルヤ人は軍神と仰いだ者が敵国の人間だったとは思いたくないかもしれない。

バハルは故郷の村に親族がいると言っていた。どこまで本当かはわからないが、実在するならその親族に返してやりたい、という話にもなった。けれど、バハルは出身地の正確な位置を誰にも教えてくれなかった。サータム帝国の皇帝直轄領かもしれない。そうなると、アルヤ人たちにはどうしようもなかった。

せめて首だけでも遺族のもとに届いていたら、と思う気持ちと、首だけになって帰ってきたバハルを出迎える家族の気持ちを思ったらそれすらしないほうがいいのではないか、という気持ちと――アルヤ人たちは考えることを放棄してサータム帝国軍が後片づけをしてくれることを祈った。

「無事に生まれて育っているからいいけど、今となってはこの子には聞かせられないような無茶ばっかりした妊婦生活だった……」

「過去の過《あやま》ちから学ぶことはいいことですよ」

反省してうなだれるユングヴィに、サヴァシュが「そうだ、次に活《い》かせばいいだろ」と言った。つまり二人目の話だろうか。あまり深く突っ込まないでおきたい。

「バハルにお礼、言いたいなあ。バハルがいなかったら、この子は今頃ここにいないかもしれない」

「きっと伝わっていると思いますよ」

根拠のない発言だったが、他の誰でもなくアフサリーがそうであると信じたかった。

「どんな気分なんだろうな」

今度はサヴァシュが呟いた。

「ホスローを見てると、バハルのやつ、最期はどんな気分だったのか、考えちまうな」

「そうです？」

「バハルのやつ、最期に言っていた」

アフサリーは目を丸くした。

「実家に息子がいる、と」

「今までそんなこと一言も言っていなかったではありませんか」

初めて聞く話だった。バハル本人はもちろん、バハルの臨終の場面に居合わせたはずのナーヒドも話さなかったことだ。

「バハルは何と」

サヴァシュが遠くを見ながら答える。

「サータム帝国領の実家に、息子がひとりいるんだと。カーヒルという名前で、帝国軍人になりたがってる、って言ってた。その息子、今、何歳なんだろうな。俺は、息子を置いて死ぬとか、考えられねえな」

ユングヴィが声を怒らせた。

「なんでそんな大事なこと黙ってたの」

「だって、わからねえだろ。どこの村の話なのかも説明がなかったし、会える確率はほぼない」

「そうじゃなくて。そんなこと、あんたひとりで背負ってたの。なんで私に話してくれなかったの」

サヴァシュはしばらく答えなかった。

「まあ、ナーヒドのやつも、その場にいたけどな。あいつが話さないことを、俺が話しても、なあ」

「でも――」

「俺も、正直、わからなかった」

そして、彼らしくなくうつむく。

「子供が、と思ったら。俺も、どう受け止めていいのか、正直なところ、よく、わからなかった。だから、説明できなかった」

アフサリーは溜息《ためいき》をついた。アフサリーも四人の娘の父親で、孫までいる身だ。サヴァシュの気持ちは想像できなくもないのだ。

「サヴァシュも、ユングヴィも。自分を大切に。私の身にもなってください、自分より若い人間がこうして命を散らすのを見るのはなかなかつらいものがあります」

「アフサリー……」

「私はずっと北部にいて何もできなかった。バハルの話を聞いてやることもできなければ、バハルの最期の時に居合わせることもできなかった。無力ですよ。いまさらこんなことをしたって何にもならない。しかし――」

うつむく。

「せめて、他のみんなが無事で、私より長く活躍してくれることを祈ります」

そこで口を開いたのはソウェイルだ。

「神剣と話をした」

唐突だったので驚いた。ソウェイルの顔を覗《のぞ》き込み、「どういうことです？」と問い掛けた。

ソウェイルは真剣な顔をしていた。

「黄の神剣と。どうしてバハルじゃなきゃだめだったのか、きいた」

そう言えば、『蒼《あお》き太陽』には神剣の声が聞こえるらしい。まさか会話が成立するのか。

ユングヴィが動揺した声を出した。

「あんたまで、なに、急に。そんなこと今まで一度も言ってなかったでしょ」

ソウェイルが頷《うなず》く。

「俺も、いつどうやって話したらいいのか、わからなくて……。でも、今、いい機会だ。それにここにはバハルもいる。今、話そう、と思った」

ソウェイルが顔を上げ、まっすぐ棺を見る。

「黄の神剣は、後悔してる」

「もうそういう時代じゃないと思った、って。アルヤ人とサータム人が争う時代は終わるって、だからアルヤ人のこともサータム人のこともわかっている人間を十神剣に入れたいと思った、って。言ってた」

その細い指で格子をつかんだ。

「でも早かった。まだそういう時代じゃなかったんだ」

格子に、額を押し付ける。

「そういう時代に、俺が、しなきゃいけないんだ」

だいぶ育ったとはいえ、その両肩は、まだ次の正月《ノウルーズ》に十一歳になる少年のものだ。

「黄の神剣は、争いごとがきらいだから。同じ神剣と戦わなきゃいけなくなったことが、ほんとに、つらかった、って。だからもうしばらく将軍を選びたくないって言って黙ってしまった」

そして、今は、蒼宮殿の神剣の間に安置されている。

「次の黄将軍は、当分、決まらない。ということでしょうか」

問い掛けると、ソウェイルは頷いた。

「たぶん」

その蒼い瞳《ひとみ》は物静かで、穏やかで、それでもどこかに、悲壮な決意を秘めている。

「次の黄将軍は、俺が、選ぶことになる」

ソウェイルが、「カーヒルかあ」と呟《つぶや》いた。

「もし、会えたら。友達に、なってくれるだろうか」

＊　＊　＊

カーヒルは差し出されたものを受け取って絶句した。

家を訪ねてきた軍人の青年たちも、悲痛な顔をして沈黙している。

カーヒルの抱えているものを包んだ布を、祖母が震える手で払い除《の》けた。

出てきた髪を、乾燥して様子の変わりつつある顔を見た。

悲鳴を上げた。

『バハル！　バハル！』

祖母の絶叫が耳に残る。

世界が絶望の色に染まっていく。

何も言わない父の首を抱き締めて、カーヒルは、心が冷えていくのを感じた。

これが世界の真実だ。これが、世界を統べる、理《ことわり》なのだ。

アルヤ人とは、わかり合えない。永遠に、わかり合えない。

彼らは邪教を奉ずる恐ろしい異民族だ。
『……殺してやる』
自然と口から言葉が流れ出た。
『みんなみんな、殺してやる』
強い軍人になろうと、決意を新たにした。
けれどそれは、サータム帝国の平和のためだ。
サータム帝国を害する、アルヤ王国を滅ぼすためだ。
『アルヤ人を皆殺しにしてやる』
そうして、カーヒルは一歩踏み出した。

〈第一部　了〉

本書はＷＥＢ小説サイト「カクヨム」に発表された「蒼き太陽の詩」を加筆・修正し、一部タイトルを変更のうえ文庫化したものです。

蒼《あお》き太陽《たいよう》の詩《うた》3

アルヤ王国宮廷《おうこくきゅうてい》物語《ものがたり》

日崎《ひざき》アユム

令和5年 7月25日　初版発行

発行者●山下直久

発行●株式会社KADOKAWA
〒102-8177　東京都千代田区富士見2-13-3
電話　0570-002-301（ナビダイヤル）

角川文庫 23695

印刷所●株式会社暁印刷
製本所●本間製本株式会社

表紙画●和田三造

●お問い合わせ
https://www.kadokawa.co.jp/（「お問い合わせ」へお進みください）
※内容によっては、お答えできない場合があります。
※サポートは日本国内のみとさせていただきます。
※Japanese text only

ISBN 978-4-04-113566-2　C0193

◇◇◇

角川文庫発刊に際して

角川源義

第二次世界大戦の敗北は、軍事力の敗北であった以上に、私たちの若い文化力の敗退であった。私たちの文化が戦争に対して如何に無力であり、単なるあだ花に過ぎなかったかを、私たちは身を以て体験し痛感した。西洋近代文化の摂取にとって、明治以後八十年の歳月は決して短かすぎたとは言えない。にもかかわらず、近代文化の伝統を確立し、自由な批判と柔軟な良識に富む文化層として自らを形成することに私たちは失敗して来た。そしてこれは、各層への文化の普及滲透を任務とする出版人の責任でもあった。

一九四五年以来、私たちは再び振出しに戻り、第一歩から踏み出すことを余儀なくされた。これは大きな不幸ではあるが、反面、これまでの混沌・未熟・歪曲の中にあった我が国の文化に秩序と確たる基礎を齎らすためには絶好の機会でもある。角川書店は、このような祖国の文化的危機にあたり、微力をも顧みず再建の礎石たるべき抱負と決意とをもって出発したが、ここに創立以来の念願を果すべく角川文庫を発刊する。これまで刊行されたあらゆる全集叢書文庫類の長所と短所とを検討し、古今東西の不朽の典籍を、良心的編集のもとに、廉価に、そして書架にふさわしい美本として、多くのひとびとに提供しようとする。しかし私たちは徒らに百科全書的な知識のジレッタントを作ることを目的とせず、あくまで祖国の文化に秩序と再建への道を示し、この文庫を角川書店の栄ある事業として、今後永久に継続発展せしめ、学芸と教養との殿堂として大成せんことを期したい。多くの読書子の愛情ある忠言と支持とによって、この希望と抱負とを完遂せしめられんことを願う。

一九四九年五月三日

角川文庫ベストセラー

鹿の王 1　上橋菜穂子

故郷を守るため死兵となった戦士団〈独角〉。その頭だったヴァンはある夜、囚われていた岩塩鉱で不気味な犬たちに襲われる。襲撃から生き延びた幼い少女と共に逃亡するヴァンだが!?

鹿の王 2　上橋菜穂子

滅亡した王国の末裔である医術師ホッサルは謎の病を治すべく奔走していた。征服民だけが罹ると噂される病の治療法が見つからず焦りが募る中、同じ病に罹りながらも生き残った囚人の男がいることを知り!?

鹿の王 3　上橋菜穂子

攫われたユナを追い、火馬の民の族長・オーファンのもとに辿り着いたヴァン。オーファンは移住民に奪われた故郷を取り戻すという妄執に囚われていた。一方、岩塩鉱で生き残った男を追うホッサルは……!?

鹿の王 4　上橋菜穂子

ついに生き残った男――ヴァンと対面したホッサルは、病のある秘密に気づく。一方、火馬の民のオーファンは故郷を取り戻すために最後の勝負を仕掛けていた。生命を巡る壮大な冒険小説、完結!

雲神様の箱　円堂豆子

豪族たちが領土をめぐり争い合う時代。薬毒に長け、どの地の支配も受けず霊山で暮らす古の民「土雲の一族」の少女が、ある若王の守り人となるよう命じられ……2人の出会いが、倭国の運命を変えていく!

角川文庫ベストセラー

雲神様の箱
名もなき王の進軍
円堂豆子

一族の呪具〈雲神様の箱〉と共に山をおりたセイレンは、湖国の若王・雄日子の守り人となり大王への叛逆の旅路についた。しかし一族の神の怒りが、セイレンや周囲の者達へ容赦なく襲い掛かり……。

雲神様の箱
花の窟と双子の媛
円堂豆子

叛逆の旅を続けるセイレンに、土雲の一族の追手が襲い掛かる。人の形をとった神に、自分の育ての親と石媛が捕われていると知ったセイレンは、雄日子の力を借り、里へ忍び込む計画を企てるのだが……。

西の善き魔女1
セラフィールドの少女
荻原規子

北の高地で暮らすフィリエルは、舞踏会の日、母の形見の首飾りを渡される。この日から少女の運命は大きく動きだす。出生の謎、父の失踪、女王の後継争い。RDGシリーズ荻原規子の新世界ファンタジー開幕！

西の善き魔女2
秘密の花園
荻原規子

15歳のフィリエルは貴族の教養を身につけるため、全寮制の女学校に入学する。そこに、ルーンが女装して編入してきて……。女の園で事件が続発、ドラマティックな恋物語！　新世界ファンタジー第2巻！

西の善き魔女3
薔薇の名前
荻原規子

女王の血をひくフィリエルは王宮に上がり、宮廷デビューをはたす。しかし、ルーンは闇の世界へと消えてしまう。ユーシスとレアンドラの出会いを描く特別短編「ハイラグリオン王宮のウサギたち」を収録！

角川文庫ベストセラー

西の善き魔女4
世界のかなたの森
荻原規子

竜退治の騎士としてユーシスが南方の国へと赴く。フィリエルはユーシスを守るため、幼なじみルーンへの思いを秘めてユーシスを追う。12歳のユーシスを描く特別短編「ガーラント初見参」を収録！

西の善き魔女5
闇の左手
荻原規子

フィリエルは、砂漠を越えることは不可能なはずの帝国軍に出くわし捕らえられてしまう。ユーシスは帝国の兵団と壮絶な戦いへ……。ついに、新女王が決まる⁉　大人気ファンタジー、クライマックス！

西の善き魔女6
金の糸紡げば
荻原規子

8歳になるフィリエルは、天文台に住む父親のディー博士、お隣のホーリー夫妻と4人だけで高地に暮らしていた。ある日、不思議な子どもがやってくる。フィリエルとルーンの運命的な出会いを描く外伝。

西の善き魔女7
銀の鳥 プラチナの鳥
荻原規子

女王の座をレアンドラと争うアデイルは、帝国の動向を探るためトルバート国へ潜入する。だがそこには巧妙に張り巡らされた罠が……事件の黒幕とは⁉　幻の短編「彼女のユニコーン、彼女の猫」を収録！

西の善き魔女8
真昼の星迷走
荻原規子

フィリエルは女王候補の資格を得るために、ルーンは騎士としてフィリエルの側にいることを許されるために。お互いを想い、2人はそれぞれ命を賭けた旅に出る。旅路の果てに再会した2人が目にしたものとは⁉

角川文庫ベストセラー

後宮に月は満ちる
金椛国春秋
篠原悠希

男子禁制の後宮で、女装して女官を務める遊圭。表向きの命は、皇太后の娘で引きこもりのぽっちゃり姫・麗華の健康回復。けれど麗華はとんでもない難敵！　後宮の陰謀を探るという密命も課せられた遊圭は……。

後宮に日輪は蝕す
金椛国春秋
篠原悠希

皇太后の陰謀を食い止めた功績を買われ、女装で後宮潜入中の少年・遊圭は、皇帝の妃嬪候補に選ばれることに。それは無理！　と焦る遊圭だが、滞在中の養生院で、原因不明の火災に巻き込まれ……。

幻宮は漠野《ばくや》に誘《いざな》う
金椛国春秋
篠原悠希

皇帝の代替わりの際、殉死した一族の生き残り・遊圭は、女装で後宮を生き延び、知恵と機転で法を廃止させ、晴れて男子として生きることに。のはずが、またもや女装で異国の宮廷に潜入することとなり……。

青春は探花を志す
金椛国春秋
篠原悠希

現皇帝の義理の甥として、平穏な日常を取り戻した遊圭。しかしほのかに想いを寄せる明々が、国士太学に通う御曹司に嫌がらせを受けていると知り、彼と同等の立場になるため、難関試験の突破を目指すが……。

湖宮は黄砂に微睡《まどろ》む
金椛国春秋
篠原悠希

罪を犯した友人を救おうとした咎で、辺境の地に飛ばされた遊圭。先輩役人たちの嫌がらせにも負けず頑張るけれど、帰還した兵士から、公主の麗華が死の砂漠にある伝説の郷に逃げ延びたらしいと聞き……。

角川文庫ベストセラー

彩雲国物語
四、想いは遙かなる茶都へ
雪乃紗衣

杜影月とともに茶州州牧に任ぜられた紅秀麗。新米官吏としては破格の出世だが、赴任先の茶州は荒れている地。隠密の旅にて茶州を目指すが、そんなにうまく事が運ぶはずもなく？　急展開のシリーズ第4弾！

彩雲国物語
五、漆黒の月の宴
雪乃紗衣

州牧に任ぜられた紅秀麗一行は州都・琥璉入りを目指す。だが新州牧の介入を面白く思わない豪族・茶家は妨害工作を仕掛けてくる。秀麗の背後に魔の手は確実に迫っていき⁉　衝撃のシリーズ第5弾‼

彩雲国物語
六、欠けゆく白銀の砂時計
雪乃紗衣

新年の朝賀という大役を引き受けた女性州牧の紅秀麗は、王都・貴陽へと向かう。久しぶりに再会した国王・紫劉輝は、かつてとは違った印象で――。恋も仕事も波瀾万丈、超人気の極彩色ファンタジー第6弾。

彩雲国物語
七、心は藍よりも深く
雪乃紗衣

久々の王都で茶州を救うための案件を形にするため、大忙しの紅秀麗。しかしそんなとき、茶州で奇病が流行っていることを知る。他にも衝撃の事実を知り、いてもたってもいられない秀麗は――。

彩雲国物語
八、光降る碧の大地
雪乃紗衣

紅秀麗は奇病の流行を抑え、姿を消したもう一人の州牧・影月を捜すため、急遽茶州へ戻ることに。しかし、秀麗が奇病の原因だという「邪仙教」の教えが広まっており――。超人気ファンタジー「影月編」完結！

角川文庫ベストセラー